许家强 著

山东文艺出版社

图书在版编目（CIP）数据

开禧元年 / 许家强著. —济南：山东文艺出版社，2023.1

ISBN 978-7-5329-6547-2

Ⅰ．①开… Ⅱ．①许… Ⅲ．①长篇历史小说—中国—当代 Ⅳ．① I247.5

中国版本图书馆 CIP 数据核字（2022）第 004001 号

## 开禧元年
KAIXI YUANNIAN

许家强　著

| | |
|---|---|
| 主管单位 | 山东出版传媒股份有限公司 |
| 出版发行 | 山东文艺出版社 |
| 社　　址 | 山东省济南市英雄山路 189 号 |
| 邮　　编 | 250002 |
| 网　　址 | www.sdwypress.com |
| 读者服务 | 0531-82098776（总编室） |
| | 0531-82098775（市场营销部） |
| 电子邮箱 | sdwy@sdpress.com.cn |
| 印　　刷 | 山东新华印务有限公司 |
| 开　　本 | 710 毫米 × 1000 毫米　1/16 |
| 印　　张 | 15 |
| 字　　数 | 180 千 |
| 版　　次 | 2023 年 1 月第 1 版 |
| 印　　次 | 2023 年 1 月第 1 次印刷 |
| 书　　号 | ISBN 978-7-5329-6547-2 |
| 定　　价 | 48.00 元 |

版权专有，侵权必究。如有图书质量问题，请与出版社联系调换。

# 《开禧元年》序

## 赵德发

这是我第二次为许家强的书写序,时间隔了二十二年。二十二年内,家强出了十几本书,每一本他都会送给我,其中有一些他自己写了序或后记,有一些则只有正文。我没问他为什么不再找人写序,以我对他的认知,应该是他觉得别人无法准确概括他在书中所要表达的思想吧。

这本《开禧元年》,是许家强的第一部长篇历史小说,他又找到我来写序。我原本是推辞的,因为我虽然写小说,却从没写过历史小说。另外,我近期写作任务也的确繁重。但最终还是推辞不过,其中有个很重要的原因,就是这部小说从构思之初,家强就找我说过,我也给出了建议。

当时家强到我家里来,说要写这么一部历史小说,以张行简为主线,并且讲到以张行简为主线的原因:张行简是中国历史上所有状元之中,唯一一位留下了术数预测之学著作的人;也是中国所有有着术数预测之学身份的人中,唯一的一个状元。术数之事,本身就是神秘之学,张行简的这个唯一,天然地具有了强烈的传奇性和神秘色彩,会产生强烈的阅读吸引力。

家强同时向我口头描述了一番张行简时代的天下大势，宋、金、夏、蒙，四方（当时的蒙古尚未建国）角力，逐鹿天下，烽烟遍地，四方朝廷的权谋诡诈，又无处不及地左右着金戈铁马的战场局势。皇帝、权臣、将军、侠客、朝廷、江湖……总之，这是风起云涌的大时代，很值得书写的大时代，在巨大变数上充满魅惑的大时代。同时，这也是个被小说家忽略的大时代，给他的写作计划留下了巨大的空间。

家强的描述引起了我的兴趣，我很乐意分享到他的构想，并将我对这个题材的一些想法说给他听。时隔一年之后，他将小说初稿发给我看。我读第一节，就被深深吸引。继续读下去，发现构思精巧，线索纷繁，枝干清楚而交代明晰，视野宏阔而细节毕现，尤其是蒙太奇式的结构，造成环环相扣的悬念，让我兴趣盎然，不忍释卷，一气将小说读完。然后，在电话中告诉他我的阅读感受，并提出了我的一些建议。又过了两个月，我读到《开禧元年》修改稿，觉得此稿更加丰满而圆融。

在小说中，张行简的术数已经退居到了幕后，四方纷争，扰动天下的乱世大局，被无限地推向前台。战火烽烟的炙热烈度，深宫权谋的诡异奇特，江湖儿女的快意恩仇，交织成一幅波澜壮阔的历史画卷，通过作者充满宋元话本气息的叙述语言，生动逼真地展现在我们眼前。可以说，这就是一部小说版的宋金时代的《万历十五年》。

不得不说，家强对语言文字的处理让我惊叹，我读过的宋元话本虽然不是很多，但包括明清拟话本在内的古代白话小说，曾经给我很大启发和借鉴。话本中所存古人声口，让我们从文字中就真切地领会到当时人们的生活状态。可惜的是，这么多年来，国内也出版了大量的历史小说，但对于小说所描述的该段历史的人物声口，却少有能较好还原者，大都用当代白话语言（有的居然是欧化语言）去表达那个时代的人物声息。这就让某些历史小说写作未能摆脱向壁虚构的局限性，也影响了读者在阅读小说时所应该享受到的代入感。

《开禧元年》中，许家强对宋元时代人物语言的把握，以及整部小说的语言风格中对宋元话本的借鉴，让历史以近乎本真的面貌呈现。这得益于他对古典文学的大量阅读，从小学便开始的诗词写作，以及后来的辞赋文章创作。相对于这部《开禧元年》来说，长达几十年的古典文学阅读与古典文体的写作，都成为他写作这部小说的文字背景与基础，让他笔下的古色古香显得流利顺畅，生发自然。这样积数十年之功的积累沉淀，着实不是临时抱佛脚的刻意模仿所能望其项背的。

对历史的准确把握和娴熟剪裁使用，是写作历史小说的基础能力。我们时常会读到一些对历史一知半解，只是偶然撮合起几例历史故事就敷衍成篇的所谓历史小说，其最大的问题在于：因为缺少对历史的广泛阅读和了解，无法从历史的角度来判断历史事实，导致写出来的历史小说完全成为作者本人概念的历史故事化，与真实发生的历史基本是剥离的。这样的历史小说，如果换掉人物名字以及时间，也可以是当代小说甚至是科幻、玄幻小说。

许家强对史籍的阅读量是惊人的，在他占据了一层楼的书房里，历史类书籍占比最高。此前，他出版的历史著作《历史原来是这样》《刀锋下的中国历史》等，以煌煌百余万字的篇幅，叙写中国大历史，丰富的史料占有，得当的使用剪裁，流畅的叙述评析，让他的历史作品在图书市场上大受欢迎，一度冲上中国图书畅销榜的前列。

正是有了对历史扎实深厚的素养功底，才让他在《开禧元年》的写作中，对当时复杂多变、头绪繁乱的四方（国）历史，如在掌握，得心应手，线索清楚，剪裁得宜。阅读全书，历史如在目前，人物事件纷繁登场，却又条理分明，清清楚楚。这完全得益于作者腹笥千秋，胸有成竹。也再一次说明了一个道理：唯有厚积之深蕴，始有薄发之挥洒。

这是家强的第一部长篇历史小说，却不是他的第一部小说，从学生时代，他便尝试过小说创作，后来写作并且也零星发表过一些中短篇，但却始终没成为他创作的主要方向，他大量地写作并发表过诗歌、杂文、散文、评论、纪实、新闻等作品，也创作并出版了多部历史类著作。这让他成为写作的多面手，却又从另一个方面抑制了他的小说创作欲望。

现在，《开禧元年》定稿，由山东文艺出版社出版，这是家强在山东文艺出版社出版的第二部作品（第一部是2010年出版的长篇纪实文学《健康彩虹》），是他小说创作的一个成功，也是他创作道路上一个坚实的台阶。希望从这个台阶开始，他可以在小说创作这个领域，登上更高位置，取得更大成就。

二十二年前，我第一次为家强的作品集《经历韶华》写序，题目是《听一位书生吟咏》。里面写到我对他的印象，是一位"白面书生"。二十二年过去，家强请我写这篇序时，"白面书生"的脸上已现沧桑，手中作品雄浑而劲道。这是岁月的赏赐，也是他修炼的结果。为他高兴，向他祝贺！

2022 年 4 月 10 日<br>（作者系山东省作家协会原副主席、著名作家）

# 历史上唯一留下术数专著的状元与四分五裂的天下大势

## ——关于《开禧元年》的几点说明

许家强

### 一

就中国正史有明确记载的中国状元名录来看,张行简是由日照本土考出去的唯一一个状元。

当然,张行简考取的是金国状元。但宋与金,都已经是历史了,宋与金的版图,现在都是在一个中国了;宋与金的子民,现在都是一个中华民族了。

宋的状元可以传承文化,造福桑梓;金的状元,一样在传承文化,造福桑梓。

更何况,在传说中,张行简还是日照由镇升县的推动者。

对日照文化史、文明史来说,张行简的功勋,彪炳日月。

对中华文化史、文明史来说,张行简也是深刻刻入历史记录的一个人。

张行简是中国状元中唯一留下了术数著作的人，他也是中国所有留下术数著作的人中，唯一一个状元。

这是一个自带传奇色彩的人。

## 二

但是，这个传奇人物，一直湮没在历史烟云中。

《金史》中有他的传记，只是所记堂皇，根本就没有故事性，更遑论传奇性。

其他野史笔记，更鲜见有其记录。

对于后世作者来说，空白，并不是坏事，反而意味着更大更丰富更广阔的想象和创作空间。

张行简，就是在我构思这部小说时，第一个进入我思路的人。

## 三

仅仅是一个人的故事，一样可以结构出一篇小说，甚至更能填充其传奇性，增加阅读吸引力。

这是我最初的念头。

然而，很快，我改变了想法。

对张行简的深入研究过程中，我的视野从日照和大金，迅速扩展到南宋、西夏、蒙古（尽管当时尚未建国）、大理以及更远的西域、天竺等地。

我有些惊喜地发现，我对这片偌大地域上如此之多国家的这一段历史，原本就是不陌生的。

这要感谢我对历史从不间断的阅读与研究，并且之前也曾写作出版过多部历史著作。虽然之前我都是从通史入手，并未针对这一局部时间下过专门功夫，但这段局部的时间内，这片大地上所发生的种种，原本就一直在我脑中存在着，只是，这次借由张行简状元，复活了。

这是一段浩大的历史，浩繁的人物为这段历史贡献着最鲜活的行为情节。在我无数次为历史而心动的场景中，这也是其中的一个。

张行简的出现，让这场景，一下子有了展现的机会。

## 四

张行简只是一个人，他从日照走出，他从中都走出。

他踽踽独行于历史的旷野中。

张行简的身周，是历史浩大的叙事：有朝堂之上，兴国灭国的谋略；有宫廷之内，阴暗晦涩的血腥；有疆场之上，金戈铁马的杀戮；有江湖之中，义薄云天的豪壮；有草原之上，万马奔驰的气魄；有沙漠之中，隐忍呼啸的权诈；有暗室之内，精明透彻的算计；有市井之间，人声鼎沸的生活……

这浩大的历史，因为我对张行简的逼近观察，自动地汇集过来，穿破我的记忆，进入我的心中。

排列成一卷纷繁的青史。

## 五

放下手中词卷、提剑跨马的辛弃疾，走出模型化奸相、野心勃勃的韩侂胄，回到仕宦身份的党怀英，为母后偷情而哭泣的李纯祐，贩行天下联络起义的杨安儿，耿直豪勇的王仙，铁枪无敌却又智计奸诈的李全，被戚继光等后世名将推崇备至的二十年梨花枪天下无敌手的杨妙真……

无数个久久尘封在我阅读记忆中的人物，联翩而出，在那个烽烟遍地、动荡不安的时段，各自闪烁为明亮的星辰。

我无法漠视。我的阅读中有了他们，我的视野中有了他们，我的心中一直有他们。

我要给他们一个位置，以我的认知，用我的笔，绘制出独属于他们的历史长卷。

## 六

就这样，开始了《开禧元年》的写作。

那段比魏晋三国时代还要恢宏、还要纷杂的四国时代，就这样日复一日地在我的笔下展露出真容。

这首先是小说，小说便有虚构。便要有故事，有情节，有充足的阅读吸引力。

我心中又不仅仅将其视为小说，这也是历史，是在中国真实发生的历史，我自己并未亲见，但我要通过笔下人物的眼睛去亲见。

这是遵循历史写下的小说，也是通过小说写出的历史。

纸上的人物是我创造的，又是历史上真实存在的。他们是作为历史人物在行动、在思考、在抉择，而不是当代人的传声筒、当代人的历史发言人。

我希望这是一部可以带到厕所里、枕头边的好看的小说，也希望这是一部可以放到案头上、书柜里可以查阅并珍藏的历史。

## 七

书已写完了。就在这里。

能做出评判的，只有读者。

感谢赵德发主席、感谢插图画家张亦农、感谢秦超编辑、感谢山东文艺出版社……感谢每一位能够阅读这本书的读者！

2022 年 6 月 9 日午休时

# 目录

| | | |
|---|---|---|
| 第一章 | 八方云动 | 1 |
| 第二章 | 西域来人 | 22 |
| 第三章 | 雁丘往事 | 38 |
| 第四章 | 梨花枪法 | 53 |
| 第五章 | 稼轩北来 | 73 |
| 第六章 | 学生"恩父" | 89 |
| 第七章 | 太后出墙 | 104 |
| 第八章 | 民妇田燕 | 120 |
| 第九章 | 神枪破弓 | 136 |
| 第十章 | 为国所谋 | 152 |
| 第十一章 | 三英之会 | 166 |
| 第十二章 | 成吉思汗 | 181 |
| 第十三章 | 一网成擒 | 194 |
| 第十四章 | 天下所安 | 208 |
| 第十五章 | 尾　声 | 221 |

# 第一章

## 八方云动

时值大宋开禧元年,大金泰和五年。

仲春。山东。

官道上,一马疾行。自西,向东。

马上是一位年约四十的中年人,看得出保养甚好,却也已显出长途奔行的疲态。他的皂色长衣之上,也已落满尘土。

前方,就是日照了。

骑马的中年人放慢马速,疲倦让他微微合上眼睛。

二十六年前,十多岁的他作为书童,陪公子北行中都,参加科考的往事,在他微微合眼的一瞬间,漫上心头。

公子待他甚好,直如兄弟一般。公子骑马,他骑着驴。路上也会遇到其他进京参加科考的书生,相伴的书童,都是步行跟随。那些书童,对他无不艳羡,也都会到他的灰驴前,伸手去摸,梦想着有一天,自己也能骑上一头驴子。

如今，他已是骑马的人，公子的事情，很多都要交给他来处理。譬如，这次回到日照，他便是代公子回返。

不知当年那些羡慕他骑驴的人，现在会是什么样子？

起码，他们的公子，没有考中状元。

这么想着，中年人嘴角的笑纹渐渐浓郁，终于张嘴，哈哈笑出声来。

与此同时，他微合的双眼，也蓦地睁开。

倒不是他把自己笑醒过来，而是一股凝成实质的寒意，似乎从他的脸上一掠而过。他没看到这寒意，他的心却为之一抖。

他睁眼，就看到自己的马头正越过另一个马头，另一匹马上的人，眼光刚刚从自己的脸上扫过。

这是一位黑衣青年，身高肩宽，坐在一匹黑色的马上，精悍英挺，背上背着一个长条形的布囊。此时，青年的脸已转了过去，他看不清。但青年身上所散发出的气息，却与他刚刚在心中感受到的凝成实质的那一股寒意，一模一样。

中年人略有怔忡，现在的大金国已是承平日久，各种积弊渐渐加深，他时常为公子出外办事，自是知道，道路之上，并不安靖，时常会有强人盗匪出没。但这也只是听说，他并没遇到过，反而是当年他陪同公子入京赶考之时，路上遇到过被灾逃难之人，好心的公子还拿出自己的口粮，救助过他们。

不会是自己的运气这么背，遇到了匪人吧？

中年人看看自己的马已经超过了那位青年，伸手去马臀上一拍，本已慢了下来的马，又跑了起来。

跑出很远，中年人才回头去看，那青年已成了一个大大的黑点，仍然在路上慢慢走着。

日照，文澜书院。

这是莒州在大金国唯一一位状元张行简，为他的家乡子弟所建的读书之处。

据说，就是因为张状元的力推，他考中状元之时的莒州日照镇，才在他考中状元之后，升格成为日照县。

一个镇升格为县，总是件值得庆祝的事，但张状元从没在正式场合正式承认过日照升格的事与他有关。家乡的人虽然都这么认定，却也没法公开给这位状元郎立纪功碑，不过张家的地位在原本就很高的情况下，又扶摇直上一个台阶。

张家世代簪缨之家，家学渊源，奎文书院，便是张家读书修文之处，四方文士，多延揽其中，也让张家文脉鼎盛，终大金一朝，诗书不绝。张行简还没高中状元之时，便在奎文书院刻苦攻读，待到状元及第之后，这处本就为当地民众所神往的读书处，更成了乡民心中的圣地，无不渴盼自家孩子也可以就读其中。但奎文书院毕竟是张家家塾所在，没可能也没道理容纳当地乡民的孩子蜂拥入塾，否则那就不是家塾而是义塾了。但张状元在几年前回老家省亲时，亲眼看见当地父老带着他们的孩子，围着奎文书院绕圈，就是为了让孩子们踩踩张状元走过的路，摸摸张状元手植的树，心中颇为感慨。当即决定，由自己出钱，另建文澜书院一所，便是义塾的形式，以最低的费用，开放招收本地乡民的孩子入院读书。有的家境特别贫寒的孩子，以及因为极低收费而产生的书院费用不足，都由张行简个人补足。

张行简的这一决定，登时让日照吹起读书入塾之风。尤其这文澜书院是张状元亲建，对孩子们来说，可能只是好奇和敬仰罢了，大人们的眼前，立马就会出现自家孩子高中金榜、帽插金花的形象。十里八乡，稍有读书传承的家庭，都将孩子送了过来。

二月之末，春风已从日照海滨掠过，正是学童们入塾之时，又有乡民带孩子来文澜书院。

其时,张家三代都已迁居大金中都,老家老宅只留有较少的一些不愿离乡奔波的高龄亲眷,当然日常用来支使的家人还是有的,却也已不敷使用。文澜书院建成投用也仅三年时间,院中服役人等,除个别张家人外,多为当地乡绅主动派人来义务帮忙。对他们来说,这既是件积功德的事,也可借此拉近与张状元一家的关系。

文澜书院中建有祀天之处,平时并不用,但这次进院的乡民发现,一位一脸风尘之色的中年男子,正在那儿虔诚祭拜。

乡民立即认了出来,这个人叫张仪,是张状元年轻读书时的书童,后来张状元高中,就随张状元到中都任事去了。偶尔回来几次办事,也都是匆匆来去。这位乡民与张仪是同村人,幼时有过交情,张仪回来时还曾因父母的事情与他打过交道。

乡民有些惊奇,因为张状元若回乡里,必是当地轰闻的大事。但他虽然听说张状元可能在春季里回乡,但也仅仅是听说,并未有确实的消息,事实上张状元已是多年未曾回乡。这么个仲春天气,张仪作为张行简的随从,怎么自己回日照来了,且还到张状元建成后就再也未来过的文澜书院中拜祀,难道有什么情况吗?

张仪完成祭祀后,两位幼时的伙伴相见,张仪也不隐瞒,为幼年伙伴解疑释惑:

张行简状元要外放节度使了。

张行简考取状元以来,一直供职于朝廷中枢,从没有外任地方官的经历。这次得以委派外任节度使,是大金皇帝对他的恩典,是张氏家族的一大荣耀,也是他本人仕途的一个转折。但在这个天下四分、局势动荡的时候,却也因为他所去赴任节度使的地方的重要敏感,让他的赴任,一下子成为天下形势的聚焦点。

张行简自己无法抽身回乡,便让自幼跟随自己的张仪代他回乡,告知长辈亲眷。同时，张行简在文澜书院建成之时，便想亲自回乡看视，当时朝廷有事，未便告假。之后几年，眼看国事日繁，作为大金皇帝最信任的近臣，张行简夙兴夜寐，更无告假的机会。但他心中，始终惦记着家乡的文教事业，惦记着文澜书院的开办情况。这次便让张仪借回乡报信之机，专门到文澜书院一次，返京时将情况向他反馈。同时代他在院中祭祀，以告上天，护佑乡里，护佑国家。张行简深谙相术，亦精通六壬之术，他曾暗地里为自己的节度使之行起了一课，卦象甚是奇怪，凶中有吉，吉中有凶，是他自从学通术数之学后，第一次遇到；他也偷偷为大金前途起过一课，卦面呈现凶相。张行简未跟任何人说过这两卦的情况，他自己也觉得事情尽在人为。武王伐纣，不也是卦面大凶吗？同为日照人的姜子牙就不相信，义无反顾举起义帜，结果是一举取代商朝，成就了周朝八百年基业。张行简一家世代受大金朝廷恩泽，他相信大金朝必有中兴之时，而他自己，也许就是大金的中兴名臣。

张仪向幼年的伙伴简单说了大人外放地方节度使的事，又说自己次日便要返回中都，因为张大人不日即将上任。

张仪随后送这位要好的乡民出文澜书院。站在门前，看幼年的伙伴渐渐远去，这才回身进院。

张仪没有看到，几百米外，一位头面细锐、双目如蜂的青年远远看着，鼻中重重哼了一声。

青年身高肩宽，脑袋却与身体不相称地显得细锐，一身黑衣，肩后背着一个长长的布囊。

更远地方的林角处，一位灰衣青年与一位少女慢慢走过来。青年商旅打扮，风尘仆仆，一眼就能看出是做远途贩运的商贩；少女则是红袄素带，明媚飞扬。男子手中挽着两根马缰绳，两匹马跟在他们身后，看着颇为温驯，但腿长膘劲，很是神骏。

少女看到前方锐头蜂目黑衣青年的背影，眼睛一眨不眨地盯着青年背后的长条布囊，突然伸手拽了一下灰衣青年的衣袖，小声说："哥，那是枪。"

宋，临安。

韩府大门被推开，一个人急急冲进来。

大门内的家丁不止一个人，但大家都认识进来的这一位，看了看他急慌的样子，又互相看了看，默契地低下头，各自继续关注原来关注的。

这人一连进了几层门，终于到了韩侂胄日常所在的花厅。

二月小阳春，正是江南草长莺飞的季节，韩侂胄府中本就广植四时花草，一年四季，都断不了花香袭人，阳春时节，自更是花团锦簇，照眼欲燃。

韩侂胄一个人在桌前坐着，面对一杯逐渐凉去的茶水沉吟。厅内只有他一个人，平时依红偎翠的场景没有出现。

慌张闯入的中年人怔了一下，垂手站下，没敢说话。

韩侂胄看了看他，端起茶吹了吹，那茶已经凉了。韩侂胄没喝，放下茶，这才问："看你慌里慌张，有什么事这么着急？"

中年人拱了拱手："好教恩相得知，辛幼安过江去了。"

韩侂胄眼睛眯起来，眼光却未见波动："那么，安知州你为何不跟着去？"

中年人名叫安丙，时任大安军知州。他原本不是韩侂胄信用的人，但被人推荐入韩府数次之后，他的机灵敏捷却是得到韩侂胄的充分认可，韩侂胄也逐渐将一些机密情报类的事情，交由他来处理，而每次他的处理也都让韩侂胄满意。也正因为他每每是被韩侂胄委以机密事务，所以他进出韩府，韩府的家丁也就不再过问。

安丙听了韩侂胄的问话，心中微怔，但很快就反应过来。他再次拱手，这次却是长揖到地："未得恩相之令，不敢擅行。若恩相有令，自当不

第一章 八方云动

辞水火。"

韩侂胄盯着这个近期一直出入他门下的人，有点拿不定主意。

安丙慢慢直起身来，看了一眼韩侂胄，又马上低下头去，他知道自己的命运即将改写。他是个胸有大志的人，虽然现在已得到宋国最大的权臣信任，进出韩府也已再无滞碍。但他的志向并不是给权臣做幕僚，他甚至连当个主政一方的地方官都不愿意，他想立大功，他想留名青史。这样的想法，他从没跟韩侂胄明确说过，但他知道，以韩侂胄的老辣眼光，早就已经瞧出了。而韩侂胄瞧出之后，却不点破，仍任他做些幕僚的事，那就是对他的想法并不反感，也会给他这个机会。

现在，可能就是那个机会了。

韩侂胄终于放开一直在茶杯边沿抚摸的手，说："幼安之行，虽然并未向我禀告，我实已料到。你不必相伴过江，你……"

韩侂胄还是犹豫了一下，安丙低垂的眼睛中有一丝喜色，随着韩侂胄的停顿，又紧张起来。

韩侂胄终于将下半句说了出来："你去西川吧，那边的空间更大些。那边的局势也需要你去。"

说完，韩侂胄抬手向安丙的肩头虚拍了一下，又道："你去，那边的形势我也就放心了。"

安丙跪倒："谢恩相栽培。"

其时，在韩侂胄的一力主持下，大宋朝廷刚刚改元开禧。一直手掌大权，却一直遗憾未能有大功巩固权位的韩侂胄，已经下定了北伐的决心。

只是决心易下，给他去落实这些决心的人才却难找寻，现有的部队将领之外，一直在建言北伐、并且有过万军丛中活捉叛贼这样传奇经历的辛弃疾算一个，这位一向不显山不露水的安丙，其实也算一个。

对金用兵，所谋者大，风险也大。成功了就是不世之功，失败了就有可能搭上身家性命和万世声名。韩侂胄军事智慧没有他自己期许的那么高，政治智慧却是当世一流。他深知西川战线的重要性，但西川远隔千里，临安的遥控很难见效。他重用吴曦宣抚西川，却一直有种不放心的感觉。他也说不出为什么不放心，无论日常表现还是以往业绩，吴曦都称得上中规中矩，对他这个权倾一时的皇亲国戚也足够尊重，但几十年宦海搏杀所积累的经验，却老是让韩侂胄有种不安的感觉。尤其就要全国动员、全面用兵的当口，一着不慎，就可能招致满盘的被动。

安丙的西行，让韩侂胄略略放下了一些心事，他现在可以全力准备与金国的正面战场事宜了。

辛弃疾的北行，既出他的意料之外，又在他的意料之中。他绝不会认为辛弃疾要叛宋投金，他能猜出辛弃疾北行的目的，看着安丙退出后，他在花厅里自己点点头："了不起啊，将军未老啊。"

沉吟良久，又摇了摇头："没用的，这个冒险是没用的。"

韩侂胄出身累世名门，其祖韩琦，为将则曾统大军驻守边陲，抵御西夏。其时边陲统帅，还有名臣范仲淹，两帅并立，互不隶属。两人对西夏的防御主张也不相同，范仲淹主守，韩琦则主动一些，主张以攻为守。两帅均立有军功，并称"韩范"。其时边境有民谣云："军中有一韩，西贼闻之心胆寒。"在朝之时，韩琦则为宰相，立身文官之首。很难说韩侂胄的执意北伐，是不是也有寻回祖上军功威名的意思，其时包括皇帝和辛弃疾在内的一众人等，对韩侂胄北伐的支持态度，也很难说是不是存了将门之后必有虎雏的意思。

韩琦的出将入相，为他的后代带来恩荫。韩侂胄的父亲韩诚，就做到了宝宁军承宣使。韩侂胄就在这样的大树遮蔽之下，出道未久，便做到了以汝州防御使知阁门事，得以在朝廷中枢任事。

如果朝中无事，也许韩侂胄的一生也就这样过去了，靠着祖上的恩荫，也靠着裙带关系，当然他也是有能力的，慢慢上位，最后做到一二品大员。但要说一手遮天，把持整个大宋朝政，几无可能。

有能力的韩侂胄不会甘心就这样度过一生，他要恢复祖上荣光，他更要建立超越祖上的荣光。他有足够的野心，他需要的，只是一个机会。

机会就在大宋皇宫中的龌龊内耗中，来了。

高宗赵构，一生之中，仅生一子，又早夭折。从宗族之内，选出赵伯琮养大成人，并于绍兴三十二年五月立为太子，一个月后，即下诏禅位。赵伯琮继位，是为孝宗。

赵伯琮的孝，确非虚传，他一生行事，无愧于孝，及至晚年，他也效仿赵构，将皇位禅让给儿子赵惇，自己安心当起了太上皇。

赵惇继位，是为光宗。孝宗以养子身份，谨侍他的太上皇赵构。赵惇以亲子身份，却是对自己的太上皇十分冷淡。

赵惇之妻为李凤娘，是庆远军节度使李道之女。这李道本为强盗，后降官军，累官至此。文化是没有的，但在升官的过程中，对如何使银子买通关系办理事情操练得精熟。就花大钱，买通了与高宗赵构有些私交的道士皇甫坦，请他到赵构那儿做个大媒，把自己的女儿塞给赵构的孙子。又在朝中大把使银子，让有资格有机会在赵构面前说话的朝臣们，都为他的女儿说好话。

赵构对皇甫坦一向看重，又有大臣们敲边鼓。赵构已是垂暮老人，这个年龄的人，大都乐于为后辈子孙操办他们自认为的好事，就应了。及至李凤娘进门，这才发现娶进了个祸胎，却也为时已晚，除了痛骂皇甫坦巧言骗了他，别无办法。对至孝之名闻于天下的孝宗来说，养父的态度就是他的态度，养父不好出面教导孙媳妇，孝宗就出面。出面的结果，则是李凤娘对这个皇帝公公深怀恨意。

及至高宗去世，孝宗禅位，光宗登基，李凤娘成了名正言顺的皇后。一个对父亲并无敬意的儿子加上了一个对公公深怀恨意的儿媳妇，太上皇孝宗的苦日子降临了。

光宗基本上不去看他的老爹，李凤娘倒是去过，却是把公公骂了一顿后离开。

如此三番五次，郁闷的孝宗一病升天。病中思儿，光宗就是不去。最终孝宗含恨而终。

太上皇在想见儿子而不得的郁闷中去世，天下震动。宋以士大夫治国，士大夫于孝之一道，尤其看重。素常就看光宗夫妻的行为很不顺眼，却又无法也无人敢插手皇帝家事，现在先皇大丧，已不再是皇帝家事而成为国家大事，光宗却仍是闷坐宫中，任人一请再请，非但不去与老爹见最后一面，也拒不出席他老爹的葬礼。

庶人一怒，溅血五步。天子一怒，伏尸千里。宋朝的士大夫一怒——换皇帝。

但换皇帝的众议好形成，怎么实施，却成了难题。皇帝又不是木偶，那是天子，哪能由大臣们说换就换。

但大家既已商定，就已没有了退路可走。这个想法并非两个人密室议定，天知地知你知我知，办不到拉倒算了。大家都参与讨论了，无论换成换不成，密是保不了几天的，光宗早晚会知道。

文臣们想不到武力逼宫，他们能想到的，就是上折子奏告，请皇上立太子，请太子参政。

光宗的回复，就是批了两个字"甚好"，仍然是人不见，事不办。参与牵头的宰相留正嗅出危险，自称有病，溜出城去躲了起来。

事已至此，如果都躲起来，其结果必然是要被一网打尽，欲活反死。总得有人壮起胆子，来行这危崖一搏。

韩侂胄站了出来。

其时高宗赵构去世已久，但他的老婆宪圣慈烈皇后吴氏很能活，此时仍然健在。她是光宗的奶奶，是为太皇太后，在文臣治国的大宋，拥有无可比拟的法理地位。

韩侂胄的母亲，是吴太后的亲妹妹。韩侂胄的妻子，是吴太后的亲侄女。他有去面见姨母兼姑母的条件。

韩侂胄的侄孙女，是大臣们计划拥立了代替光宗的太子之妃。他有把侄孙女婿换到皇帝宝座上去的动力。

但若所行无成，他这个原本只是个小小被动参与者的小官，将成为最大的出头鸟——胆敢废立皇帝的出头鸟。

韩侂胄没有犹豫，他在必须站出来的时候，站了出来。

他让所有惯于座论不惯于起行的文臣文士们刮目相看，折服于心。

他进宫，说服了自己的姨母。

就在孝宗的棺木之前，吴太后垂帘，主持宣布光宗禅位，即时举行登基大典，太子赵扩继位为帝。是为宁宗。

被宣布禅位之时，光宗尚缩在宫内，并不知情。知道之时，木已成舟。

韩侂胄是拥立新皇的第一功臣。他的侄孙女，也顺理成章，成为皇后。是为恭淑皇后。

之后十余年，韩侂胄纵横捭阖于朝堂之上，以其老辣狠恶的政治手腕，斗垮了他所有的政治对手，扶摇直上，一手遮天。

然而，拥立之功以外，他再也没有新的功勋，可以让天下悠悠之口，为他歌唱。

十几年中，吴太后、韩皇后先后去世。裙带已断，借着裙带登上的高峰危路，他还要继续走下去。

恢复故土，一统中原，将是千秋万代、青史彪炳的不世功勋。

为辛弃疾的北行感慨过后，韩侂胄又独自沉思良久，站起身来。他喃喃道："北伐……"双手不自觉地慢慢攥了起来。

西夏。

行军的路线从沙漠的边缘经过。

铁木真勒马，停在一片寸草不生的黄澄澄的沙坡上，看不远处的蒙古铁骑呼啸而过，黄色沙尘应声而起。

铁木真嘴角微笑。此次征伐西夏，特意选在初春之末，北国风烈，正是冰冻初开之际，也正是马肥人壮之时，正是沙场厮杀的好时机，骑兵突袭，就要打夏人一个措手不及。

经过多年扫荡，铁木真在蒙古诸部中，已建立起无上威名。就在铁木真与蒙古诸部苦战的过程中，与蒙古诸部有千丝万缕关系的西夏，虽然没有明确与铁木真部大规模兵戎相见，也显然不想看到铁木真一部独大，半明半暗的手段用了不少，小冲突不断，虽然多以铁木真部落获胜告终，但始终未能给予西夏有力痛击，让铁木真时常窝火。

明年，定于斡难河源的忽里台大会就要举行了，铁木真野心满满，要在这次忽里台大会中走上至高宝座。北行之前，他就要尽量消除南部的隐患。

这是他第一次杀入西夏本土，他有足够的信心和能力取得他想要的战果。他刚刚在草原上击溃最后一个劲敌，正是士气最饱满、战意最旺盛之时。兵锋所指，必如摧枯拉朽、沸汤沃雪。这一次奔袭，一场屠杀，便足以威慑正走在下坡路上的西夏一段时间。只需要一段时间，他铁木真就可以聚集起千军万马，建立起他天下功勋。

眼前的铁骑如铁流裹挟着黄龙，浩荡雄劲。铁木真似乎看到夏、金、宋等国，在这铁流之前，匍匐战栗的样子，心情大畅。刚要策马下坡，汇入铁流，突然看到一个百夫长从铁流中匆匆驰出，向自己奔了过来。

铁木真勒马，等百夫长过来，看到百夫长有点惊慌的脸色，铁木真一下子产生了怒气："是不是哲别南下了？"

百夫长已经张口，还没出声，就被铁木真将他要说的话给说了，愣了一下。这个百夫长本不是擅长言辞的人，愣过之后，不知怎么说是好，只好重重点头："是。"顿了一下，看了看铁木真锐利的眼光，又补上一句："我劝不住他。"

铁木真的怒气一起即熄，他知道他那位最勇猛的大将哲别为什么南下赴金。哲别对他袭击西夏本就持不同意见，认为西夏太弱小，癣疥之疮。这些年对他们铁木真部掣肘最大的，是金国。此次北行之前，需要教训的，不是夏，而是金。

哲别一勇之夫，没有他铁木真脑子里考虑的事多，奔袭西夏，事在必成，且如风来去，西夏不会有任何力量可以将他铁木真的马腿拖住。但大金国不同，虽然大金军队战力已明显不如从前，但大金军队中仍有骁将，不可小视。铁木真部的战力强绝，足以击败任何同规模甚至一倍、数倍规模的敌军，只是目前尚没有建立起足够的情报能力，万一奔袭出现意外，被金军拖入持久战，铁木真倒是真不认为自己有输的可能，但有陷入持久战、消耗战的可能，那对他明年斡难河源的忽里台大会，就将产生很大、很不好的影响。

他铁木真是无敌统帅，也将是无敌领袖。他的军队要战无不胜，他的谋划也要谋无不中。

一根筋的哲别说不服他时，那副气鼓鼓的样子，让铁木真当时就有种预感，哲别可能要逞英雄了。现在听这哲别手下百夫长的报告，哲别是真的要单骑独行，去大金国搅动风云了。

那就让他去吧，当前这大宋、大金、大夏和他大蒙古的形势风云变幻，动荡难安，说不定哲别的神箭，会为他铁木真部、为蒙古诸部，射出个意想不到的结果。

谁知道呢，去他妈的。铁木真大笑着骂出一句汉人的脏话。不再管有些摸不着头脑的百夫长，策动战马，直奔下坡，汇入到即将流动过去的铁流尾部。

兴庆府。皇宫内。

二十九岁的恒宗李纯祐听完大将李隆泰的奏报后，长时间不说话。

李隆泰屏息凝声，看了李纯祐一眼后，便垂下头去。他只是一位将军，并且是没经历过多少阵仗、更没有赫赫战绩可以彪炳吹嘘的将军。他知道皇上是被人评价为"能循旧章"的"善守"之君。他也知道自己之所以被皇上看中，也是因为自己"能循旧章"，身为将军，却不好战，不追求军功，这样就省了国库也省了皇上的心。

好在在很久一段时间内，西夏四境也没有多大的战事，大宋与大金这两个国力远强于西夏的大国，也长期和平共处，并且国内都有些麻烦，国力也远不如前，都不再打西夏的主意。这些年来，西夏"四郊鲜兵革之患，国无水旱之虞"，相对安定。这是皇上的决策英明，也是各位大将大臣们缺少了建功立业的雄心所致。

不打仗了，老百姓的日子就好过些，但战士的素质就会下降，缺少了历练，刀枪就会生锈，弓弦就会疲软。

现在这个结果就来了，铁木真只是北部草原上的一个部落头子，居然就敢指挥他那并不足够多的兵马来侵犯大夏。最难堪的是，他的侵犯居然就势如破竹，在辽阔的草原之上，大夏的军队居然就是无法有效阻挡这伙蒙古人的扫荡。

向皇上禀报，实是不得不报，李隆泰知道罗太后对皇上似乎有看法。金碧辉煌的皇宫内部，似乎正有暗流涌动。正当盛年的皇上，看起来很疲惫的样子。

作为手握军队的一方大将，李隆泰不敢打听，也不想打听。牵扯进皇宫中的事情，非常凶险。虽然也可能有一步登天的机会，但李隆泰并无野心。

李纯祐睁开微闭的眼睛，问："那些蒙古人就这么厉害吗？"

李隆泰黑红的脸膛变得更加黑红，他深深地躬下身子，不敢去看皇上脸色，说："微臣不敢欺瞒皇上。"

李纯祐似乎打定了主意，这次不再犹豫，说："让诸军坚守，尽量避免与蒙古人野战。这些蛮子，缺衣少粮，无非是抢一把就走。既然作战不利，就尽量不战。"

李隆泰先答应一声"遵旨"，顿了一下，又小心翼翼地说："看这些蒙古人的样子，似乎目标是吉里寨。他们说如果我们不送回亦剌哈桑昆，就必屠灭吉里寨。"

李纯祐难得有点发怒的样子："我们大夏哪能任由这些蒙古人肆虐，别说亦剌哈桑昆不在我们手上，就在我们手上，也没理由交给这些野人。"

原来就在年前，草原之上的铁木真，在消灭了他的最后一个强敌乃蛮部落后，顺手又将与其一向不和的泰亦赤兀场、塔塔尔和克烈等部落扫荡殆尽。克烈部落酋长脱斡邻之子亦剌哈桑昆，在其父的舍命救护下，南逃进入夏境，铁木真南侵入夏，打的旗号，就是追杀亦剌哈桑昆。然而所有人都知道，这只是他的一个借口。

看了看额头有点冒汗的李隆泰，李纯祐放缓口气，吩咐他将相关粮草兵器速速支援吉里寨，然后又问了一句："此事可曾通报大金朝廷？"

李隆泰说："事发突然，尚没来得及具文通报。微臣马上安排通报。"

李纯祐摆了摆手，说："不必了，癣疥之疮，又不需要借兵借粮，不说也罢。"又问："近来大金朝廷上下，可有异动？"

李隆泰手下还掌管着西夏皇朝的对外侦探机构"一品堂"。不过现在的一品堂已远远不是鼎盛时期了，人才凋零，在金、宋两朝的情报网，也严重缺乏新血，以致出现大量情报缺失。

李隆泰突然想起一件奇怪的事，说："昨夜刚得飞鸽传书，大金侍讲近臣张行简被外放到保州，出任顺天军节度使了。"

李纯祐看了看李隆泰，有点漫不经心地问："卿意如何？"

李隆泰咽了口唾沫，说："微臣以为，大金皇帝既然要求每当奏事，必令张行简左右陪侍,那就是政事须臾不可离,这次却突放外州,是不是金、宋之间要有大事发生?"

李纯祐有了点兴趣:"卿可细说来听听。"

李隆泰说:"此前臣已向皇上奏禀,宋室韩侂胄最近突然加快了兵马布局,人员调整,似有北伐之意。只是大金朝廷上下并无特别反应。此次张行简的外放军州,可能就是大金皇帝在做防御准备。顺天军是金国重要军州、京都门户,张行简就任,必有所图。"

李纯祐默然片刻,嘴角慢慢溢出笑纹:"如此甚好,他们两虎相搏,我大夏又可安枕无忧矣。"又说:"李卿需时时留意,看这金、宋两方后手如何。"又说:"铁木真跳梁小丑,不必与战,坚壁固守可矣。"

李隆泰一一应下,心中暗暗计划,出宫之后,就要马上安排保州地方的密探,加密飞鸽传书,随时禀报新情况。


金。中都。

张行简走出府门。

春天的中都,风很大,有侍卫拿了件披风过来,要给张行简披上,张行简摆了摆手。另有侍从把马牵过来,给他摆好上马踩的马凳。张行简踩了一下,翻身上马。

张行简一直是文臣,一向是坐轿的,这是他就任京官以来,第一次骑马。

很多年前,年轻的他从山东日照赴京赶考,骑过一匹脾气温和的小马,所以对骑马的流程并不陌生,只是很生疏了。

现在出掌军州,不只有安定地方、维护政事之任,更重要的是要做好军事准备,为下一步可能出现的打大仗做准备。

最初公布他就任顺天军节度使时,皇上在朝堂之上,冠冕堂皇地嘱咐他,要以安定民生为要务,他也做了下述回答:"臣奉行法令,不敢违失,狱讼之事，以情察之，钤制公吏，禁抑豪猾，以镇静为首务。"但在宫内密谈之时，完颜璟皇帝不无忧愁地告诉他：南边的宋国贼心不死，近来频繁出现异动，边境上小摩擦也日渐密集，看来在韩侂胄的专权擅政下，极有可能要挑起金、宋之间的战事。大金国虽然目前文治鼎盛，但军力渐弱，能打的战将不多，军队也在长时期的和平状态下，战斗力削减得厉害。尤其是宋国朝堂之上，一直有一股叫嚣北伐、恢复中原的势力，虽然一直也不怎么占主流，可对大金国内的影响很严重，大金治下的汉人聚居地区，有蠢蠢欲动之势，如果两国真的发生战事，内患将成为大问题。

张行简听得一头冷汗，他知道皇上安排他出掌顺天军的用意了。

果然，皇上随后向他提出了要求，保州是京都门户，不容有失，不容有南宋势力的渗透，也需要成为弹压地方出现暴乱的前线。同时要面对南宋小朝廷，做好反渗透反情报工作，尽量从各个角度给南宋的军事准备挖墙脚，以延缓或者降低这场军事战争的来临或烈度，如果可以消弭战争于无形，就更好了。

完颜璟完全称得上是张行简的伯乐，他登基以来，张行简仕途顺利，皇上对他倾心信任，几乎到了言听计从的程度。张行简的心中，对皇上充满感激之情。在听完皇上吩咐后，张行简心中激动，跪地叩拜，表示自己此去保州，必当忠心办事，纵然肝脑涂地，也必将完成重任，让皇上放心。

皇上对他自然是放心的，否则也不会委他以重任。但张行简从未任职地方，更没有军事工作经验，这也是不容回避的事实。不过状元出身的张行简的术数能力，让皇上印象深刻，他在好多次人员调整，尤其是宋、夏使节到来时，都领略过张行简神相所带来的方便。这个大金国的状元，完全称得上是历代状元中术数能力最强的一个，完颜璟就亲自拜读过张行简手书呈上的术数著作《人伦大统赋》，惊叹不已。这一项特殊能力，

第一章 八方云动

应该可以成为张行简任职保州的助力。

皇上信得过，张行简自己却不是那么笃定。相由心生，心随物役，任何现实中的情景变化，都会影响到人心和时势，任何一点影响，又会改变人与事情原来的轨迹。久习相术的张行简，对此有许多切身的体会。

张行简骑在马上，看了看身边有些秩序、似乎又有些杂乱的随从队伍，什么话也没说，在马屁股上轻轻拍了一下，马往前去。

随从中有几匹马快步冲出去，冲到他的马前，再将速度减下来，保持着略快于他马速的速度，引路前行，后面的队伍也随之跟上。

张行简没去注意身边随从的行动，他微眯着双目，策马前行的时候，仍在想着到顺天军后该有的行动。

突然，前面开路的随从有呼喝说话的声音，随之，一匹马驮着一个熟悉的身影向他跑过来。

那是张仪，他居然短短二十几天就往返了三千里，从日照赶了回来。

但张行简的眼光并没在张仪的身上停留，在张仪后面远远的地方，一个肩宽身挺的黑衣青年，背上背着一个长条的布囊，吸引了张行简的注意。

这位青年似乎感觉到了张行简的注意，他明显尖锐的脑袋微微一抬，眼角锋锐中，两道冷电样的目光倏然扫过，迅即转身，没入街角。

张行简的心中似有所感，但这一刹那的感觉，并没有让他产生足够的分神。看着快要奔到自己身前、已经下马的张仪，张行简伸出手来。

同一天，西南万里之外，一群部落游民聚集到一起，他们手上的弯刀耀着日光。

远在万里之外的大金中都还是春光初满，而这里一年四季都是夏天，淡黄惨白的沙漠被烈日炙烤得像是一口煎锅。

然而，此刻，煎锅上穿着粗蛮的部落大众却没有一个人喊热，他们有的手持弯刀，大部分都是木棍，在往一起聚集。

他们有部落首领，便是在这位首领的策动下，在此前已做了很长时间的串联，也做过很周密的谋划。当然，他们不懂而且也没有听说过兵法这两个字。他们只是已经受不了那个叫穆罕默德的王，他们隐忍了许久，现在已经到了爆发的时候，他们要反抗他。他们也听说远方的花剌子模与他们的王有仇恨和摩擦，他们已经派人去联系了，只是去联系的人还没有回来。另外，他们还有一支已埋下多年的刺，这是他们最大的期待。

至于反抗穆罕默德之后，会有什么后果，是会被王剿灭还是能把王推翻？这些部落人众并没有去想那么多。聚而反抗，是他们第一步要做的，他们已经做了，随之而来的战斗既然不可避免，那就来吧。

但在几百里外的廓尔王城，统治者廓尔王穆罕默德却想了很多，他已经从最初得知廓喀尔部落要起义消息的震惊中回过神来。

这些部落中的野蛮人真不知好歹高低，平时还是待他们太好了。消灭他们的起义，也只是伸一根手指的事，他们怎么敢？

廓尔王愤愤然，他要亲自去砍下这些不听话的野蛮人的脑袋。他的手伸出去，身后不远处一位侍奴立即上前一步，乖巧地弯腰递上一把雪亮的弯刀，穆罕默德信手挥出，刀光从空中划了一道弧线，精光闪耀。

接过并挥出手中的弯刀时，廓尔王的眼中充血，他被即将饱饮的鲜血激动得不能自已，没有看到侍奴递给他刀后，低头时眼角里闪过的一丝血光。

## 第二章

# 西域来人

自从二十三岁时渡江南下,辛弃疾已四十三年没再踏上淮北故土。

淮河之上并没有光明正大的渡船。辛弃疾花了五两银子,才算与一个半老不老的船夫谈妥,渡他过河。但那船只太小,船夫坚决不让辛弃疾的马上船,没奈何,辛弃疾只好又加了三两银子,船夫才嘟囔着同意连马一起渡到河北,但必须是分开两次才行。

那只船确实小,辛弃疾也不能再说什么,先上船去。

船夫解开船缆,摇橹过江。

其时天初黎明,东方若隐若现,有一道淡淡的霞光,将天际的几缕云稍稍勾勒出来。

天色并未完全转亮,一些星星仍在天空。却也并不是深宵般漆黑,天地间一团模糊,淮河水静静流着,并无波浪,只有船夫摇橹的声音,有节奏地响着。

辛弃疾塾师打扮,船夫也相信他只是去河北寻亲。摇橹间隙,就说些关于河北金国地界的事情。

虽然时常往来于淮河南北，但这船夫毕竟是河南宋朝人，从不敢深入金国地域太深，所说金国情况，也就多是耳闻，甚少亲见。

金国百姓的生活并不差。这是船夫无意识间说的最多的话。听在辛弃疾耳中，却是极为刺耳。自北归南，一向自比为跳脱虎口，几十年来，他也孜孜于恢复大计。船夫一番粗俗无文的话，与他心中根深蒂固的认识是有冲突的。这让他远眺模糊不清的淮河北岸的目光，多了一丝忧虑。

久历沙场与宦途，年纪早逾花甲的辛弃疾，自然不会让这一丝突如其来的不愉快干扰心情。他静静听着船夫的话，甚少插嘴，默默构想着去河北之后的行动。

在公开表态支持韩侂胄之后，赶在朝廷必然到来的起复任用之前，匹马北行，辛弃疾所谋甚大。年华蹉跎至今，辛弃疾知道这也许就是他今生最后一个机会了，若能在瞑目之前，可以亲眼看到、乃至于亲手指挥王师北上、底定中原，那该是何等豪迈的人生。

小船在北岸一处松软的碎沙滩停住，船夫先跳下船，再将辛弃疾扶下船头。六十六岁的辛弃疾，胡须和头发都已斑白。

碎沙有点陷足，走不两步，辛弃疾的鞋子已湿透，船夫扶他再走几步，走上沙滩的干燥处，说一声："你且等着，我去将你的马载来。"就跳上船，竹竿力撑，小船晃晃荡荡向南岸去了。

辛弃疾在沙滩上站着，此时天色已是大亮，东方天际红中透青，淮河如长练，奔涌向镶着霞光的云里。

辛弃疾立足的地方虽然还是沙滩，但再向北走十多步，就是碎石沙土的堤岸了。这处堤岸的乱树和杂草都不多，只散乱地生些长条状的植物，并不密集。

植物就蔓生在河堤上，看上去河堤不算低，在朝霞里像一条线一样，向远处延伸。

辛弃疾慢慢走过条状植物丛,向岸堤上走去。他想站得高一些,看看北方的形势。

虽然年龄已老,但辛弃疾闲居之时,一直坚持田中劳作,腿脚尚健,很快就走上堤岸。

长堤之南,就是淮河,南宋与金,便在漫长的几十年间,隔河而治。对于时刻不忘恢复大计的辛弃疾来说,河南的大宋形势,他久已了然于胸。

长堤之北,就是金国土地。

晨光无差别地覆盖在河南河北的土地上。淮河之南,一片晨雾蒸腾,长堤之北,雾霭没有河面上浓重,但时有荒林错落,与雾霭相连,也在很大程度上干扰了他的视线。

辛弃疾放眼北望,初晨的曦光照映在林雾之中,淡淡泛光,一片宁静。雾中远远似有村落,却不见河南大宋境内久有流传的破败景象。

辛弃疾凝望良久,若有所思,又回身看向淮河南岸,盼船夫快些将马渡过。他年事已高,要从淮北平原一路向北,没有马匹代步,很难走远。

淮河静流,没有鸟,更没看到船。只有雾气,遮断了他的视线。

淮河很宽,小船太小,来回一次费时太长。辛弃疾有些后悔,选择渡船的时间晚了,现在天光已大亮,将马渡过后,骑马北行,是不是太招摇了些?

正想着,忽听身后有杂沓脚步之声,辛弃疾回身,就看不远处有一队列正从薄雾中疾速冲出,骑马在队列之前的两人,有盔有甲,是金兵无疑。

辛弃疾大惊,第一个念头就是快下河堤躲一躲。

但那两个金兵显然是看到他了,辛弃疾还没退步下堤,两个金兵就大声吆喝并打起手势，告诉他不要动。同时催马飞奔过来。

出了中都之后，再行数十里，在当地驿站住下。张行简将侍卫队长唤到房里，让他明天带队伍走，自己则要换上便服，与张仪随后单独出发。

侍卫队长叫宋义，河北东路沧州人，原是大金朝廷殿前都点检司的一位谋克。殿前都点检司是皇帝亲兵，位置又高又尊。论光彩与前途，这里的谋克比屯田军的谋克高出不知多少倍，却很少有出京作威作福、摆官架子的机会，所以这次宋义被委派到张行简身边，负责张行简的安全，到保州后，还将负责顺天军的部分军备任务，这对宋义来说，已不仅仅是级别的提升，还将是在经济上改变他下半生生活的机会。所以他听了张行简的吩咐后，第一反应就是张大人是不是听唱杂戏、说话儿的听多了，微服私行的事怎么能行，多不安全。

但张大人确定了的事，宋义也不敢反驳，他只能对张大人只带张仪一人表示了意见。目下时事不靖，常有盗匪作乱，虽然张仪身手也还好，但毕竟双拳难敌四手，为安全起见，大人还是带一小队人马为好。

张行简笑了笑，微服出行再带上一队军马，那还微什么服？但宋义所说也甚是恳切，并且这是宋义职责所在，张行简也不好一味坚持，最后只得退让一步，让宋义也换了装束，与张仪一起跟自己行动。又说我们只是跟在上任队伍之后，相距并不算远，若有意外，前队足可回护。

宋义摇身一变，成了与张仪一样的张行简贴身家人，虽然只得几日光景，但几日形影不离，也足可赢得张大人的赏识，心中也很满意，一口应了。

次日清晨，等护卫一众先行走了半个时辰，张行简始与张仪、宋义离开驿站。

张行简做乡儒打扮，依旧骑马，张仪、宋义则着童生服装，一眼看去，便是一位塾师带了两位学生出行。按说普通塾师是没条件骑马的，但保州赴任的时间也不能过分拖延，只能骑马了。好在张行简的微服上任，主要是体察民情，倒也没有具体的事情去做，不需要考虑那么周密，不把路上的百姓吓走就好。

三人从官道上一路迤逦南行，其时已值暮春，虽然北方春晚，路边也已有野花绽放，路上却很少有行人走动。路边时有村庄，张行简三人也偶尔入户，讨点热水，就着吃点干粮。与户中农民聊起天来，农民们对金章宗年初下达的田赋减征一半的诏令，大都感激，此事张行简也曾参与，听着心中颇感欣慰。

有两户农民的田地被部分收取，改为军田，农民颇为愤然。张行简细问，得知军田原已划定，但近年来或因耕种管理不善，或者纯属贪心，先后又从民间征拨民田，充为军田。被剥夺的农户无处上诉，颇为愤然。

张行简默默记着，告诉田地被夺的农户，保州即将有新节度使到任，你们可以具状上诉。

两户农民对这位看起来又可亲又有些威严的老儒都很敬重，却也都不以为然。民与官争，民与军争，哪会有什么好果子吃。其中一户更是在此前试图告发，诉状还没递上，先被地方军户羞辱了一次，也没人给他做主，心中气早馁了。听了张行简的话，唯唯诺诺而已，根本不往心里去。

张行简也不多说，只是吩咐张仪将情况记下。

后来，张行简到任一段时间后，专门上书金章宗：此前把官田拨给军队耕用，早就已经确定了的。但后来还有请求增加的，地方政府也都一一答应了，导致事情一直停不下来，直至现在。其实这些所谓的官田，都是强收的民田，这样持续将民田夺为军田，只会开启军民间的矛盾争端。我来保州后，接到报告说军田被水淹了三分之二，而这就是此前拨给深泽县的三百余顷民改军田。像这种情况，如果一路拨下去要下去，再要下去再拨下去，什么时候才是头呢？民田禁不住这样无休止地侵夺，总

第二章 西域来人

该确定个日期，过期就不许再请求增加为宜。

张行简的这份奏折，终于让保州一地的民田不再受军田侵夺，拥有土地的农民算是稍稍稳定了一些。那两户农民怎么也想不到，他们只是招待三位过路客几碗开水，随口几句牢骚，整日提心吊胆的军田侵夺民田之事，居然就画上了休止符。

张行简的奏折，也不只是因为两位农民的一席话，两位农民的诉说，只是提醒了他，上任之后，立即调阅卷宗，这才看到问题的所在。

在之前几十年间，尤其是世宗之时，这样的事情很少出现，近些年来，这样的情况屡屡发生，且是大面积发生。经历了几十年盛世，种种积弊，这是要爆发吗？

皇帝对张行简奏事的准予批复，并没让张行简感到兴奋，积弊远非侵占民田一项。张行简忧心忡忡。

中都距保州距离不远，骑马行走三日，保州已遥遥在望了。

这日上午，张行简三人行至一条小河，小河不宽，水清见底。流水潺潺，长天如洗，视野极好。张行简在岸边停住马，环顾四周景色，颇是心旷神怡，忽然有了吟诗的兴致。

脑中还没想出一个句子，小河对岸突然传来嘶声喊叫，虽然距离远了，听不清喊的什么，但声音明显是个女子，音调甚是惶急。

宋义刚策马要冲出去，又勒下马来，转头看张行简。

张行简点点头，又对张仪说："你们一起去吧。"

张仪拨马，与宋义同时跑出去。马蹄溅起小河的水，杂沓有声，迅速往对岸冲去。张行简隐约看到，对岸长草之后，正有两人在激烈争吵、争夺着什么。

等张行简骑马也过了小河，张仪和宋义已经带着两位吵架的人到了路口，张行简下马后，两人都跟着宋义、张仪一起施礼。

那是一男一女,男的年龄在三十岁左右,身着青衣,面色白皙,看了张行简几眼,便即低头,目光有些游移。张行简仔细看了看此人相貌,又转头去看边上的女子。

女子只是二十多岁的样子,身着麻布白衣,相貌算不上多美,却也温丽可人,眼角尚有泪滴。手中端了个木盆,盆中有粗布衣物,湿漉漉堆着,显然是刚刚在河边淘洗过衣服。

最奇的是盆中衣上有两个手镯,黄澄澄的,显是黄金铸成。

白面男子拱了拱手:"幸会张老先生。"在张行简过河时,张仪已向两人说了,骑马过河的老先生是他们的座师,姓张。

没等张行简回答,白衣女子突然哭出声来,说:"老先生就是老神仙,求老先生帮我做主。"扑身就往地上跪,张仪忙伸手拉住。

白面男子突然喝了一声:"好泼妇,盗了我镯子,还有道理了不成。"

喝完后,白面男子又向张行简拱手:"倒叫老先生笑话了,学生去市上买了一对金镯,本欲给孩儿做聘礼下定,不想在过河之时,湿了衣襟,就解了外衣晾一晾,把镯子在一边略微放了放,这泼妇正在一侧洗衣,就伸手捡了,说是她的。白日朗朗,天理昭彰,岂容这泼妇放刁。"

张行简沉吟不答,洗衣女子又哭起来,说:"镯子是我的,我的镯子,你抢我镯子。"翻来覆去几遍,也就是这么一句。

白面男子略有不耐,在女子抽泣的间隙里,冷冷插了一句:"就凭你如此路远还要到河边浣洗衣服,你买得起这两个镯子吗?"放眼看去,河边近处并无村庄,那女子显然是走了很远的路来洗涤衣物。

白面男子的这句话颇有力量,女子止住哭声,略有些惊慌地看了看一脸和善的张行简和冷着脸的白面男子,低下头,仍在抽泣,却不再说话。

张仪和宋义原本在心中很有些同情洗衣女子,听了白面男子的话后,心里都打了个突。再看女子时,眼里便有了狐疑的意味。女子只是低头抽泣,也不抬头。

张行简思忖了一下，向两人说："既然两位信得过老夫，老夫且问，你们都说镯子是自己的，镯子上可有特殊记号？"

说这句话之前，张行简隐约看到镯子上有一些花纹，说话间，他将镯子从盆中衣服上拿起，举在眼前，仔细审视，心中微微吃惊。

不想白面男子和洗衣女子两个人居然同时摇了摇头。白面男子说："镯子是刚从市上买回，并未有特殊记号，只是有些花纹而已。"女子也细声说出："只有些花纹。"

张行简又想了一下，说："要不这样，老夫是塾师，也断不了你们的清白，顺天军节度使已到保州上任，我可以帮你们写个状子，你们便去保州大堂递上诉状如何？"

白面男子哈哈一笑，说："老先生说笑了，这镯子明明就是我的，还打什么官司，我自己取回便是。"

张行简没接话，把目光转向洗衣女子，女子眼里又有泪珠滚下，狠狠咬了咬嘴唇，说："如此便生受老先生了，我愿去。"

张行简看着白面男子："你不愿去吗？"

白面男子摇头："这么简单的事，何必啰唆。天已不早，老先生辛苦。"伸手便来取张行简手上的镯子。

张行简并没将镯子递出，而是一只手拿一个，对两人说："老夫偌大年纪，今天就做一番善事，为两位了却这一桩公案。"

白面男子狐疑地看着张行简，洗衣女子也不再抽泣，抬头看向张行简，就连张仪和宋义也盯向张行简，看张大人如何了却此桩公案。

张行简也不卖关子，说："镯子上既没有二位的记号，镯子又不会说话，就算你们上诉到保州衙门，谅那节度使也判不定谁是谁非。这样吧，就把两个镯子分开，你们每人一只，可好？"

张仪和宋义有些泄气，满心以为张大人有什么灵丹妙药，洞悉天机，可以让镯子物归原主，没想到最后是这么个馊主意。

但二人最多在心里想一想，脸上丝毫不显。

白面男子与洗衣女子显然都没想到张行简会是这么个主意，都愣了一下。随即白面男子拊掌而笑，说："真是生受老先生了，既然老先生作中，学生久读诗书，笃于礼义，自不会再与这村妇争一日短长，那一只镯子，就权当学生积德行善吧。"伸手就去取张行简手中镯子。

张行简的手微微一缩，并不就将镯子给他，盯了一眼脸色稍微有点僵硬的白面男子，转而再问洗衣女子："你就要一只镯子，可好？"

洗衣女子不再哭，却坚定摇头："多谢老先生，两个镯子都是我的，我不愿送人。"

张行简轻轻道："得一只镯子，便是赚了，你又何必贪心？"

洗衣女子怔了一下，方才反应过来，不禁又抽泣起来，说："镯子本来就是我的，我为什么要分给别人？他凭什么抢我一只镯子？"

张行简不再说话，盯视女子面部。稍过一会儿，转头对白面男子说："趁我现在还不知道你叫什么名字，你还是走吧。以后也不要再做劫财的事。"

白面男子脸上赤色出现，旋即隐去，嘴角抽动两次，却笑道："老先生又说笑了，怎的是我劫财？这镯子确是我刚买回来，老先生莫要被人骗了。"

张行简一笑，说："看你人很聪明，我也不必多说。这镯子做工精细，金色足赤，所值不菲。若果是你亲自买来，看你相貌衣着，定已倾尽家财，断不会舍得与人分享。而你一口允诺可以各得一镯，显是赚得一分是一分。我这么说，你可认同？"

白面男子张了张嘴，一时无话。张行简又说："我现在便往保州去，若我所说不确，你仍可去节度使衙门上告。若判我错，我自甘当受罚。若是你抢镯在先，你可再无走出衙门的机会！"

白面男子低头，忽然深躬抱拳："承老先生指教，学生去了。"转身就去，走得快了，忽然踩到路上的一个坑洞，一个踉跄，差点跌倒。

宋义还有点迷糊，张仪迅即反应过来，躬身道："大……先生，要不要我抓他回来？"

张行简微笑："不用，让他去吧。"

宋义反应过来，一掌拍到洗衣女子肩上："是你的镯子，还不快谢大……先生！"

洗衣女子的嘴巴微张，被宋义拍了一掌，顺势跪下，说："多谢大先生，多谢大先生。"脸上还有泪，嘴角却已笑着，起身就去接那两个镯子。

张行简脸上却没有笑容，也没将镯子还给洗衣女子。而是很突兀地问了一句："你可知这镯子价值几何？"

洗衣女子张了张口，却没说出话来。

张行简仔细审视洗衣女子面相，缓缓道："谅你也不知这镯子的价值。你只实说，这镯子是你从何处得来？"

洗衣女子又呆了呆，似乎有些反应过来，不由叫起撞天屈："老先生休要诬赖好人，这镯子确是我的，非偷非抢。方才是我洗衣时戴了不方便，才褪下放到一边，被那厮经过看到，起了贼心，抢了要跑，我拉着他不放，这才劳烦到老先生。老先生这般说，官司打到保州，我也不屈。"

张行简摆摆手，说："没说这镯子不是你的，我只问你这镯子的由来。"

张仪、宋义这才反应过来，原来这金镯中另有奥秘。他们的目光都盯在张行简手中的金镯上。镯子呈圆环形，带状，约半手指宽，面上饰有浮起鱼子状珠，两端有花草纹，做工十分精细，一看就出自巧匠之手，断非一般平民家庭所能有。

张仪、宋义眼光在洗衣女子身上扫过，洗衣女子的衣着虽然还算干净，但一处明显的补丁，可以显示她的经济状况。如此尚在春寒尚未全退的日子，还要步行很远到河边洗衣，是贫民小户无疑。

第二章 西域来人

33

女子的脸色连续变了几变，最后慢慢把头低下去，不再说话。

张行简和颜悦色，继续道："你且莫怕，这镯子自然非偷非抢，以你弱质女流之身，谅也做不出这样的夺宝之事。"

洗衣女子抬起头来，一脸惊愕地问："夺宝？老先生您说这是宝物？"就在张行简手上又端详了镯子一会儿，说："这不就是两个金镯子吗？"

张仪、宋义也都伸着头，再去看那金镯子，除了花纹极显精致外，也看不出别的蹊跷。作为大男人，他们本身对这些首饰之类的东西就没有概念，互相对视一眼，都是一脸迷惑。

张行简将镯子举起，对着阳光又看了一下，然后又放到鼻下细嗅了一会儿，方对一脸茫然的洗衣女子说："是金镯子，但你可知这金镯子的出处？"

洗衣女子显得有些惊慌："小女子不知。"

张行简又盯了一眼洗衣女子，说："你不知出处，就说这镯子是你的？"

看洗衣女子无言以对，眼中却又渐渐渗出泪水，张行简一笑，将镯子递过去："是你的总归是你的，你莫害怕，你只告诉我镯子是从何处得来即可！"

洗衣女子看着送到眼前的金镯子，接又不敢接，不接又不甘心。张行简又将镯子往前递了一下，说："拿去吧，镯子自然是你的。你只告诉我是谁送你这镯子就好。"

洗衣女子伸手去取金镯，张手之际，张行简目光迅速从女子掌中纹理掠过，轻轻一叹，任由女子将金镯子取回。

女子嗫嚅片刻，仍说不出话。张行简一笑，突然说："不说也罢，多有打扰，现在镯子物归原主，我们也该走了。"

张仪与宋义莫名其妙，但大人既然说走，那就走吧。

女子敛衽下拜，正要说一句感谢的话，张行简忽然又问出一句："他是否还在家中？"

正在下拜的女子顺口接到："已然离开。"话说出口，突觉有误，全身僵硬。

张行简又追问一句："你可知他去往何方？"

洗衣女子张皇已极，不由自主地回答："小女子委实不知。"突然有眼泪从眼中流出，女子伸手去擦，又不敢哭出声来，全身微微战栗。

张行简伸手虚扶一下，说："多有打扰，小娘子勿惊。此后这段时间，小娘子还是少些出门为宜，这镯子也不宜给外人见到。"

不待女子回答，张行简回身，张仪、宋义扶持着，翻上马背，慢慢去了。

张仪、宋义急忙跟上，只余洗衣女子一人站在河边，一会儿看看手中金镯子，一会儿看看远去的张行简三人三马背影，迷茫之极。这个老先生颇有戏文里的大官风范，问的话让自己难以回答，也不想回答，也回答不了。

那个人已经走了。那个人，唉，那个人……

一直走出十几里路，张行简突然勒马停下。张宋二人本就有满腹疑窦，终于找到说话机会。张仪跟久了张行简，还能将疑问憋在肚子里，宋义一直在军队服役，初扮家人，实在忍不住，终于问出来："大人，方才那金镯子可有什么蹊跷？你怎么料定是那男子抢夺镯子，几句话就把那男子吓走？"

张行简说："那镯子贵重，那女子居然公然戴了来河边洗衣。她一个孤身女子，那男子途经看见，自然起了抢夺之念。若非我们正好赶到，镯子定然已被抢走。至于判定那男子是抢匪，这个容易，这镯子无论是谁的，谁都不会愿意与他人共同分享。镯子本来是他的，他自然不怕到衙门见官，而空手抢镯子的一方，抢到两只固然很好，只得一只也是天外横财，自然乐于分享。为了这还没到手的横财，要去衙门受审，说不定还有牢狱之灾，那他自然是不肯的了。"

宋义恍然大悟，连连点头。点完头后，又问："大人既然判定镯子是那女子之物，又为何要追问镯子来历？难道那女子也非镯子主人？既如此，大人又为何要轻轻放过那女子？"

张行简在马上略微沉吟，又任马慢慢行得几步，宋义紧跟其后。张仪也是满腹疑窦，只是跟大人久了，不敢轻易问询，听宋义问了，也悄悄催一催马上来，与宋义并行，听大人解释。

张行简沉吟有顷，又将马勒住，方答道："金镯是那洗衣女子的，前已断定。不过这女子得到金镯子的时间也并不长，否则就不会稀罕到就算远来河边洗衣，还要随身佩戴，以至引起匪人觊觎。这既是她的稀罕，也是她不知此镯子的金贵，还是她舍不下送她金镯之人。"

宋义张了张口，还是忍不住打断："这金镯子是别人送她的？"

张行简一笑："你认为这个贫寒女子会有这么贵重的镯子？我细看镯子形制、花纹，断非我大金与宋国之手工，必是出自西域无疑，并且不是市面流通之物，只有西域王室豪族及大酋长者流，方可能拥有这种制式首饰。所以我断定，送她手镯之人，必是西域来人。"

张仪与宋义齐齐吃了一惊，宋义追问："就算镯子是西域之物，也可能是早就流通到中原地方。只是这女子走运，偶然得到了吧？"

张行简缓缓摇头："不是这么简单。看镯子成色，必是新制不久，既然这等制式镯子，不是市面流通之物，理当不该这么快就流入东域。我细看镯子肌理，隐隐有血渍在焉；细细闻过，也有些许腥膻之味。且我观女子掌中十二宫纹，她必遇贵人，然观她相貌命理，她实不宜得遇贵人。此贵人命犯凶星，必是杀戮成性之人，会给她带来性命之忧。又是自西域而来，深入我大金腹心之地。而今西域动荡，蒙夏交兵，此子隐有血腥之气，所为何来？"

张仪、宋义大惊，赶紧拨马，宋义大声道："大人，既是如此，那女子如何放得？可容我再去抓她问来，一审便知。"

张行简摆手："不必着急，那女子能自行来河畔洗衣，显是那人已然离去。看女子反应，她应确切不知此子来路。那女子呈孤苦之相，必是寡居之人，她一时收留外人，自不知此人底细，现在人已走了，再问她也是无用。你且缓缓跟上，看那女子住处，细细查看近日可有异常之处，尤其要查清那人去向。暂且不要惊扰那女子，也许会有大事着落到她身上。"

看宋义拱手答应，拨马离去。张行简仰头向天，喃喃道："西域来人，诡异如此，此人会是谁？所来有何图谋呢？"

# 第三章

# 雁丘往事

哲别一骑东来，最初凭一腔愤然，想闯入中都，直接觑机射杀大金皇帝。两天狂奔下来，人不怎么乏，万中选一神骏非凡的马却受不了，只得到路边客店打尖吃饭，休息一夜。

其时，北中国大地虽屡经战乱，但大金连续两任皇帝，都奉行与民生息的政策，从不轻启战端，老百姓颇有喘息机会。金世宗完颜雍更被敌国南宋的大学问家朱熹称作"小尧舜"。他治下的大金国，人口从他上台之时的三百余万户，历时四十年，发展到六百七十余万户，天下可称升平。此时完颜雍虽已去世，但他的孙子、继位为帝的完颜璟完整地传承了爷爷政治清明、与民生息的一整套政治方略，大力发展文治，国中百姓长年得以安宁，后世称其时为"明昌之治"。但事难两全，文治大兴，带来的必然是武备不足，大金初起时弓马行天下的豪勇民族性格，渐渐消磨在了儒教流行中。

哲别一路行来，途中几无阻隔。当时铁木真正在统一蒙古诸部的过程中，与金国虽也时有冲突，但向未酿成大战，普通边境民众，还会时常私下做些贸易生意。金国境内时有蒙人往来，哲别换了装束，扮作西部单身客商，随身携带了些与西夏作战时抢来的珍宝物件，偶遇金国巡哨盘查时，随口扯谎，说要去中都做珍宝生意，金兵也不疑有他。虽然哲别随身带了弓箭腰刀，但孤身客商，随身带点防身器械，也不算过分，问问也就放行了。只是在过朔州关口之时，箭壶中的箭被把关的金兵收走大半，只留了八支，够防身猎兔之用。哲别一肚皮鸟气，却又发作不得。

此次东行，哲别已将自己百战疆场所使用的铁胎弓换下，只带了一把稍好的桑木牛筋弓，箭也换成一般的箭枝，射程既短，威力更弱了不止一筹两筹。现在连这样的箭枝都被收走，哲别就不得不考虑此行中都，射杀金国皇帝的可行性了。

原本金与蒙古就没发生过很大的战争，小的摩擦虽时时存在，在立国数十年的大金眼里，也一直是把这些草原上的部落看作跳梁小丑，只是抢一把就走的强盗而已。但随着铁木真一统蒙古诸部的进程加快，又快速扫荡了西夏的几处城寨，金国政府终于对这个逐渐崛起的枕边猛兽有了警觉，曾数度派使者入铁木真部进行指责。最初的铁木真颇是恭顺，后来不耐烦，一刀砍翻一个使者。此事虽然后经调停，赔偿了事，但金蒙之间显然已无信任，迅速崛起的蒙古已渐渐成长为一头猛兽，实是金国的心腹大患。铁木真马上要去斡难河参加忽里台大会，此行路途漫长，绝非旬日之间可以往返，消息更非隐秘，若金人趁机进兵，只怕铁木真在斡难河边所得利益，连老家都没地方可以运回了。哲别这才想要以一己之力，搅乱金国朝局，让他们无暇北顾，等安定下来，铁木真就可完成统一大业，从斡难河凯旋回来了。

而今弓非铁弓，箭无数支，要完成远距射杀金国皇帝的使命，看来有了难度。但哲别并不气馁，去年秋冬之际，金国腹地山东东路益都府鞍材商人、江湖豪杰杨安儿，曾秘密赶来铁木真部，联系购买蒙古马匹，有意聚众起事。哲别只需找到杨安儿，定下起事之策，足以让金国腹心难顾。

据杨安儿当时所说，他将于年后携同妹子杨妙真自山东西行，既为接应铁木真亲口答允提供的马匹，亦是要聚集北地义士，一起做起事的准备。他们的落脚点便在保州，杨安儿的一处农庄。

在朔州关口将箭枝交上后，哲别不再东行，折而南下，沿汾水之岸，往并州而去，准备过并州，入河北，往保州去寻杨安儿兄妹。

其时正值仲春时节，万物萌生，冰消雪融，春风激荡着汾水波澜，水流欢快，奔腾下行。哲别沿河一路行来，路边已是初盈绿意，放马驰骋，颇惬心怀。官道上行人并不多，远远近近，时有村庄，炊烟缭绕，偶有村妇野老，在村边地里忙碌，景象甚是祥和。

哲别半生飘荡在蒙古草原，茹毛饮血，杀人射猎，何曾见过如此安谧的乡村田园生活，时而啧嘴，暗道：怪不得铁木真可汗一直称道中原的花花世界，果然有些贼门道，若是拿来献给可汗，他一定会开心。

哲别原来是铁木真死敌札木合部落的战士，本名叫只儿豁阿歹。四年前，与铁木真的作战中，他曾一箭射中铁木真的脖子，导致铁木真血管崩裂，差点送命。战后，只儿豁阿歹被铁木真部俘虏，只儿豁阿歹毫不害怕，坦率告知射伤铁木真的就是他。铁木真不仅不追究他的责任，还亲自解绑，认他为朋友，给他另外取了个名字叫哲别，在蒙古语中，就是神箭手的意思。哲别大为感动，从此倾心归附铁木真，紧随在铁木真身边，浴血疆场，出生入死。还一直惦记着要立一场别人无可取代的大功，来洗刷曾经射伤铁木真的过错。此次南入金国，直插大金腹心，很大的动力，便来自于此。

沿汾水南下，渐渐折而向东，进入并州地域，路上行程，已非止一日。

这日上午，哲别行不多时，汾水回折，弯环处一片平野草原。前方远处有一骑驴书生，哲别刚看清时，书生忽然跳下驴来，呆呆向天，不知在做什么。

哲别马快，一会儿就冲到黑驴之侧，他勒住马匹，转脸看了看骑驴书生，发现自己高估了书生的岁数。书生剑眉星目，身材高挑，远看起来是个儒雅学子，近看却是少年之气未脱，岁数大约只有十六七岁的样子，只是凝眉肃立，宛有渊停岳峙之象，让人无法因年龄生出半点小觑之心。

哲别沿书生凝望的方向看去，天上有两个黑点，此时已渐渐清楚，那是两只大雁。

其时正是仲春时节，北国风光尚不是草长莺飞的时候，大雁北飞尚不多见。哲别根本不去想这些，他久在草原驰骋，猎雁射狐，是他的拿手好戏，也是他半生衣食的来源。看到大雁飞来，哲别连想都没想，翻手取下桑木弓，微微试了试，伸手抽出一支箭，看大雁已快飞到头顶，抬弓搭箭。

儒服书生原只静看大雁北飞，哲别在他身边停马，他也只是微微斜看一眼，并未在意。大雁渐渐飞到头顶，书生跟着抬头看时，却在眼角余光处，看到哲别抬弓搭箭的样子，大惊，开口就呼："使不得。"

叫声出口，头顶的大雁突然受惊，雁翅加速。就在同一时间，哲别的弓弦响处，一只雕翎箭破空飞出。

能成为铁木真亲口加封的"哲别"，哲别的神射功夫在以弓马横扫天下的蒙古军中，稳称绝顶。射一只普通的大雁，真称得上是手到雁落。只是哲别原想施一箭双雁的绝技，将两只雁都射下来，书生的一声呼喊，让双雁受惊，仓促之间，他也只能射落一只大雁。哲别颇有些恼怒，狠狠瞪了书生一眼。

书生浑然不惧，看哲别又要抽箭，又喊了一声："使不得。"快步走上，伸手去扯哲别的弓。

哲别何等身手，岂容书生拉住长弓，手花轻轻一抖，书生拉了个空，微微一怔，往天上看去，突然惊呼："看。"

哲别被书生阻了一阻,自感索然无味,装好弓,正待下马去捡拾射下的大雁,听书生的一声呼喊,有些不悦,看向书生,又沿着书生的眼光向天上看去,也不由得一怔。

哲别射猎半生,亲手射下的大雁没有一千也有八百,从来都是射下一只雁后,其余大雁都会惊慌飞逃。但这一次却有不同,哲别所射一雁坠地,另一雁稍转半个圈子,非但不逃,反而双翅加速,向早已落到地上的大雁飞来。

哲别也很惊奇,就坐在马上看。书生更是微张着口,看得出神。

就见那只雁迅速落到被射落的大雁之侧,弯下脖子,伸喙去拨死雁的毛。

拨得两拨,死雁毫无动静。那大雁引颈向天,高声唳叫,其声悲切。就算哲别手上曾沾满百数人的鲜血,也不禁为之神夺。

大雁长唳之后,双翅一振,直飞上天。哲别与儒服书生不由同时仰头去看,就见大雁直入云霄。两人都同时松一口气,想这雁就这么飞了,也挺好的。哲别此时已无丝毫射猎之心。

两人刚欲低头,只见云霄之间,一道黑影急速扑下。两人刚刚看清就是刚刚飞走的大雁时,那大雁已经一头扑到地上,雁首先着地,庞大的身子压在雁首上。哲别想:雁脖子该拧断了。

却不想大雁翅膀振动,居然又腾飞起来,再入云霄。

云霄之间,有雁唳声传出,其音如泣如啼。

黑影再次从天而降,大雁再次扑到地上,仍是雁首先着地。

年少的儒服书生固然是看得目瞪口呆,神射无双、半生猎物足以堆积成山的哲别,也是从未听说过、更未见过这样的事情。两个人再说不出任何话,只能目送大雁再次飞起,再次扑下。

三起三扑,大雁终于不再飞起。翅膀微微扇了几扇,就此寂然。

两只雁静静卧在一起,一只身上尚插着箭枝,另一只的脖子已彻底

第三章 雁丘往事

折断，有血慢慢渗出，染得大雁身下的土地渐渐红起来。

两个人又等了一会儿，大雁再无动静。

哲别先走过去，把箭枝从死雁身上取下。又提起折断了脖子的第二只雁，举到眼前看了看，颇为不解：这只呆头雁，已有了逃生机会，为何不去逃生？这么死了，对谁有好处？

哲别刚想将雁收起，那个十六七岁的儒服书生走了过来，向哲别打了一躬，开口说："小子元好问，不知壮士怎么称呼？"

哲别甚是不耐烦与中原穿儒服的小子说话，道："我叫哲别，你有事就说吧，文绉绉的我可听不懂。"

元好问指了指哲别手上的雁，小心翼翼地问："哲别壮士，可否把这两只雁卖给小子？"

哲别看了看手中大雁，又歪头看了看元好问，问："一只大雁便足够你几天吃了，你买两只有什么用？"

元好问说："小子买来并不是要食用，而是见这两雁深情，不忍见其被人食用，也不忍其曝尸荒野，而是要建一雁冢葬之。"

哲别听得有些迷糊："雁什么种？死了的雁怎么做种？"

元好问恭恭敬敬回答："不是做种，是我看两雁深情可感可传，想要给两只大雁建个坟丘葬了。"

哲别搔了搔头皮，中原读书人，果然麻烦。看了看手中大雁，爽快地甩手送出："算了，这两只雁就便宜你读书人吧，老子看你还算顺眼，钱就算了。"

元好问掏出一块碎银子，双手递上："岂能白要壮士的猎物，银子还请收下。"

哲别接过银子，又看了看元好问，大笑一声："好吧，看你小子也没坏心眼，就收你这块银子。"心中暗说，老子今天不杀你，很够给你小子面子了。

在哲别的心中，中原这些四脚汉狗，都有可杀之处，但这次他深入金国，自是处处收敛。再者元好问也的确眉正目肃，让哲别颇有好感。

大笑声中，哲别翻身上马，摆了摆手，便策马行去。

眼角余光所见，元好问将两只雁恭恭敬敬摆在地上，深深弯下腰去。

有风吹过哲别的耳边，风中隐隐传来元好问的悲吟：

问世间、情为何物，直教生死相许……

哲别一路东行，离汾水，经太原，过河东北路与河北西路，进入中都路。

翻越太行山之时，山高林密，路径险仄，哲别艺高人胆大，自是不惧野兽强人，但一路行来，除了两头灰狼不识趣地成了哲别箭下猎物外，却也没有强盗拦路。仲春时节的太行山，别有一番苍凉风味，只是哲别久历沙场，杀人有千百种手段，胸中却实无半点文墨，看出去一幅残山剩水，实在没什么意思，只管催马赶路。

不想在群山中不见猛兽强人，出得大山，进入保州平原之地，他随身所带珍玩，却被人看上。

看上之人也算不上强盗，只是一个惯偷而已，名唤陈二手。但这样经年累月靠偷窃为生的小贼，眼光反比强抢豪夺的大盗更亮，他一眼看出哲别随身所带的布囊不一般。又看哲别蓬头虬髯，一幅远行客装束，随身带有弓箭腰刀，尤其是哲别久历血战所熏陶出的那种悍厉之气，让陈二手一点兴不起盗窃之心。

只是虽然不敢近身去偷，但判断出珍宝价值不菲，仍然让陈二手心不能静，割舍不下。他是在哲别打尖吃饭之时，看出了哲别随身的布囊有内容。就趁着哲别叫酒叫菜的时候，陈二手迅速联系了镇上几位平时就一起偷鸡摸狗、三舍两瓦的流氓混混，跟大家说了孤身肥羊的情况，提前预约好事成后如何分赃，就提前出镇，按哲别来时的方向，推算出哲别要去的方向,就在那一方向上,找一处远离镇子的人稀林密处埋伏起来,专等肥羊出镇后,一个出其不意,抢了就跑。

哲别打尖的这个镇子叫梅龙镇,镇子不大,距保州只有百余里路程,走到这里,哲别才算想起,他并不知道杨安儿兄妹的详细落脚地址,只记得是保州城西的杨家农庄,然而这个农庄究竟在哪里,他实在是记不起来。

这样哲别就只能继续往保州方向去,他是从西北方向来,保州是在东南方向,他问了一下店中伙计,知道去保州只能往南去,行四十余里,有一处叫经杨店的大镇,从这座大镇再折而向东,便无岔道,直达保州了。

哲别的汉话说不太好,又没有准确地方可以打听。他一碗碗喝着酒,思虑再三,觉得脑子一片嗡哄,知道自己不是可以认真想事的料,也就不再多想,大不了兜兜转转去找,实在找不到,就顺手将当地节度使宰了。此处是中都门户所在,精兵悍将,多出于此,宰掉最高指挥官,也够他们乱一阵。

哲别又胡乱喝了几碗酒,会账后离开酒店,上马后又不知该去哪儿,就信马由缰,出得镇来,向保州方向走去。

其实日已西斜,渐近黄昏。若不是喝了酒,哲别也许就会直接在镇上住店歇了,认真打听一下杨家农庄的所在。但在酒意冲动之下,哲别根本没想住在镇上,反正一路行来,多半是在路边就地裹了狼皮褥子睡的,也不差这一夜。

哲别漫无目的,信马由缰,沿路向经杨店方向去,走了约半个时辰,天色已晚,也已远离镇子二十余里,路边已无人烟,树林越来越密,地势渐高。

此处原是一处微微坟起的大岗子,方圆足有十余里,在当地唤作黄泥岗。因为远离村落,平时少有人来。又因林中乱坟无数,偶尔有人来此祭奠,所以林中小兽无数,却也没有狼虎等中大型猛兽。

此路向南，便是经杨店，最初的路径原就是穿林而过，但在多年中，林中曾发生过多起抢劫事件，也有人在林中遇到野兽，虽未伤人，但给人很大恐吓，后来就有知道这些事情的行人，不想直穿这片岗上森林，在岗前林边，就绕岗而过，宁可多走十里的路，也要个安全放心。久而久之，就有了两条不同的路径，一条穿林而过，一条绕林而过，比较起来，绕林的一条，当地走的人更多些，异乡人如果不细细问路，则大都会一头撞进林中的路上去。

哲别本就酒量豪阔，被向晚的春风吹了一会儿，酒意早就褪去。却是略有困倦之感，信马走到林边，在岔路之处定了定神，他自然不知道绕林的路也是往经杨店去，纵然知道，他也不会因为所谓的可能有的毛贼和小兽而多绕路。径直催马入林，沿着依稀可辨的小路，一路向前，边走边细细打量路边树木，想选一棵枝丫浓密的大树，就到枝丫间凑合睡下。却忽然听到林间有呼喝声。

陈二手也不认为这个连中原话都说不明白的蒙古汉子，会搞得清楚两条路的走法，他伙同一众地痞，先找到黄泥岗上树林。进得树林，再沿路往里去一里多远，计算着林外岔路处就算有人经过，也不会看到林内的事情。正待寻找处好藏身的地方隐蔽起来，却忽然听到女子嘤嘤之声。一众地痞寻将过去，就见到一位白衣女子在一座坟前哭泣，一看就猜到应是一位未亡人在祭奠自己的丈夫。

一众地痞转身欲走，又想这个女子在此，千万不要坏了他们的抢劫大计，就又转头去找那女子，赶她出林。

这女子正在悲泣之时，被这群地痞呼喝，心下有些惧意，其时天色也晚了，就急急收拾，想马上出林回家。

偏偏这群地痞中有个叫詹青的光棍，素来好色如命。这女子本也只是中人之姿，算不上多么漂亮，但女子穿白衣，本就容易打动人，若要俏，一身孝，眼中脸上又有泪痕隐然，更增楚楚动人之态，尤其在半明半暗的暮色中看出来，更有一种特别的姿色。詹青一见之下，色与魂授，哪肯这么容易放这只小白羊离开，上前就拉拉扯扯。

不只是女子惊叫推拒，就连詹青的一众同伙也很不满，他们是来劫财的，估计那头孤身肥羊很快就要过来，怎么能让个小女子坏了好事。他们就纷纷拉扯詹青，想劝他走。

不想詹青精虫上脑，坚执不从，一手扯定白衣女子，就是不肯放开，最后说这次财水就不要了，他只要这女子。

大家拉扯得狠了，女子终于瞅到机会，趁詹青一时手松，摆脱开就跑。詹青紧追两步追上，直接拔出刀子，威胁女子再敢跑就砍了她，将女子吓得簌簌颤抖。然后又回身用刀子指着自己的一众同伙，谁要敢再坏他的好事，就跟谁白刀子进去红刀子出来。

大伙儿一时僵住，都没办法。那女子忽然坐地，大哭起来。詹青心烦意乱，回身用刀背去砍女子，被陈二手觑准时机，摸起地上一块石头就砸到詹青头上。詹青额角鲜血迸飞，直挺挺倒下去。鲜血迸溅到女子身上，倒下的詹青又不知是死是活，女子吓得大叫，转身就跑。

事到如今，那是不能再让女子跑了，万一正面撞上孤身肥羊，他们的一切谋划就要成空。陈二手两步追上，将女子一把扯住，狠狠甩到地上。

这些人偷鸡摸狗的本事不小，打架斗殴也不在话下，拎刀子互砍的事也时有发生，但真说到杀人，倒也从没做过。把女子摔到地上后怎么处置，倒是一时为难起来。女子摔在地上啼哭，有地痞大声呵斥两句，没有效果，一时气恼，摸出刀子要砍，却被同伙拦住，嘈切个不休。

哲别听到吵闹之声，都是当地方言，他平生少与汉人打交道，放慢了语速对话时，他还能说清听懂，用土话来嘈嘈切切地吵嚷，他是一句都不懂。但还是拍马赶过去，看究竟是什么情况。

陈二手正气恼地呼喝众地痞收手，只是众地痞本都不是他手下，一时闻财欣喜，才乌合起来，哪个又耐烦听他来指挥。陈二手正无可奈何间，猛听的有马蹄声响，抬头去看，哲别就已纵马临近。

陈二手一个激灵，大声喊："来了，肥羊来了。"伸手去取别在腰间的短刀。他们原来的计划是趁哲别不备，在密林里用绊马索绊倒他的马，一拥而上将哲别捆了，取了他钱财就可扬长而去。至于哲别被捆着扔在树林里是死是活，他们是不管的。但只要不是万不得已，他们也不会直接动手杀人。

现在绊马索是来不及用了，哲别的马已跑近。一不做，二不休，趁着天快黑下来，把他做掉再说，反正只是个外地孤身客商罢了，就算没了性命，也不会有苦主告发。

这个时候根本来不及商量，难得的是众地痞与白衣女子一番纠缠之后，心里多少都有些火气，哲别的到来，让他们都有了发泄的目标，竟是不约而同都抽出随身所带的家伙，纷纷向哲别冲去。没人再管那个女子。

哲别拍马冲到吵嚷的人群外，还没来得及看清情况，那群人就忽地发一声喊，纷纷向他冲来，每个人手里还都掣出了刀子、斧头等利器。

哲别长成于大漠草原之上，搏杀于尸山血海之间，此次一时头脑发热，深入中原，时时处处提示自己不可张扬。十多日路程走过，早已憋的心里冒火，手上冒汗，此时看到众地痞手上明晃晃的家伙，便如见到亲娘一般快活，哪里有半分畏缩，大笑一声，随手摘弓抽箭，抬弓便射，地痞中一人，应声倒下。

箭就射在这个地痞的心脏上，一箭毙命，这个地痞连一点声音都没发出，直挺挺倒下，正砸在尚僵卧在地、不知是生是死的詹青身上。

众地痞也是人多势众，才群情汹汹，拔刀子去砍人，哪见过真正的疆场杀人情况。哲别一箭如电，自己的伙伴就在身边直挺挺倒下，一时吓住了部分地痞，手中还握着利器，口中还喊着打杀，脚却不由自主地发软，再也冲不动了。

有三个冲在最前的地痞，既没看见同伴倒下，也收不住手，一径冲到哲别身边，挥刀就砍。

哲别生怕他们伤及爱马，不欲在马上杀人，两脚早脱了马镫，看三个地痞冲上来，一声呼喝，在马背上纵起身来，老鹰一般，疾扑下去。

沙场百战，威势凛然。哲别一纵一扑间，如有血腥之气扑面而来，三个地痞只呆了一呆，哲别在腾纵时早抽腰刀在手，暮色里刀光闪过，如鬼火磷然，三个地痞只来得及喊出半声，就几乎在同一时间，身首异处。

那些跟在三人后面、腿本已有些发软的地痞，只见眼前亮光一闪，两眼一花，三颗人头就在他们眼前飞起，颈血红黑，窜溅而出。

这些地痞哪里见过这等场景，直如看到梦魇一般，都张大了口，有的发一声喝，转身就跑，有的跑都跑不动，腹下一时齐响，那是屎尿一起流了出来。只有陈二手一人，非但不怕，反而奇迹般的红了眼睛，挥刀直上。

陈二手这样的小虾米，哪里放在哲别眼里，反手一刀，将陈二手手中的刀直接砍断，余势不减，砍裂了陈二手的半个胸膛。可怜陈二手，打了哲别大半天的主意，发财梦没做成，反而断送了自家小命。

哲别砍翻陈二手，连斜眼看一眼都不曾，大步向前，一步两刀，走了不足十步，十余位地痞已是无一生存，都到地府团聚去了。

只有一位腿脚利索的地痞，此时已跑出十余步，眼看就已隐入暮色暗林的深处。哲别腰刀入鞘的同时，弓箭就已取在手中，向前一步，也不瞄准，抬手便射，箭如黑电，没入林中暗夜，那位地痞一声喑哑的呼叫，扑地死了。

哲别一声长笑，连续多日的憋屈终于喘出一口大气来。只可惜这些家伙不是训练有素的敌军将士，杀起来远不过瘾。大笑声中，哲别收起弓箭，正待回身，忽觉后背靠左肋的地方，一阵清凉，竟有一支箭矢，悄无声息地插了进来。

原来是本已被陈二手用石头砸晕的詹青，被哲别第一个射倒的地痞砸在身上后砸醒了，在哲别越过他追射逃走的地痞时，翻起身来，抽出地痞身上的长箭，趁哲别以为已屠尽群痞、一时大意，双手抱箭，从哲别侧后，狠狠扎入。

詹青用了全身的力气，长箭从后背斜插而入，居然从前胸透出。哲别一声虎吼，长箭穿身，一时连转身都转不过来。

詹青一扎得手，看都不敢看这个杀人魔王一眼，拔腿就跑。却在一转眼间，看到哲别的马还静静地站在林下，马鞍上犹搭着陈二手描述过的那个装满了珍宝的袋子。发财的欲念瞬间生起，不再跑路，反向马匹奔过去，伸手去解布囊。

如果詹青一扎得手后，转身一径里跑了，此时受伤极重的哲别，真也没有留下他的办法和能力。詹青的财欲发作，去取哲别的布囊，却是自寻了死路。

哲别已勉强转过身来，看詹青已到了他坐骑侧后，伸手去解布囊。哲别低低呼哨一声，那马陡然飞出后蹄，詹青满心贪念，全无防备，马蹄正中他的胸膛。

这匹马跟随哲别多年，久历战阵，马蹄飞出的力量可摧石陷铁，詹青只是一个小小肉皮囊，如何承受得了，一声惨呼，破碎的内脏随声吐出，软软地倒下地去，已是死的不能再死。

哲别强忍剧痛，呼哨完那一声后，已是喘息不已，眼前满是金星。他用手握住前胸透出的箭头，用尽最后力气，狠狠一抽。箭矢透体而出，鲜血也随之喷出。

哲别将箭甩到地上，贯穿身体的伤口已让他几乎失去痛觉与知觉。他在倒下之时，忽然有绵软的感觉，随之眼前有白影闪过，哲别就陷入昏迷中了。

# 第四章

# 梨花枪法

杨安儿冲杨妙真轻轻做一嘘声，将手指压到唇边。杨妙真便不再说话，由杨安儿拉着，快步转过一处池塘，残苇春树，将文澜书院隔在了身后，方才停下脚步。

杨妙真甩甩手，不满地说："哥，就算那人背了把枪，又有什么好怕的。"

杨安儿笑了笑，说："怕吗？大哥何曾怕过事。"不等杨妙真说话，又接着问："你看出那是把枪，可看出那枪是什么材质？"

杨妙真嘟了嘟嘴，说："一把破枪，还能是什么宝贝做的？"

杨安儿说："你没看出来，那人背枪走路的姿势，每一步行来都甚是沉重，那必不是寻常的材质，以我想来，那枪应是连柄的玄铁所制。"

杨妙真不以为然："玄铁制枪，哪里有这样的枪？"旋即瞪大眼睛，问："哥，你是说这个人是……"她犹豫了一下，杨安儿则接上她的话，将名字说了出来："对，他应该就是铁枪李全。"

杨妙真一蹦而起:"他就是铁枪李全?我得去会会他,瞧是他的铁枪厉害,还是我的梨花枪厉害。"

杨安儿一把抓住:"臭丫头,着什么急,那李全年纪轻轻,就在江湖闯出偌大的名头,岂是你几式花枪就能对付得了的!"

杨妙真挣开哥哥的手,说:"哥,你说什么,花枪?是梨花枪!哥你不也是在江湖上闯出偌大的名头吗,你可胜得过我手中梨花枪?"

杨安儿搓了一下手,一时答不上话。他自幼便跟从地方武术名家习学武艺,稍长之后,便行走于中原塞外,贩鞍贩马,多方请教,转益多师,十八般兵器无不精熟,更在无数次生死搏杀中,积累起丰富实战经验,掌中一柄单刀,马上一把点钢枪,在江湖之上,为他打下了赫赫威名,成为北中国江湖道上数得着的首领人物。但就是他这个江湖上威风八面的武功高手、枪法名家,在妹妹杨妙真十三岁时,就已无法在枪技上击败妹妹,对练比试时只能靠大力击飞妹妹的长枪获胜;到妹妹十六岁时,他已无法再震飞妹妹手中的长枪,不是妹妹的力气异乎寻常地大起来,而是妹妹手中梨花枪已出神入化,如蟒吐信,如电闪击,他已没办法靠蛮力砸到妹妹手中的枪杆之上。无论他手中换上什么兵刃,在妹妹的梨花枪前,都失尽威风,十次比试,他已是十次都要弃械认输。

杨安儿此次从益都府东来莒州,是为他计划中的西下潍州、联络起事做准备。莒州东南方向有磨旗山,山势巍峨,此处有他贩鞍材时结义的好友王仙。王仙是一位地方豪强,杨安儿此行东来,便是要说服他在潍州、益都举义之时,一并起事。

事情进行得极其顺利,王仙一拍即合。大金盛世已久,整个朝廷上下,骄奢淫逸,吏治败坏,反映到地方治理上,王仙这样商贩起家的富裕之家,便成为被重点盘剥的对象。王仙贩行天下,足履江湖,仅亲手格杀的劫匪就有十数人之多,偏生在商旅途中杀了劫匪没人认真追究。在高门大户的家中,就算是地方上一个小小胥吏上门,他都得笑脸相迎,一包包银子送出,方始落个耳根清净。辛苦奔波所获利润,大半都进了官家的腰包。王仙早就憋了一肚子气,平时行走江湖,遇到落单的金兵,多半会顺手杀了。他与杨安儿自相识之初,即倾盖成交,对杨安儿的雄才大略,倾心佩服,平时相处之时,无话不说,便曾屡屡说起"反了个奶奶的",现在杨安儿认真来游说,自然是一拍即合。

两下里说得高兴,王仙摆下酒宴,请杨安儿兄妹吃酒。宴上讲些江湖轶事,再在口中较量些枪棒。说到兴起之时,王仙和杨安儿各自拿着根筷子,就在杯盘之上,试演些攻防推拒之术。越演练越快活,酒桌之上已不能尽兴了,王仙就邀杨安儿兄妹到他平时练武的后院去,现场表演切磋一番。

杨妙真看他们筷子上的演练,在她眼里,无处不是破绽,但两人都是她的大哥,她自然不能扫了他们的兴,并且他们的表演也的确有许多妙着,给她启发,她也就一直跟着叫好。现在两人去演武场,杨妙真倒是比他们两个更积极,兴致勃勃地跟在后面,一起过去。

王仙以前与杨安儿相见时,见过杨妙真,也颇是喜欢杨妙真的伶俐可人,却从不知杨妙真一身武功,远超乃兄。

大凡天下男子,在异性面前,都有一种表现欲,虽然王仙视杨妙真为妹妹,绝无更多想法,但杨妙真的连番叫好,还是让王仙得意不已。到得后院,他就在演武场边的兵器架上,信手绰起一条杆棒,看杨氏兄妹在边上站着,并不伸手,就主动拿起一杆花枪,递给杨安儿,他知道杨安儿枪法卓越。他们两个此前曾有过切磋,杨安儿的武功要强他两筹,他本也是衷心佩服的,但他们也有段时间未见了,这段时间内,王仙觉得自己武功又有长进,现在酒兴上来,便想再与杨安儿切磋一番。他倒不会自大到认为自己已经长进到可以与杨安儿一般了,主要还是想看自己的长进程度,也暗存了在小妹子面前炫耀武艺的心思。

杨安儿笑笑，伸手接过花枪。

王仙又看了看杨妙真，杨妙真以为他要也送自己一杆花枪，兴奋得不得了，就要伸手去接。却不想王仙只是看了看她，伸手搔了下头皮，就转身去与杨安儿说话了。

对王仙来说，他是根本不知道杨妙真身怀武功，在他心里，纵然有杨安儿指点，杨妙真最多也就是学了点防身术而已，根本就没有在他们这些江湖豪杰面前拿枪使棒的资格。

但对杨妙真来说，王仙这就是明显看她不起，她不高兴地嘟了嘟嘴。王仙既然没给她兵器，她也不好自己去取，就站在哥哥身边，看着哥哥手中的花枪出神。

王仙是个江湖豪杰，哪里顾得上杨妙真的心情和表情，他把枪递给杨安儿后，伸手道："安儿兄弟，这便下场，指点一二如何？"

杨安儿枪交左手，右手摆了摆，说："王仙兄，你方才在桌上说起，对盘龙棍法又有几处修补，不妨使将出来，让我先开眼界。"

盘龙棍法是王仙的拿手绝技，之前与杨安儿切磋输了时，曾使给杨安儿看，杨安儿认真指出过棍法中的几点不足，王仙用了很长时间，补好了破绽，心下甚是得意。现在杨安儿要先看他的这路棍法，可说是正搔到了他的痒处，道一声："如此就请安儿兄弟再做指点。"就提了杆棒下场，立了一个门户，随后劈扫崩砸，一路使将起来。

王仙的杆棒使得确实不错，戳劈格挑，抹扫穿撩，凡到攻势，其凶猛之状，直如猛虎；摆刺压拨，架拦封挡，守势时，其沉稳之状，亦宛有山岳之态。一路舞罢，收势之时，杨安儿大声叫好。

王仙把棒法使得酣畅淋漓，心下也甚是满意，听了杨安儿的叫好，便道："胡乱使得几棒，安儿兄弟一定要指教才是。"话虽然说得谦虚，毕竟是武人，不怎么懂得掩饰，脸上就带出自我满足的神态。杨安儿心机要比王仙深沉，王仙的杆棒又确实使得好，演武场上微寒的春风吹过，方才在酒桌上还想下场的心思就淡了。王仙邀他下场再放对一次，他便摇手不去。

王仙兴致正高的时候，哪容杨安儿推托，伸手去拉杨安儿，杨安儿还没来得及反应，杨妙真就已从杨安儿手中接过花枪，说："王仙大哥，我来陪你演两路罢。"

杨安儿并没将花枪送给妹妹，但妹妹伸手取枪之时，手腕上略有一个变化，他手中的枪就不自觉地到了妹妹手中。他看了看妹妹，一时说不出话。

王仙还以为是杨安儿主动把枪交给妹妹，杨妙真说完后，杨安儿又不说话，那便是默认了妹妹的行动，顿觉颇受轻视。杨安儿自己不下场，却默许妹妹来与他放对，那不是瞧他不起吗？他是江湖好汉，绿林中行走，刀口上舔血，看杨妙真十八九岁的年纪，还是个娇滴滴的小姑娘，自己的一棒下去，就算砸不死，只怕也砸伤了她，江湖上传出去，岂不让人笑掉大牙，说自己以大欺小，以男欺女。

王仙瞥过杨妙真，又对杨安儿说："安儿兄弟不愿指点俺这三脚猫的棒法，那就算了吧。"伸出手去，就要往兵器架上放回杆棒。

杨安儿苦笑，心知王仙有了误会，刚想怎么解释，杨妙真好不容易有出手机会，哪容王仙将杆棒放下，王仙的手臂刚往兵器架上伸去，杨妙真单手所持的花枪挑起，没有任何多余的动作，只是简单的一挑一拨，王仙只觉虎口一麻，手掌一时失力，握在手中的杆棒莫名其妙地就向空中飞去。

这条杆棒是王仙日常所习用，棒身是铁桦木制成。山东并不出产这种木料，这还是王仙从辽东商贩手中购得，虽是木质，其硬度更逾精钢，入水即沉，击铁成弯，杆棒两端以铁环紧勒、其重约四十斤。王仙伸手欲放杆棒，毕竟还没放下，这么重的杆棒，他也需手上紧握才行。

看杨妙真一派活泼天真的少女模样，就连拿起这条杆棒，恐怕也是力有不逮，王仙绝对想不到，只是她枪尖简单地动了一动，自己手中这条杆棒，居然会直冲上天。他一时愣住，那杆棒冲上一段，便掉落下来。

不待王仙有什么动作，杨妙真花枪又起，单手持枪，去空中一拨，杆棒就在空中转了一圈，下冲的力量便卸了，杨妙真枪尖斜引，挑起杆棒，送到王仙身前。待到枪尖静止之时，杨妙真已是双手持枪，因为她的力气确有不足，枪尖上压上四十斤重物，她的单手就持不稳枪，双手持枪之后，枪尖在似动非动之间，杆棒的重量，始终不得压实，那条杆棒就横在枪尖之上，居然并不掉落。

杨妙真道："王仙大哥，你的枪。"

王仙愣怔之后，又羞又惊，伸手从杨妙真的枪尖上抢过杆棒，道："小妹子果然好功夫，俺就与你演上几合。"又看了看杨安儿，说："安儿兄弟指点。"他到此时，还以为杨妙真武功系由杨安儿教练，杨安儿武功应该远在杨妙真之上。

杨安儿一时也没法解释，只得点头道："四妹调皮，王仙兄胡乱指点她两手就好。"

王仙只道方才自己一时不察，才致失手失棒，虽然对杨妙真的枪法有点惊奇，也绝不认为自己会不是对手。他与杨安儿有过数次切磋，知道杨安儿的武功胜过自己许多，但杨妙真妙龄少女，就算学了哥哥的部分本事，又能强到哪里去？大剌剌地摆个起手式，对杨妙真说："小妹子别怕，大哥自会小心，不会伤了你的。"

杨妙真终于有了比武的机会，心中快乐，双手持枪抱拳为礼，说："谢过王仙大哥了。"她知道王仙不会主动出手，说完之后，枪势下摆，向王仙刺去，速度不快，以示对王仙的尊重。

就在一年之前，杨妙真枪法大成，她将这枪法命名为梨花枪，意谓长枪一出，即如梨花纷纭，种种术法，尽含其中。她最好的也几乎是唯一的试练对手，就是她的哥哥杨安儿，杨安儿从最初的不屑一顾，一路被败到心服口服，曾与妹妹多次探讨到这枪法的奥义所在。杨妙真是综合十余年来跟着哥哥浪迹江湖时，转益多师所学到的种种枪术，以枪法史上从没有过的天赋，独出机杼，涵融于一。她跟哥哥说起，在枪术大成之前，也从没想过这枪应该是如何收发，练习之时，仅在熟之而已，熟则心能望手，手能望枪，圆神而不滞。而持枪对决之时，又莫贵乎于静，静则心不妄动，而处之裕如，变幻莫测，有虚有实，有奇有正，其进锐，其退速，其势险，其节短，不动如山，动如雷电。

道理是这样，杨安儿一度也曾有过枪法无敌的江湖誉望，对这道理自然也是一触及便明白，然而真正持枪对练了，他却怎么也做不到妹妹的自然而然，圆熟自在。杨妙真一枪在手，便如水流花开，云舒天际，所有变化，不假思索，自然而然便生发出来。败得多了，杨安儿也只能相信，有些天赋，是怎么努力也追不上的。

王仙不知底里，看杨妙真花枪刺来甚缓，知她是意示尊重，心气平复，大声道："小妹子不用客气。"挥棒便去砸杨妙真的花枪枪杆，也想把杨妙真的花枪砸得脱手飞出。

杆棒抡出，眼看就要砸到枪杆之上，王仙只觉眼前一花，花枪倏乎不见，自己使过了力，被抡空了的杆棒带着，向前跌进一步，花枪突地出现，就往自己一时站立不稳的双腿扫去。

王仙吓了一跳，但他久历江湖，厮杀经验丰富，拧腰垫步，硬是在不可能的情况下将已用过了力的杆棒转回，着地去搕杨妙真的花枪，没想到这一下又是使力过猛，花枪又已不见，尚未从上一次使力无从发泄中回过气来，又紧接上这一次，王仙的胸中一时有气岔住，他本是怕再被杨妙真挑飞杆棒，双手使劲握住的，现在也不由得有些松动。

所岔气息也只是刹那间事，就在气息将回未回之际，杨妙真手中花枪再度贴上杆棒，又是轻轻巧巧的一拨一挑，王仙再次虎口一麻，手掌再次失力，握在手中的杆棒再一次莫名其妙地就向空中飞去。

王仙一时呆若木鸡，仰头看着杆棒当空落将下来，直砸到头顶之上，也忘了伸手去接。

杨妙真花枪倏出，再次用枪尖接住杆棒，挑送到王仙的面前，笑道："王仙大哥，你的杆棒。"

王仙呆呆地伸左手接过杆棒，右手扶住脑袋，他绝对想不到自己会在一合之间，手中杆棒会被再次挑飞。他瞪着大眼，反复打量着杨妙真和她手中的花枪，突然开口，说："小妹子小心了。"

说完之后，王仙不再客气，手中杆棒轮将起来，势挟风雷，抢攻上去。

这次王仙是再也不敢托大了，直接翻出自己压箱底的技艺，一条四十斤重的杆棒泼风也似使将出来，棒势成网，威势凛然，只盼能一棒砸中花枪。

杨妙真手中花枪翻飞，就是不与王仙的杆棒正面相接，时刺时格，巧妙消解着王仙的棒势。

王仙的棒法施展之初，还怕一个不慎，真的打伤这个娇滴滴的小姑娘，七分使力，还有三分收手。及至连番使力，一连串自己得意的绝招使出，全无半点作用，一时使发了性子，再也顾不上是否会打伤杨妙真，棒影重重，已是使出了吃奶的气力。

杨妙真一枪在手，人与枪合，出枪也不密集，每一刺却都将棒影刺破，逼得王仙不住退后。她好不容易有了比武的机会，便不舍得及早把王仙打败。

杨安儿在旁看着，他熟知王仙的武艺，一点儿也不为妹妹担心，只是对妹妹的枪法惊叹不置。他此前屡败于妹妹枪下，都是作为妹妹的对手，现在作为旁观者，看妹妹的梨花枪法，实有如梦如幻的感觉，也彻底息了再胜过妹妹的想法。三十余合后，杨安儿看到王仙在退步之时，不住牛吼，显是心性已燥，不觉摇头，自语道："王仙兄要输了。"

杨安儿自语甫落，场中王仙一声大喝，一条杆棒，又是直向空中冲去。

不用说，那自是王仙再次落败了。

杨妙真再次将杆棒接住，挑送到王仙身前。王仙不接，直视着杨妙真，杨妙真一笑，说："王仙大哥，你的枪。"

王仙似是突然醒来，他从杨妙真枪尖上拿起杆棒，看了又看，忽地向身侧抛去，大声道："连小妹子都斗不过，还练个什么武艺。"

杨妙真手中花枪刺出，已被扔出的杆棒被刺个正着，空中一个翻滚，居然又停在了杨妙真的枪尖之上。杨妙真花枪递出，杆棒又被送到王仙身前。杨妙真道："王仙大哥，是你手下留情了。咱们再来比过。"

王仙看着眼前的枪尖与杆棒，呆得一呆，突然翻身就拜："小姑奶奶，不比了不比了，俺服了你了。以后你就是俺王仙的老师了。"

杨妙真一枪在手，演武场上，宛然如神。但毕竟只是个妙龄女儿，被王仙这么一拜，又惊又羞，翻手收起长枪，却不知怎么回答。还是杨安儿抢上一步，搀起王仙，道："王仙兄说笑了，谅她这个小娃儿，怎当得起你这一拜。她这一时侥幸，得你容让半招。这胜负之事，又何必提起。"杨安儿每说一句，杨妙真就在旁说一句"是。"把手中花枪放下。

王仙站起身来，冲杨安儿大声道："安儿兄弟，你这客气话说得忒也假。俺老王输了就输了，俺是输得口服心服。比输给你更口服心服一些。以俺看啊，你的枪法，也要比俺这妹子老师差上一截呢。"

杨安儿哈哈大笑，道："王仙兄目光如炬，正是如此。"

王仙大力一拍手，道"今天这场武比的，太痛快了。安儿兄弟，我就不再请你指教了。咱们再去喝酒。"

杨安儿抚掌，笑道："正该如此。比武哪有喝酒痛快。"

从此之后，王仙对杨妙真敬若天人，始终恭敬相待，从不以兄长自居，而是一直如此晚所言，以师礼对待杨妙真。多年之后，就在这磨旗山上，面对宋国使臣的无礼，为了维护杨妙真的女帅尊严，王仙付出了自己的生命。这已是后话。

从后院返回，杨妙真回房换衣服，杨安儿与王仙继续喝酒，两人从杨妙真的枪法说起，说到江湖之上武功高手的种种，不觉间便说到当时江湖中的枪法传奇人物铁枪李全，又从李全谈到群雄聚义反金，像李全这样的人物，孤鹜独飞，却是不易笼络。王仙一拍脑袋，说就在前一日偶然得知李铁枪自山下过，东去日照县城，似是欲对大金重臣张行简家不利。

杨安儿一惊，忙细问过程，王仙毕竟并未亲见李全，也说不清李全到底是什么打算。杨安儿心中七上八下，只住的一宿，第二天一早，便临时改变计划，不再西去保州，而是立即东去日照。

王仙大致知道杨安儿东去日照何事，却也知之不详，便要跟了同去，也好有个照应。杨安儿说不是去做什么大事，只是有些放不下心，只我与妹妹俩人就够了，以我们两人的功夫，难道还有什么应付不了的事吗？你在家做些起事的准备，然后也去保州聚义吧。王仙看了看杨妙真，自知杨安儿所言非虚，他们兄妹双枪并行，普天之下，只怕无处不可去的，便爽快应了。双方别过，杨安儿带着妹妹，匆匆便行。

杨妙真不知哥哥去日照何事，问了一问，哥哥沉吟未答。杨妙真也不在意，她自己本无去处，向来与哥哥相依为命，哥哥说去哪就去哪。何况日照临海，杨妙真自幼随哥哥闯荡江湖，却从没到过海边。人人都说大海足够大，根本看不到边沿，也没有人找到过边沿。杨妙真不信这无稽之谈，却也对大海早就神往，这次东行日照，想必可以见到大海。

杨安儿路上打听，听说有中都来人，进了张府。说话的人也是道听途说，把张仪的一骑入府夸大了十倍不止，听起来便是张行简回乡了。杨安儿心下焦虑，打马急走。杨妙真紧紧跟上。

临近日照城西太平桥，时间已晚，杨安儿从张府门前不远处走过，看到一片祥和，并无异常。仔细观察，也没有铁枪李全的动静。杨安儿放下心来，就近找一客栈，与妹妹住了下来。

次日一早，杨安儿带了妹妹，再次来到张府附近，却听说中都来人已于一早赶往了城东二十里处、张行简中了状元后所兴建的文澜书院。两人便又匆匆赶往文澜书院。就在文澜书院外，远远看到李全的身影。

杨安儿又搓了搓手，说："李铁枪与我们非敌非友，我们还是不要招惹他。现在这边事情已了，我们还是往保州去吧，那边的兄弟们估计也等着急了。"

杨妙真瞪大眼睛，说："哥，我跟你急乎乎跑来日照，可是什么事也没做啊，怎么就成了这边的事情已了？"

杨安儿说："我就是怕李铁枪来日照是不利于张行简大人，听说节后是张大人回乡。方才在文澜书院前看到，回来的不是张大人，谅以李铁枪的江湖地位，也不会对一位下人出手。这边的心事也就放下了，我们可以走了。"

杨妙真继续睁大一双妙目，困惑道："哥，自从咱爹咱妈横死在女真人之手，你可是立誓要与这金国为敌啊。这几年来，你一直便是在联系各路英雄，要造这狗金的反，干吗对这个金国的狗屁状元这么上心？他考了个状元好了不起啊，我们欠他钱吗？"

杨安儿认真点头，又摇头，说："我们不是欠他钱，是欠他命。"

看妹妹一脸惊愕，杨安儿叹息一声，说："那是在二十六年前，那时爹娘还没有你，哥哥也还只是个刚不吃奶了的孩子。那年咱们的家乡大旱，草根树皮不够吃，人已经开始吃人了。爹爹和娘带我外出逃难，就在路上，爹爹突然病倒，也没人相救。人连自己都救不过来了，谁还去救人啊。爹爹就倒在路边水沟里，拖了两三日。叫天不应，叫地不灵，娘的嗓子都已经哭哑了。眼看着爹爹要病死，我和娘也要饿死，一位书生从这里经过，把他的口粮匀出来给了我们，又送爹爹一些药品，我们才算活下来。"

杨妙真第一次听到这段往事，心中惊讶，旋即思想过来，扑闪下眼睛，咋舌道："这位书生就是……"

杨安儿重重点头，说："对，这位书生就是张行简大人，他就在那一年考中了状元。当时他就是去往京城赶考的路上，碰巧救了我们一家三口。"

杨妙真说："是一家四口，还有我。"

杨安儿道："应是一家六口才是。"脸上微现凄然之色。原来杨安儿本有兄妹四人，中间两人早夭，只剩了杨安儿与杨妙真两个。杨安儿摇了摇头，又说："爹爹和娘这一辈子，都记着张状元的恩德。那时你小，他们时常为张状元上香祈祷，你也记不得。后来爹娘都没了，咱们跟张状元也搭不上话，我就没跟你再说起过。可爹娘临去世前，都曾一再嘱咐我，要想法报答张状元的大恩。"

杨妙真说："对啊，哥，这事我今天才知道，咱们可还一直没报恩呢！"

杨安儿伸手，摸了一下杨妙真的头发，说："你这话说得够傻的，人家是京师的大官，我们只是跑江湖做生意的商贩，就算想报答，又拿什么报答？人家稀罕什么？"

杨妙真嘻嘻一笑，说："哥，你这回百里奔波，来救护那个张状元，也算报恩吧。"

杨安儿说："你这话说的，我们这不是也没帮上什么嘛！"

杨妙真说："哥，别着急，有这心，早晚会帮上的。你不是说天下要有大变化吗，我们造反成功了后，说不定你就能救那张状元一命呢！"转了转眼珠，又嘻嘻笑着说："到时候你做个皇帝，让那个张状元给你做宰相。"

杨安儿笑笑，轻轻拍了下杨妙真的头，说："别说傻话了，造反真成功了，我也做不来皇帝。"

杨妙真故意瞪大眼睛，做恍然大悟状，说："我明白了，你是想让张状元做皇帝，你给他做护国大将军吧。"

杨安儿看着妹妹的样子，也开了句玩笑："好啊，四妹就是护国大法师吧。"看杨妙真又要反驳，马上摇手，说："梦话就不再说了，我们现在就往保州去吧。"

杨妙真说："不，哥，我要先去海边看看。"

张行简与张仪一路访察民情，到了保州，进入顺天军节度使衙门，宋义尚未赶回。前任节度使已离任数月，此前衙门事务，一直由节度副使处置，张行简到了后，简单地与衙门中诸人见了面，节度副使就前期事务向他做了介绍，衙门主簿随即翻出急待处理的一些文案，交给张仪。然后大家告退，让张大人稍事休息一下。

张仪为张行简泡好茶后，也退下去。大人一路骑马过来，毕竟已是五十多岁的人了，几日鞍马，累得够呛，稍做休息再理事不迟。

张行简一直记着途中遇到的农夫所说农田被军田侵占之事，先要翻出相关档案阅看，不料在主簿给他急需处理的文件中翻了两遍也没翻到，马上让人将主簿重新唤来，指明要看此类档案。

主簿有些奇怪，因为有涉田亩的问题，实不是最要紧处理的问题。但还是应着，马上回去找出来，抱给张行简，又主动说了自己的看法，就是依成例不动的好，否则很容易引起连锁反应。

张行简静静听他说完，不置可否，又问了几个问题后，就挥手让他退下。

张行简倒不是着急一上任就快速处理军田事件，他是在几日微服南行的过程中，越来越对时局有了一种危机感。军田占有私田一事，他看到的并不只是事件本身，而是承平日久、腐败日深的大金基层政权的问题。

张行简成长于大金国最鼎盛的时期，此前数十年间，金国历史、也是中国历史上少有的明君圣主金世宗完颜雍，在位近三十年。三十年间，完颜雍以与民生息为最高原则，内安百姓，外和诸邻，重视农业，体恤民力，减轻徭役，广开财源，国力随之强盛。最难能可贵的是，完颜雍并没因为国力的日渐强盛而野心蓬勃、大头症发作，对周边四邻，他一直采取和睦友好的相处原则，对宋不再征伐，与西邻夏国，东邻高丽，也克制容忍，不因为自己国力、兵力的强大，就做出大国姿态，北部蒙古诸部落一直处在各自为战、互相攻伐的乱局中，完颜雍也不谋求领导者地位，绝少在各部落间插手，更不主动支持某一方势力，在位近三十年间，整个金国始终处在相对稳定和平的状态中。

十五年前，完颜雍去世，因为太子此前已经逝世，皇太孙完颜璟继位当了皇帝。继位之后，延续实行完颜雍的治国方略，并以法律的形式，将各种善政仁政固定下来。大金国终于在国力和文化制度等各方面，都走上了最鼎盛的时期。

然而，任何东西都是盛极而衰，长盛不衰只是个美好的梦想。大金国的经济走到最高峰之时，各种贪污腐败、权力争斗，也随之演化到最剧烈，各项制度得以高度完善之时，官僚虚饰、实务荒废的情况也全面爆发。

这是大金国最好的时期，这也是大金国最危险的时期。

张行简久立朝堂，又精于术数，他自然嗅得出盛世中的巨大危机。但当时的他虽负有神算之名，终究也只是一介凡夫俗子，自是不会算到，就在不长的时间内，大金国就会内囊耗尽、大厦倾斜。

但仅凭此时的形势，张行简就已感受到极度的危险。就目下来看，西夏与高丽，国力、军事都难与金国相比，两边的皇帝也不是野心勃勃之人，当不会有大规模冲突发生。但两国尤其是西夏，虽然奉金国为宗主国，实际上向来并不真心依附，在金国境内，尤其是京师广设耳目，虽然不曾对金国造成实质性伤害，却也甚是讨厌，甚至金国部分民变，也隐隐看出西夏人捣鬼的影子，只是尚未拿到真凭实据，不好对西夏大事挞伐。

第四章 梨花枪法

67

北边蒙古诸部原本互相厮杀，纷争不断，不但不能成为大金边患，反而纷纷向金国讨好，力争得到金国扶持。但在最近几年，形势却是急转直下，蒙古诸部中铁木真崛起，眼看着就要完成一统蒙古的大业。铁木真最初对金国还算驯服，但随着势力的增强，越来越显示出其猛兽本色，居然敢直接斩杀金国使者。虽然金、蒙尚未因此出现大规模战事，但中小规模的战役、冲突已是时有发生，并且按趋势判断，大规模战争只怕迟早也会到来。大金朝廷中已有人提议，趁铁木真尚未完全成长起来，金国可以集中兵力，倾力一击，让他再没有成长机会。只是当今皇帝始终顾念民生，尽量避免大的战争，所以不予采纳。但这种声音也早已越出朝堂，应已为铁木真所知。我不谋人，人未必不谋我，只怕金国不肯用兵蒙古，蒙古未必不肯用兵金国。南宋那个专权的韩侂胄磨刀霍霍，急于北伐之心从去年就已昭彰。他为岳飞平反追封，为韩世忠建庙，大肆鼓吹故土忠义，处处显示出他有建立军功勋业的野心。皇帝完颜璟虽然在朝堂之上，公开说并不担心宋国北犯，但暗中也在做打仗的准备，这次让他到保州任节度使，便有这个意思。

外放张行简为顺天军节度使，完颜璟寄意殷勤，很多话虽然没有明说，张行简心中自也有数。完颜璟年仅十八岁时，他的父亲、当时的皇太子完颜允恭不幸病逝。三个月后，完颜璟就被小尧舜、金世宗完颜雍由金源郡王晋封为原王，外放判大兴府事，第二年，又被任命为尚书省右丞相。完颜璟到尚书省理事仅四天，完颜雍就召见他。这爷孙俩曾有段有名的对话，被当时的史官记录下来。

完颜雍问："你到尚书省处理国事已有几天？"

完颜璟答："四天了。"

完颜雍又问："你觉得在地方上任职处理政事，和在尚书省任职处理政事是一样的吗？"

完颜璟答："不一样。"

完颜雍微笑点头，道："你有这个感觉就对了。地方上面对的是百姓日常，所有事务无不细小琐碎；尚书省面对的是军国大政，所有事物务在宏观全面。你现在正是年少，精力有余，经历不足，从地方细政到国家大政，都经历体验，方可真正做到胸有全局。你要好好体会我的苦心，好自为之。"

完颜璟的地方官经历，对他执掌尚书省以及后来当了皇帝执掌社稷，无疑都产生了重大影响。由完颜璟拍板决定的许多重要政策，大都能考虑容纳进民生内容，也大都切实可行，而非空中楼阁徒有其表，文辞好看却无法推行。大金国的鼎盛，才未随着完颜雍的去世而崩溃。

现在，完颜璟在山雨欲来、密云遮天之际，特别安排张行简这位几十年任职朝廷、从未有地方经历的天子近臣，到保州出任上马管军、下马管民的节度使，其用心用意，一望而知。

完颜璟任职地方官不足九个月，张行简知道自己的地方官任期也不会多么长久。他需要在不长的时间内，整顿吏治，疏导民意，尤其要肃清保州的地方治安，使这座中都南大门成为最可信赖、最有活力的铁打军州，以拱卫中都，成为抵御来自南宋北蒙两方威胁的最有利的战略支撑点。

同时，作为状元出身的一代文章大家，张行简非常重视文教对一个地方的带动效应。在故乡日照张氏家族的奎文书院之外，他便另建有文澜书院，容纳大量当地外姓贫民子弟入学。现在主政保州，他想在此处复建文澜书院，以振兴当地文教事业。当今皇帝便一直力偃武修文，他自然是举双手赞成，并争取在外放地方主官之时，能在当地快速开花结果。

知道肩上担子重大，张行简一刻不敢耽误。将军田之事安排过后，他马上安排地方官筹建文澜书院事宜。随即开始阅读需要着急办理的相关文件事项。

如此忙得半天，夜色上来。张行简就任节度使的第一天，就这么过去了。

第二日，第三日，依然在忙碌中度过。宋义一直没有回来，张行简心中有些不安，他们分手之处，距保州也就只是一日之程，跟踪一位弱女子，了解一点西域来人的行踪，并不是多么难的事。宋义久在军中，怎么会连续三四天都办不好？

一定是遇到了什么意外情况。

再派人去接应，显然没有多大意义，宋义数日不归，肯定不会就待在那个地方不动。以宋义在军中练出来的身手功夫，谅来也不会有性命安全之忧。他不回来，想是发现了什么问题，非得及时处理不可。

又等了一日，宋义回来了。

回来的宋义，身受重伤，已骑不了马，是被驿站差役用马车送回来的。

张行简闻报之后，立即放下手中案卷，匆匆赶往提前已为宋义准备好的居处。

见张行简亲来探望，宋义深感惭愧，挣扎着爬起来叩头。张行简止住他，看了一下他的伤势，又问了问站在一边的医生，知道已无大碍，这才放下心来。

宋义满脸羞容，他曾在地方军队待过，也曾南征北战，虽未真的与敌人生死搏杀，但还是有相当作战经验的。后积军功上调至御前军队，因为有地方部队的经历，也因为他确实平素训练刻苦，所以他在军中，武功一向是高的，同僚们比试，大多是赢家，偶尔也有败绩，却也都能拼个两败俱伤，因此上眼高于顶。这次被派出京来负责护卫张行简安全，也只当成到外州旅游捞油水的肥差，却没想到第一次执行任务，第一次真刀实枪地生死搏杀，就跌这么大个跟头。

那凌厉快狠的钢刀、那突如其来的神箭、那梦幻一样的枪法……宋义都不敢回想，那一柄如闪电经空般的钢刀，那一支如地狱中射来的箭矢，已将他的自信和自傲击了个粉碎。他知道，自己这一生，也达不到那个高度了。

张行简示意宋义斜躺在床上，然后听他讲述这几日的经历。

那洗衣女子因为是步行，走得不快。宋义回马时间不长，就远远看到她窈窕的背影。

宋义没再向前，而是在足够远、远到仅仅能看清女子身形的地方，就放缓了马缰，慢慢地在后面跟着女子亦步亦趋。女子就算回头看到，也只是看到远处有路人罢了，断不会引起怀疑。

那女子也没再回头，怀抱木盆，一路走去。时间不算长，转过一处低坡，就见到一处小村。小村够小，稀疏地散落着几户人家，人家并不相连，间隔有菜园、粮田，几只农家鸡犬在田埂间游荡。看洗衣女子经过身边，几只鸡犬也只是懒懒地抬头看看，犬不吠，鸡不鸣，一片宁和的乡村景象。只是村中看不到行人踪迹。

宋义远远看女子从村子的前边走过，又走了一会，才在距小村已有里许距离的孤零零一户农家房舍前停下，开门，进院。宋义停马下来，慢慢拉马走近，心中盘算该如何了解女子家中近来情况。

已经走近了村子，心中还没个计较，却看到女子忽然开门出来，手中持了把铁锹。宋义吓了一跳，心想莫不是被她发现了我跟踪她？正要拉马避开，那女子迅即四顾了一下，也没认真看他，想来是不会想到那老少三人还会有兴趣跟踪她，更何况宋义只是一个人。在河边时，女子只注意看那老先生脸色，没顾得上细看两位随从情况，现在与宋义距离又远，就算认识也看不清。主要还是女子心中有事，看远远的村内四邻没人出来，就松了一口气，至于有外人来，那必是与她无关的。

女子径向东南方向去了。宋义心中好奇，来不及进村内人家问询，马上牵马跟上，看路径蜿蜒，女子很快被路边杂树隐没。宋义犹豫一下，决定还是先到女子家中看一下。若跟得太紧，难免遭她怀疑。

那女子出门，只是轻掩柴扉，并未上锁，宋义毫不费力推门进去。

柴扉内是一个看起来不小的院落，屋子建在院中，将院子隔成前后，宋义从前面进来，前院里面除了一个水缸和一个石碓，别无他物。宋义又绕到后院看了一下，也只院角处堆了些乱草树枝。宋义微一踌躇，绕回到屋门前，抬头看时，就见草房有些败落，门也虚掩着。

宋义犹豫一下，还是上前推了一下房门，房门应声而开。

宋义先是后退一步，转头四顾，四周寂寂，别无人声。宋义吸一口气，一步跨进房中。

房内四壁徒然，萧条得很，只有一床一灶相连，也算是干净整洁。

宋义无奈之下，闯入女人房间，虽然无人在旁边，仍然有些尴尬。他迅速在房内四顾，果然不见有人，不由暗暗佩服张大人的判断，看来就算这女子真的与西域来人有染，那人也已经走了。

正待退出房去，手无意间在房门上碰了一下，房门又开了一点，斜照进来的阳光拉长了一些，正好照射到床角灶台角落处，一处暗黑的痕迹吸引了宋义眼光。

那是血迹。宋义睁大眼睛，一阵心跳。

# 第五章

# 稼轩北来

两个金兵看辛弃疾一身青衫儒服,倒也没怀疑他所说的话。淮河南北,都是汉人,本属同根,只是因为两个政权的对峙,才强分成两国。但当地民众,多有牵扯不断的亲属关系,在非战争状态下,两边的民众偷偷往来的情况,实在稀松平常。作为淮河一线的巡哨,两个金兵也算见得多了。

但两位金兵现在的工作并不是巡哨,所以对辛弃疾来自哪里,身份如何,并不怎么关心。为首的金兵用力拽了辛弃疾两把,发现这个花白头发的儒服老者身体还算硬朗,就盘算着将他编到自己队伍里去。

原来淮河一带水系发达,水患也严重,去年就泛滥成灾,将当地原本就不怎么坚固的水利设施冲得七零八落,极大地影响了农业生产。金国皇帝完颜璟深以为虑,下了道圣旨,要求当地的驻军参与水利设施建设,尽量在今年春播之时,就将淮河流域的各处水利设施运转起来,别误了农时。

完颜璟长成于深宫之中，自幼受汉人老儒教育，又有地方从政经历，不是个好大喜功的皇帝，关心民生更甚于军备。韩侂胄在任上的种种整军备战信息，他也早有所闻，但也只是派人去南宋朝廷责问，以申明态度，内心里还是不愿承认两国有大规模军事战争的风险，也不想打仗。

但久居深宫的皇帝可以对战争不敏感，置身两国军事前线的将领们却是不可能没有感受。在淮河前线，宋金两国已是几十年无战事，韩侂胄执掌宋国权柄后，小冲突从无到有，从小到大，眼看着宋军挑衅意味越来越浓，金军将领都有些紧张。这个时候，偏偏中都的皇帝还下令抽调军队去搞什么水利建设工程，宋军万一冲过来，拿什么去抵挡？

但皇帝的命令是不可违逆的，毕竟战争还没打起来，"将在外军令有所不受"也用不上。应付还是要应付的，金军就四处抓人，充当军人去干活。

辛弃疾也是赶巧了，正好有一小队金兵趁夜去远处村中抓了些壮丁劳力，来这里维修一段去年被洪水冲毁的淮河引水工程，看辛弃疾年纪虽老，身体还不算很差，就勉强把他编入队中，驱赶着去不远处的工地。

辛弃疾一生以功业自诩，二十一岁时，便聚众两千，参与耿京起义，担任掌书记之要职。二十二岁时，在奉命使宋归来途中，惊闻耿京被叛徒张安国杀死的消息，当时义军已然溃散，有人遇到北返的辛弃疾，劝他马上掉头再去宋朝。辛弃疾毅然不顾，召集了散兵五十余人，夜闯几万人的金兵大营，于万人丛中，生擒叛徒张安国，返抵建康，经宋朝政府审决，判以游行示众后砍头的刑罚。孤胆英雄辛弃疾的大名随之传遍宋、金两国，辛弃疾也迅速得到重视和重用。

只是大宋皇帝志向不在恢复，衡量当时宋、金两国形势，能偏安于江南，也算是当时在皇帝岗位上最合算的选择了。大宋皇帝的不好大喜功，客观上保持了江南地区持续的繁荣发展，生民安居乐业，经济文化都达到了中国两千年专制史上的鼎盛局面。但这样的安于现状，埋头发

第五章 稼轩北来

展,显然对希望金戈铁马、鏖战沙场、恢复旧地、拓土开疆、立不世大功、垂万世英名的将军们是不利的。辛弃疾虽然一直被大宋皇帝重视重用,也只是辗转于各地州府,担任地方重要主官,治理荒政,整顿治安。辛弃疾也的确干得很出色,朝野之间,风评甚好。但这对志在恢复的辛弃疾来说,在地方上工作再出色,朝廷对他再奖励,距他的理想距离都太远。并且随着他的年龄越大,实现理想的希望就越渺茫。这让军事才华卓绝、理想之火不熄的辛弃疾,时时刻刻处在一种煎熬与痛苦中。

军事才华一直受压抑,却将他的文学才华从另一面挤压迸发了出来,他的词如崩云惊月、巨潮撼天,宣泄出他的压抑和痛苦。

所以,韩侂胄倡议北伐,并秘密告知辛弃疾,准备委他以北伐大任,一下子让早逾花甲的辛弃疾心火重燃。

这应该是他最后的机会了,他要充分利用好最后的机会。

他可以五十人直捣金兵大营,生擒叛贼,他就也可以匹马北上,直接刺探掌握金国的第一手资料,军事的、民情的,都很重要。第一手资料掌握越详尽,出兵时的胜算就越大。

李世民承一国之重,都可以在战时直入对方辖区,掌握第一手资料,他辛弃疾岂甘人后。

更何况,此次北行,在亲自观察、掌握金国第一手情报之外,辛弃疾还有更大更冒险的计划。若此计划成功,不用说收复故土,一举将金人赶回东北老家,彻底肃清中原,应是很有可能的。

宋室南迁近百年,若能因为他辛弃疾此行而再次一统江山,复归社稷,那该是多大的贡献。综观历朝,怕是再无第二人。所以明知北行金国危险重重,他的冒险计划也绝少有成功的可能,辛弃疾还是义无反顾地渡河北上了。

一上岸就被金兵活捉,这是辛弃疾无论如何没想到的。饶是他一生久历风浪,心中仍然免不了紧张。偏生带领他们的小队金兵就前后穿行在民工队中，他也不好跟身边的人说话，直到跟从这队民工走到施工现场，这才算搞清楚金军为什么抓他。

辛弃疾有些啼笑皆非，心中又不免感叹。去年的淮河大水，淹掉的不只是淮河北岸金国的土地、庄稼、水利设施，南岸宋朝境内受损程度丝毫不少。但金国皇帝就能及时组织修复，而大宋国内却无得力的救助措施。

金狗役我民众，无非是为了压榨我汉人更多的血汗而已。辛弃疾这么想，隐隐觉得很勉强。

没等辛弃疾继续想下去，工头——金兵的一个小队长，就开始给他们这队民伕派活了。派到辛弃疾时，这位叫王浩的小队长有些为难，很明显，辛弃疾是一位老人了，看他脸色手指，也明显不是下地劳作之人，搬石运砂，显然不是他能干得了的。

正犹豫间，边上一位亲信金兵悄声提醒："完颜猛安上次不是让我们留心，说邱永都军使托他寻一淮上学者，去教他家小公子读书吗？"

一语点拨，王浩如梦醒来，连连点头："你说得甚是，先拉这老者到边上。"

亲信金兵将辛弃疾带到一边。辛弃疾虽有些纳闷，但也沉下了心，静观其变。

很快，王浩将活派完，过来跟辛弃疾说话。

王浩的目的，是试试辛弃疾是不是真有学问，还是只穿了件儒袍蒙人。但他勉强识字的学识，在辛弃疾面前根本不值一提，连问了三个问题，就张口结舌说不出话来，一迭声地道："先生大才，先生大才。先生不必下场干活了，跟我去见完颜猛安。"

辛弃疾拿不准王浩葫芦里卖的什么药，但看他神态，似无不利于自己的意思。反正也没有他法可想，只得随他去。上马之时，辛弃疾故作乡下老儒状，连续几次，才有些狼狈地爬上马背，惹得身边金兵一阵发笑。

完颜猛安驻扎在临淮城外，两位金兵一前一后，带着辛弃疾奔行一个时辰，赶到临淮城下，进军营去见完颜猛安。

完颜猛安大字不识，所以他才托付在他眼中很有学识、事实上也仅仅是识得几个字的王浩，给他寻觅淮上儒学先生，也只是他从济南府赶过来时，山东东路统军司统军使邱永所托。他弄不明白邱永为什么要从淮南找儒学先生。邱永淡淡说了句："是为孩子延请塾师。"完颜猛安就认真安排给王浩。邱永统军使对他完颜猛安有过很大帮助，他也愿意给他帮忙。

完颜猛安跟辛弃疾说了几句话，也听不出辛弃疾学问大小，胡乱夸奖几句，就安排军士带辛先生去临淮城里客栈歇宿，第二天往济南去。

听到要自己去的地方，辛弃疾又惊又喜。辛弃疾就是济南人，自幼出生在济南，并在济南成长到二十一岁，他的一生学问功业，也就是在这二十一年间奠定的基础。自从二十二岁他南下归宋，至今四十余年，再没有机会回归故乡。虽说好男儿志在四方，功业为重，儿女之情放置于一边，但故土乡情从来不曾在他的记忆中断绝。无论是出任哪里的地方官，无论是案牍劳形之余，还是闲居铅山、悠游于带湖庄园之时，他的心中，济南府遍地的清泉，从来都是无法割舍的怀念。

此次北行，冒了绝大风险，随时都有失手丧命之虞，所以在预计行程时，虽然明知将途经济南不远，辛弃疾仍然没将济南作为他停留的一站。他有深刻的故乡之思，但在他心中，国事仍然要无限重于他的乡思。

一过淮河就成了金人的俘虏，这是辛弃疾事先没想到的，他更没想到的是，居然因为当了俘虏，他原本想去却强制自己不能去的故乡济南，一下子成了不得不去的必选项。

造化弄人，一至如斯。

辛弃疾自认成了金人的俘虏，但护送他北上的王浩和他带的两位士兵，却不认为他是俘虏。原本就是因为要修水利工程随手抓的丁佚，现在又是送去山东东路统军司府上勾当，说不定大有学问的统军使与这老儒交流起来，一见如故了，老儒枯树发新枝，就会抖起来。再不济给自己等人说上一些好话，那也足称华衮之赐了。

有了这念头，王浩三个护送人员，对辛弃疾的照顾，就格外殷勤。

辛弃疾弄不清金人葫芦里装的是什么药，索性来一个装聋作哑，凡有伺候，来者不拒。他本就久居高位，自有上位者的气度风范，王浩只是个十夫长，另两个金兵地位更低，何曾与辛弃疾这样久居地方高位的大员打过交道，更觉得辛弃疾来头不小，侍奉起来也就更加尽心。

这一日，四人已过曲阜，将近泰安。中午，在亭山下打尖吃饭，辛弃疾听边上有人说前方就是奉符城，心中一动。吃完饭继续向前，他便有意放慢了马速。

同行的王浩三人以为辛弃疾年老力弱，禁不得长途骑行，也不催他。反正完颜猛安只让他们护送辛先生北上，并未限定日期，快走慢走也没什么分别，真要累坏了老先生，才是三人出力不讨好的事。

看看接近奉符城，已是夕阳西下时分，辛弃疾遥看东北方向，绿树荫荫，一片肃穆之象。辛弃疾心中暗叹，主动向王浩说："我在淮上教书之时，屡听人说，奉符城下党家林石碑林立，都是当代书法大家的作品，一直仰慕，现在快到奉符城了，不知那个党家林在什么地方，能否过去看看？"

王浩等三人自然从没听说过党家林，更不知碑林石刻是怎么回事。王浩所认识的有限的几个字，也只是在当兵之前从村里识不多字的老人那里学的，从没进过正规的塾学。另两个金兵干脆就不认识汉字，更不知书法为何物。

但辛老先生提了这个话，看来这个淮上老儒对这些书法碑林兴致很大。三人虽然不识书法，但当兵期间南北调动，碑林倒是见过，去看看也没什么。

王浩当即勒马，到不远处农田里向一位正在干活的农民打听，不一会儿就回来,指了指远处方才辛弃疾看到的绿树深林方向,说:"那就是党家林,我们去看看吧,也不会误了去奉符城歇宿。"

堪舆之学千古流传,风水先生一直很吃得开。和平年代里,普通百姓就算生前贫无片瓦,也希望死时能找个"风水宝地"葬了,可以泽被后人。党家是当地名门望族,其墓林更是规模宏伟。

原本墓林中虽有碑,但多为普通墓碑,只刻写先人名讳,也有先人比较有成就的,会有墓志铭刻录。有墓志铭的碑刻,就已经是书法与文学作品的结合了。更有些名门显族,不只是墓志铭,更会请些大大小小书法家,将先祖的重要诗文一并刻录下来,立碑留存,这样的墓林,慢慢就有了碑林的性质和规模。

党氏一族,传自宋初名臣党进,二百年流传繁衍,实际并不在泰安府,但自数十年前党氏修墓于泰安,至今已成为泰安一地最大的望族之一。党氏一家,代有名臣,书法文学,也是一向兴旺不衰。当代党氏名臣党怀英,更称得上是大金国有史以来排名第一的文学家和书法家,党氏一脉,达于极盛,其泰安一地的家族墓林规模,自然也水涨船高,称绝一时。

墓林最初只是一片野林,自从被党氏购下,改造为墓林之后,其规模日渐扩大,极是气派,石碑错落于林中各处。辛弃疾等四人下了马,牵马慢慢步入。其时太阳已经垂西,斜阳残照,映得林间气氛肃穆。辛弃疾一个人走在前边,三个金兵牵马跟在后边。三个金兵两个不识字,另一个就连横平竖直印到纸上的字也识不出多少,自然都看不出石碑上弯弯曲曲的鬼画符有什么好,很不耐烦,又不好催逼,慢慢就落下了一段距离。

辛弃疾进党家林,本来就是别有用意。他一块块石碑看过去,心中匆匆盘算。饶是他曾以五十骑踏翻金兵数万大营,又执掌过多处地方主官大印,当此准备冒险一掷的关头,心中仍是盘亘不定。

正思虑间,一不小心,一步迈出,绊了一绊,手伸出去,扶住石碑。

还来不及看绊到了什么东西，地上腾地跳起一人，大声吼叫："啥贼厮鸟，敢踢老子。"

辛弃疾定睛看时，身前是一个满脸络腮胡子的大汉，一身穿着倒也不差，就是不知什么缘故，躺在林中石碑前睡觉，被辛弃疾一脚踢醒，从地上一蹦而起，瞪视着辛弃疾，醋钵大的拳头早已紧紧攥起，看似就要向辛弃疾头上爆锤的样子。

那大汉将拳头扬起，这才看清辛弃疾是个须发花白的老者，这拳头便落不下去，但心中一口气泄不出来，拳头张开，戟指大骂："你这老汉，走路不带眼睛吗？搅扰老子睡觉。若不看你年纪老大，拧下你的脑袋来。"

辛弃疾还没来得及搭话，后边的三个金兵反应过来，放开马缰，急跑几步抢将上来，王浩大声喝问："兀这汉子，你是干什么的？光天化日，怎么在这林中睡觉？"

那大汉猛看到三个金兵跳到他面前，不怒反喜："哈哈，三个狗杂碎，老子的事你们也管的？"

三个金兵怒极反笑，互相看看，一个说："这汉子可是活得不耐烦了，见了军爷不下跪磕头，居然也敢发威。"

这个金兵拔出腰刀，指向大汉："你这汉子，一看就是反贼模样，还不就绑，跟爷爷去见官。"说到这里，想到自己是要送辛老先生去济南府，没时间去官府献叛贼领赏金，转口又说："你现在跪在地上，向军爷磕三个响头，军爷也可饶你不死。"

那大汉歪了歪脖子，斜眼瞪了说话的金兵一眼，冷笑道："真是老虎不发威，被你这厮鸟看成了病猫。老子还没想好怎生消遣你们这几个狗杂碎，你们反有胆来撩拨老子。"

那金兵听得火大，扬刀就要去砍，反是王浩稍微冷静一点，他已知此处是当朝党大人的家族墓林，就不敢放纵手下行凶，马上出声制止："且不要砍杀，这个反贼谅来不止一人，咱们将他抓了，顺路带给奉符城中守备就好。"

那个扬刀的金兵看了看王浩，歪歪嘴说："王头儿，你看这反贼脚下的大包袱，他一定是要用钱帛召集人手，谋反的事还用守备问吗？再说他为啥要躲到这林子里藏身，必定不会只是他自己一个，想来应该还有同伙未到，咱们现在不抓紧把他做了，等他同伙赶来，人多势众，不免会被他脱逃了去。"

王浩略一犹豫，眼睛再次从大汉身前包袱上掠过。包袱隔了皮，王浩自然看不出所以然。但看大汉的穿着，着实不差，想来包袱里不会少了金银财白之物。王浩自己也知道说这大汉是反贼，只是信口诬陷之词，初意不过是将大汉吓走，但这个大汉看来有点痴傻，见了他们三个带刀的军爷，居然不知逃避，若真抓了送进奉符城，一是对方既不是反贼，自然也没有赏金，二是他们是送辛老先生去济南府，实在不想节外生枝，去费心费劲费时间地抓送个半痴不呆的汉子。

犹豫之间，斜阳愈沉，林间略显暗色。王浩眼睛盯住地上包裹，心中渐渐热了起来：反正此时林中没有别人，杀个把汉人，只要处理得好，当不会有人知道，辛老儒是淮上之人，与这里远隔千里，自然不会知道这方墓林的主人是谁，就算知道，也不会认识。消息只要不传到党大人的耳中，杀个汉人，对他们刀头舔血的金军战士来说，还不是杀只鸡一样简单！这样的事，他们又不是只做了一次，早就经验丰富。

王浩一咬牙，头重重点下："叛贼拒捕，砍了。"

辛弃疾此时已退后两步，冷眼旁观。三名金兵都是粗俗庸陋的汉子，看不出大汉底细，辛弃疾的眼光何其敏锐，早已感觉到大汉身手不凡。别说三个金兵，就算三十个普通兵士，只怕等闲也近不了大汉的身。但辛弃疾对大汉居然会在党家林中酣睡，也很疑惑。按说就算远行累了，最多只在林边睡卧休息就好了，实没必要深入人家的墓林。

那大汉原本一直在看着扬刀金兵和王浩对话，嘴角微微噙笑，一脸不屑，待得王浩说出"砍了"二字，与扬刀金兵同时，金兵的刀刃映带着夕阳，一缕寒光砍下，大汉的双拳也几乎不分先后地捣出。

双拳分上下，向斜上方的一拳迎着刀光而去，眼看就要被刀锋砍中，也不知是此时大汉的拳头线路出现了微妙变化，还是在捣出之时线路就不是直接迎锋而上，这一拳捣中的不是刀刃，而是刀身。一声刺耳的金刃断折之声响起，那刀凭空断成两截，前面一截凌空飞去，"夺"的一声，插入不远处一棵海碗粗的松树上，另半截本来是握在金兵手里，但只觉一股大力涌来，金兵虎口破裂，手指一松，半截刀就"托"地跌落到地上。

但那金兵已来不及感受虎口的疼痛和手臂的酸麻，他也已经感觉不到，因为有更剧烈的痛感让这手上的痛麻不值一提。

与钢刀断裂之声几乎是同一时间，一声沉闷的"噗"声也同时响起，这是皮肉塌陷、骨头断裂之声，没有钢刀断裂之声清脆，却更血腥、更悚然。

挥刀的金兵握刀的手臂被震麻，软软地垂下去，另一只手捂上胸口，那已不是正常的胸口，骨头碎裂，血液涌出。这个金兵睁大眼睛，瞪着眼前兀自嘴角冷笑、在他眼中不啻地狱恶魔的汉子，嘶声说："你，你敢打伤军爷？"

那汉子冷笑出声："打伤军爷？老子还敢宰掉军爷呢！"脚尖微挑，那金兵断裂后摔到他脚前的断刀便直飞而起，如长了眼睛一般，刀柄落到大汉张开的手中。大汉话音落下，右手抬起，半截断刀挥出，寒光一闪，那金兵的脑袋就掉落下来。

辛弃疾二十一岁就聚众两千，加入耿京义军，纵横山东境内，其后更是率兵五十，就敢直闯金军数万大营，沙场搏杀，向来身先士卒，亲手格杀过金兵多人。虽然后来投奔南宋之后，再无亲上沙场的经历，但少年热血，从未在他心中熄灭。看着大汉手起刀落，干脆利索地就杀掉一名金兵，在这一瞬间，少年往事突上心头，仿佛自己又回到了烽火连天的时代、血肉横飞的疆场,不禁大声喊出一个"好"字。

那大汉手拎滴血的钢刀,刚要迈步走向王浩等两名军兵,突然听得辛弃疾的一声"好",不禁转头,精电冷芒般的眼光,从这汉人老儒身上掠过,略有疑惑之色。

但当此关头,哪容有丝毫迟疑,眼看两名金兵已然抽刀扑上,那大汉一声长笑,挥手中断刀迎上。

其时斜阳西下,暮春时节,叶芽初生,尚远远遮不住阳光,阳光从枝丫丛中射进,三人刀光飞舞,映得阳光一片细碎。

辛弃疾站在一侧,刀光映起的细碎阳光,偶尔会晃到他的眼睛,时有点滴鲜血,会飞溅到他的儒袍上。

辛弃疾没有退缩,他虽然年老,气力渐失,但烈士暮年,壮心不已,挥刀饮血、快意人生的日子,仍是他心中最大的向往。

刀光血光中,夹杂着嘶吼声,这嘶吼声初时愤怒,继而恐惧,最后就变成了垂死的惨叫。

始终是两个金兵在嘶吼,那大汉手中刀光纵横,却再未发声。

正当辛弃疾看得目眩神摇之际,忽听大汉发出一声厉喝,刀光掠过,血花飞溅,两位金兵的嘶吼戛然而止,"噗通""噗通"两声,两具尸体倒下。

大汉瞥了三具金兵尸体一眼,转头向辛弃疾望来。

辛弃疾微笑不语,大汉似乎被枝间阳光晃了下眼睛,眨了眨眼,随手把半截断刀扔到地上,伸手指向辛弃疾:"你是何人,为何与三个金狗走在一起?"

辛弃疾凝视大汉片刻,不答反问:"你又是何人,可知杀人的罪过?敢杀金国士兵,罪加一等。"

大汉一声长笑,说:"老子怕就不杀了,老子只恨不能杀尽金狗,像这等诬良为盗的金狗,老子见一个杀一个。"

辛弃疾说："听你口音，也是山东人氏，山东一直为金国所有，你就是金国之人，又为何称这些金兵为金狗呢？"

大汉呸的一声："你这老酸秀才，好不晓事，老子堂堂汉家子孙，怎么会做这鞑子奴才。总有一天，老子要推翻这鞑子国家，还我大宋河山。"

又斜眼看了辛弃疾一眼，说："倒是你这酸秀才，都老白毛了，还跟这些金狗走在一起，也不怕丢了你老祖宗的人。"说完，又是恨恨地吐一口痰。如果不是辛弃疾喊出那一声好，说不定方才杀顺了手，随手一刀就把这老家伙宰了，现在再去宰他是下不去手了，但留下这老家伙说不定会被他告发。大汉悻悻然地挠了挠头，一时委实决断不下。

辛弃疾何等人也，一眼看过去，便将大汉的心思猜得七七八八，不由笑道："你看我是金狗的人吗？"

大汉看了看辛弃疾，摇了摇头。顿了顿，又说："俺的眼光不行，若是俺安儿兄弟在此，就会看出你的底细。"

辛弃疾沉吟："安儿兄弟？"脑中迅速将行前所了解的金国种种情报信息过了一遍，拊掌道："杨安儿？"

大汉吃了一惊，瞪眼道："你与安儿兄弟认识？"

辛弃疾摇头："不认识，但久仰其名。"抱了抱拳，问："英雄名讳怎么称呼？"

大汉咧嘴一笑："秀才偏生这么多客套，你既知道安儿兄弟名字，就不是外人，俺叫王仙。"

却原来王仙在莒州磨旗山下送别杨安儿、杨妙真兄妹后，便依商定的计划，在家中为起事略做了准备，有些眉目后，想起与杨安儿的约定，要西去保州会合，连同西北各地好汉，共商举义大计。行程途中之所以拐到党家林中，却是另有原因。

原来奉符城党氏家族此代家主党怀英，初中进士之后，曾被派往山东东路莒州任军事判官。当时王仙一家作为军户，在一次军事调遣中有违军令，当时王仙父亲王六品刚刚结婚，王仙尚未出生。王六品被抓捕入监，没推没问，准备直接处以斩刑。恰好此时军事主官调换，党怀英做了莒州军事判官，他问明情由，只简单将王六品打了一顿板子，就释放回家，并且还同时解除了王六品的军户。王六品因此可以行商经营，快速积累财富，富了起来。

王六品对党怀英感恩戴德，一旦手中积蓄了钱财，就要向党判官报恩。其时党怀英因工作出色，已升官为汝阴县尹。王六品赶去汝阴，登门叩头，追述往昔，对党怀英的活命解籍之恩，感激涕零。党怀英原是无意之中种下善因，对结出善果也颇为高兴。从此王六品便于经商期间，时常登门看望党怀英，党怀英也很善待这位当年一念之仁结下的善果。

时光荏苒，王仙出生，在他很小的时候，父亲还曾带他去拜望过恩人。后来党怀英入朝廷为官，王六品作为外路商贩，就很少入京了。再后来王六品得病辞世，王仙少年时代就继承家业，经商行贩，因为与党怀英只在极小的时候有一面之缘，党怀英未必记得有他这么个感恩的后辈，也就不再去党怀英府上。只是对党怀英的感恩，从小便因为父亲的言行，深刻入心间。这次西行保州，行经党家林，便入林祭拜党氏先祖。平常他行旅经商，路过此处时，也常常会入林祭拜，已是常态。只是这次赶路倦了，祭拜后就地卧下小憩片刻，却是第一次。

王仙是个豪爽之人，知道辛弃疾对自己日常最佩服的杨安儿兄弟也同样怀有尊重之情后，便不再有疑忌，爽朗直言。辛弃疾也喜欢他的豪爽。两个人说得入港，又一起动手，将三个金兵在林外刨坑埋了。对王仙来说，他是不想让这三个金狗的尸体脏了恩人的祖林。对辛弃疾来说，三个金兵虽是敌国战士，但一路北来，路上对自己也颇殷勤客气，眼见三个活人瞬间变为尸体，虽然起因是三人贪财好利，害人不成反害己，终有恻隐之心，也不欲他们就曝尸荒野。

第五章 稼轩北来

两个人草草将三个金兵埋葬后，王仙问辛弃疾："金狗已经死了，老先生您要去哪里？"

辛弃疾也不瞒这位直性的人，说："我便欲去见这党家林的家主。"

王仙睁大眼睛："老先生与我恩人认识？老先生到底是何人？"

辛弃疾微微一笑："你即称世杰兄是你恩人，当知道他读书时有谁跟他关系最好，并称当世吧？"

王仙又挠了挠头，喃喃道："并称？并称是怎么个意思？"

旋即他眼睛瞪大："并称当世，并称辛党，我想起来了，俺村的塾师跟我说过，恩人曾经与辛弃疾并称'辛党'。"

转过头去，看着辛弃疾，一脸不可思议的表情，眼睛越睁越大，说："老先生是？老先生是？老先生是稼轩先生？"

辛弃疾微笑点头："不错，我是辛弃疾。"

# 第六章

# 学生"恩父"

进入旁遮普地区已经两天了，路边处处是野草杂树，间隔也有庄稼，却见不到一个农夫和行人。天上的烈日也渐渐淡了威势，不再烧烤，蔫蔫得像挂在半空中的薄饼，不是那么白炽，有点淡黄色，暖暖地照着，让人有些懒洋洋。

穆罕默德看着身边也有些懒洋洋的部队，又看了看天上的太阳。身边是小麦地，他仿佛闻到了炸麦的香味，天上的太阳也似乎带着脆饼的味道。穆罕默德刹那间有点失神，平常这个时间，他是要躺在廓尔王宫中接受女奴的服侍的，现在却要长途征伐，跑出来跟人干架。偏偏廓喀尔那些兔崽子又狡猾得很，他的军队已经开到了旁遮普，一时却找不到敌人。

穆罕默德并不是很着急，一个多月前，在遥远的西北草原之上，一只传说中的雄狮铁木真派人到他的王宫，希望能够得到他的支持。因为铁木真马上就要参加草原群狮的忽里台大会，他要成为群狮之王。但群狮之中也有不甘于臣服于他的对手，暗中串联花剌子模王国，要花剌子模出兵，来压制铁木真，阻止他成为一统草原的那只最大狮子。这个情报并不机密，被铁木真获悉。铁木真就派人到廓尔王宫中，要求与他结盟，获得他的帮助，出兵牵制花剌子模，让忽里台大会可以顺利召开，完成狮王一统群狮的进程。

花剌子模向来是廓尔王国的敌人，强敌，两国时刻都红着眼盯视着对方，期待能在对方打盹的时候，可以一口将对方吞掉，但到现在为止，还是谁也奈何不了谁的局面。但穆罕默德知道，这种局面其实很脆弱，一旦被打破，也许会出现无法预计的后果。

所以，穆罕默德是愿意与铁木真结盟的，铁木真需要他来牵制花剌子模，他又何尝不需要铁木真来做同样的事。东北草原上的群狮一旦抱成团，对远在南方的廓尔王国没有威胁，但对草原西方高原上的花剌子模，就是很大的威胁了。

看来铁木真或者说那位叫木华黎的使者很了解廓尔王国目前的局势，因此略微有点傲慢地说出：若是廓尔王国可以在忽里台大会期间牵制住花剌子模不生事端，蒙古草原统一之后，将为廓尔王国提供最好的保护。

穆罕默德不稀罕这万里之外、还不知怎么兑现的保护，但他也知道为自己的敌人培养、树立敌人的重要性。他按捺住因为对方略显傲慢的语气给自己带来的不快，还是与木华黎高举盛满梵酒的大碗，酒喝下去，盟约就算成了。

举起碗来，梵酒尚未入喉，木华黎突然感觉眼睛有些刺痛，就在这一瞬间，木华黎恍惚感到站在穆罕默德身后的一个侍卫的眼里，发出针一般锐利的光。木华黎一怔之下，再定睛去看，就看到穆罕默德背后的侍卫低头恭立，毫无异样。木华黎心中狐疑，看穆罕默德已在饮酒，赶紧大口喝下。

木华黎放下从草原上带来的礼品，带着回赠的部分礼品——他只挑出部分便于携带的刀矛和珍珠等物,稍重的粮食和酒都没带,迅速返回了。穆罕默德则要认真考虑怎么与花剌子模过招,才能既不让花剌子模去干扰蒙古群狮的忽里台大会,又能让花剌子模日后成为蒙古狮群的对手。一旦花剌子模与蒙古人干上,他的廓尔王国自然就高枕无忧了,可能的话,还能割一刀肉吃,舀一碗汤喝。

没想到的是,花剌子模的事还没搞定,自己统治下的廓喀尔部落居然就竖起了反旗。幸亏自己尚未对花剌子模用兵,否则自己在前方打仗,整个空虚的廓尔王国岂不是要被叛贼给席卷一空?趁自己恰好因为考虑对花剌子模用兵,临时调集起了部队,就用这支部队先去镇压掉廓喀尔人,再以战胜余威,来对付花剌子模吧。反正与蒙古人远隔万里,他到底怎样牵制了花剌子模,蒙古人也不会知道详情。

穆罕默德是一位有大志的国王,有着强烈的开疆拓土的野心。他虽然也有点骄奢淫逸,但从不因此过分放纵自己,这次镇压廓喀尔部落起义,他就毅然带军亲征。然而,他的大志却没有足够的聪明智慧相匹配。譬如他就一直没看到,在他身后不远处的随从中,一直有一双明亮刻毒的眼睛在盯视着他。当然,他任何时候随意或不随意地转身时,这双眼睛会迅速收敛光芒,变得畏怯顺从。

穆罕默德没有想到,廓喀尔部落藏到林草深处,避免与他的王国军队正面交锋,也并不是出于畏惧,而是在等待一个机会,一个一举战胜的机会。从花剌子模王国那边赶来的使者告诉他们,这个机会已经不远。

穆罕默德更没有想到,在他的军队开出王城之时,千里之外的花剌子模边境不远的一处山洼,平时除了偶有野兽足迹,不见人踪,突然陆续有军队开来集结。因为此处的荒凉,廓尔王国平常也算机警的边防哨探,居然丝毫没有发现。而廓尔王国能够集结的精锐之师,就这么毫无后顾之忧地走上远征廓喀尔之途。

在更远的地方,辽阔的草原深处,在对西夏的征掠中满载而归的铁木真，已纵马而西，欢迎从遥远的西南方向胜利返回的木华黎。木华黎带来的消息，让他可以不再顾忌花剌子模这个西域强国，心无旁骛地集中精力于斡难河畔的忽里台大会，他将成为纵横大漠、一统草原、前无古人的天之可汗。

当然，此时的他们谁也不会想到，这一系列的动作，以及由这些行动所引发的后果，最后却造成整个欧亚大陆的血流成河，西域第一强国旦夕之间的灰飞烟灭。

没有人想到的，这是历史的诡异。一个个偶然，让历史在不可知的迷雾中一步步走向前方，却没有人可以预测。

只有已在保州任上理出头绪的张行简，在深夜时分完成公事之后，偶然间伏案，随手起课，卦象上一些迷茫不明却又指向明显的结果，让张行简忧心忡忡。他放下手中用于起课的铜币，信步走出室门，天上没有月亮，星光灼灼，像一双双眼睛在神秘地眨呀眨。

张行简长久地看着暗黑的天空中这些神秘的眼睛。从西方，看到南方。

此时，江南，临安。

韩侂胄走出花厅，迎接右丞相陈自强。

陈自强远远看到韩侂胄，快走两步，就地下拜："自强拜见恩父，劳恩父出迎，自强何以克当！"

韩侂胄伸手虚扶一扶。拱手道："陈相多礼了。此时赶来，必有见教。"

陈自强站起来，再向前一步，谄媚一笑，说："那个不知死的武学士华岳，居然敢上书攻击恩父，自强特来讨教，请恩父示知，该如何处理这个妄人。"

华岳今天朝廷上书，攻击韩侂胄以及他的北伐计划。韩侂胄在朝廷上密布耳目，马上就得到信息，具体上书内容他也知道，所以他就没同意耳目所说的直接去台谏处索要上书，他知道很快会有人送来的。果然，朝会散去不久，陈自强就巴巴地跑来了。

陈自强从袖中取出华岳的上书，双手递上，说："妄人妄语，有污恩父清视。"

韩侂胄知道华岳的上书内容，也就没伸手去取陈自强手中薄薄的几页纸张。他凝视着陈自强始终托在手中的纸页，慢慢说："陈相已看，我就不再看了，陈相以为，这事应该如何处置？"

陈自强略略抬头，快速看了一眼面前嘴角处略含微笑，目光中却毫无笑意的韩侂胄，心中打了个激灵，又忙低下头，说："但凭恩父钧裁，自强会好好落实。"

韩侂胄理了下胡子，看了看面前这位头发花白、大了自己不少年岁的大宋国右丞相，手向前伸，虚虚一让："如此，陈相请进厅中一议。"

远在四十多年前，陈自强曾被聘入宝宁军承宣使韩诚府中，充当西席先生，成了童年韩侂胄的启蒙老师。时间不算很长，便即离开。任教期间，韩侂胄的聪明伶俐，很是讨他喜欢。另外，进入世代官宦之家充任塾师，学生也是半个主人，塾师一般都很收敛，不怎么责罚学生。韩侂胄的聪明伶俐，恰恰又让陈自强根本不需要使用责罚手段，师生之间相处比较融洽。

离开韩府之后，陈自强踏足仕途，最初还算顺利，先是中了进士，有了很坚实的上升台阶。但对他这样毫无背景的素人来说，仕途就是个砧板，他的进士起点虽好，但在板上左滚右爬，前途终究没怎么混出来，身上却早被刀割成千疮百孔。不过陈自强倒是很有韧劲，虽然鼻青脸肿，也还是从不放弃，梦想着有朝一日飞黄腾达，光宗耀祖。

三十多年后，还仅仅是县中副职的光泽县丞陈自强任职期满，到首都临安来等待朝廷的选拔任用。当时与他一样具备"选人"资格的还有许多，眼见得他这个年约花甲的老头子已是山穷水尽、前路无光了。此时的韩侂胄则因皇亲国戚、拥立之功，被升为保宁军节度使，实际上操弄中央政柄，权倾朝野。陈自强不知这位当年跟自己关系颇是不坏的学生，心中还有没有他这位老师的影子，但路走到了绝境，只要有一丝光亮，便值得拼一把。不过连续去了几次韩府，韩府的家人对他这个落魄的米粒小官根本看不上眼，根本不相信他说的曾是韩侂胄老师的话，他没钱送礼，就不给他通报。

　　长住旅店已欠下一屁股债的陈自强，就跟旅店老板商量：我已欠下了你许多店钱，卖光了行囊也还不上，还不如你帮我个忙，帮我联系上韩侂胄大人，他曾经是我学生，只要见到他的面，我就可以加倍偿还你的店钱。

　　店主人也怀疑陈自强的话，但陈自强还不起他店钱是事实。帮他个忙，大不了最后被韩府轰出门来，店钱也不会欠得更多。万一是真的，店钱就会还了不说，也许以后这个县丞飞黄腾达了，旅店也能跟着沾点小光。

　　旅店的店主大多精于算计，又带点赌徒心理，就自己拿了点银子，去帮陈自强使用，果然促成了陈自强进入韩府，面见了韩侂胄。

　　韩侂胄问清陈自强三十多年来的经历，他对这个启蒙老师印象本就不恶，现在执掌国政时间不久，政敌还多，急需扶持起一批对自己忠心耿耿，自己对他们也无怀疑，可以放心使用的体己力量。陈自强有三十多年的基层从政经历，久经宦海、吏治精熟，关键是他几十年来一直沉沦下僚，自己一旦给他个机会，他必会感激涕零。他没有其他任何背景，自己是他唯一靠山，他的忠心自然也就不用再有丝毫怀疑。

　　心中计议已定，韩侂胄就让这位童年的启蒙老师先回旅店，这几日哪里也不要再出去，专心听自己安排就是，必会送他场大大的富贵。

　　陈自强将信将疑，也没其他办法，只好回旅店，时时盯着沙漏计算时刻，等待韩侂胄的安排。

韩侂胄也没让他久等,两天之后就派人到旅店中,请陈自强到韩府做客。

这次来请陈自强的韩府家人,再也没有当初陈自强到韩府投谒时的骄横,对这位沦落旅馆的外府小官毕恭毕敬,一口一个"先生"叫着,叫得陈自强又高兴,又忐忑,又迷惑。

进了韩府,径直进入大厅,陈自强举头看去,吓得双腿发软,原来厅中已有几十人密密站立,最前面是韩侂胄,韩侂胄身后几十人中,虽然陈自强一眼看去,绝大部分并不认识,但最前边的几位,陈自强就算不认识也久已听说,都是朝廷一品大员,其容貌早为天下所知。

可想而知,韩侂胄身后的几十人,都是大宋朝廷的中央官员。几十位中央官员,集体随着韩侂胄站立迎接他这位最末流的小官吏,这让从没机会在中央任过事的陈自强如何不又惊又怕。

韩侂胄也不解释,拱手请陈自强到大厅正中褥椅上就座。到此地步,陈自强也已不能推辞,一步步像踩在云朵里一般,跟着韩侂胄的手势,慢慢挨到褥椅前,慢慢坐下。

这个时候他也只能坐下了。这个阵势,他若不及时坐下,恐怕站也站不稳了。

等他坐下后,出乎所有人的意料,韩侂胄突然撩起前衣,扑地跪倒:"学生韩侂胄,拜见老师。"

陈自强大惊,从褥椅上一跳而起,带得紫檀木制成的沉重无比的褥椅也晃动出声。陈自强额上瞬间出汗,他指着韩侂胄,口中不知所云:"韩……韩……你……你……"

韩侂胄不为所动,继续恭恭敬敬行礼。礼毕,这才起身,伸手扶住早已唇青脸红、汗透重衣的陈自强,将他扶坐到褥椅上。

此时的陈自强几无半点反应,任韩侂胄扶他坐好。然后韩侂胄就立在椅子边上,招呼呆立在厅中看着这一幕发生的几十位官员,让他们落座奉茶。

韩侂胄就站在他老师的椅子边上,这些官员哪一个还敢落座,都恭恭敬敬站着,口中则连称不敢。

韩侂胄等众官都不再出声了,这才慢慢说:"各位都认识了,这是我的业师陈自强老先生,陈老先生满腹经纶,我受益良多,只恨先生长年埋没、辗转于外,沉沦下僚,实为憾事。"

韩侂胄的话用意明显,众官没有一个不是人精中的人精,哪能听不出来。顿时大厅中嘘嘘有声,莫不为陈自强打抱不平。更有多人当即表态,马上就要上书,推荐陈自强,怎能任由这样的天下奇才一直沉沦下僚,是人才就得人尽其用,为国家效力。退隐就是自私,不出来当官当大官,就是国家的损失。

韩侂胄站在陈自强身边,脸露微笑,沉吟不语。

陈自强听着众官的恭维,从一片晕眩中慢慢清醒过来。他低头看着韩侂胄稳立在他椅边的双脚,心中的兴奋与感激,真是倾尽天下词汇也表达不出。

等到众官纷纷辞去,陈自强也不管大厅里还站了几位韩府家人,在韩侂胄送别众官后在大厅门前转过身来的一瞬,扑翻身双膝跪地,深深磕下头去,仰头时泪流满面,边哽咽边说:"自强只有一死,以报师王恩德。"

韩侂胄微笑,直等陈自强磕足三个头,方伸手去扶:"老师请起。老师大礼,学生何以克当。"

听着韩侂胄的话,刚起半身的陈自强又扑地跪倒:"恩父在上,若是恩父再称老师,自强情愿跪死。"

韩侂胄哈哈一笑,又伸手去扶:"先生请起,便如先生所言。"

第二天,头一天到过韩府的众官果然纷纷上书,盛赞陈自强是天下

第六章 学生：恩父

奇才，国家栋梁，朝廷必须加以重用。更有甚者，愿意让出自己的官位给陈自强，因为陈自强这样的大才都沉沦在外地州县，自己这样的庸才居然高居中央朝廷，实在是太过惭愧。

当然，大宋朝廷不会让任何一个推荐陈自强的人辞去官位，这么有眼光推荐人才的人也是人才，也该重用。

被所有人一致赞美推荐的陈自强，从此进入仕途快车道。进士出身的陈自强二十多年始终是个县级副职，现在韩侂胄一拜之后，仅几日内即被快速完成升迁手续，就职太学录；几个月后，转任国子博士；随后升为秘书郎；不足半年，又改任右正言；仅一个月后，又拜为谏议大夫、御史中丞；随后，又被任命为签书枢密院事。

不足四年时间，陈自强便由一个已失去副县级官位、待在旅店里欠了一屁股债的"选人"，成为中央政府中实际掌有执政大权的最高级官员之一。

这位大宋朝廷最高级官员之一，对韩侂胄的称呼也一直是"恩王""恩父"，无论人前人后，从不避讳。他自己固然可以如此称呼而自得，其他官员看着听着，也只有羡慕嫉妒的份：陈自强给韩侂胄当过老师，才有资格叫韩侂胄为"父"，自己连韩侂胄家的狗都做不成，叫太爷爷人家也不会答应。

华岳上书之时，陈自强已是大宋右丞相，在大宋朝廷，已是韩侂胄一人之下而已。但陈自强从来不敢有任何僭越，始终恭恭敬敬待比他小十多岁的韩侂胄如父。他把丞相专属权力的敕札，直接印成空白的送到韩府，任韩侂胄随意填写下发，而自己作为丞相不闻不问。三省官印全部放在韩侂胄家中，任其以皇帝名义升黜将帅、委免官员。韩侂胄有任何想干的事，在家就干了，所以平时也不上朝。朝中有任何风吹草动，只要涉及韩侂胄，陈自强也必然第一时间亲自到韩府向韩侂胄当面汇报，并请示对策。今天华岳上书，陈自强也是下朝就往韩府跑。

进得花厅,陈自强拱手,看韩侂胄在上首先坐下,这才在下手椅上,斜斜坐下。

陈自强简单将华岳今天上书情况说了一遍。韩侂胄淡淡道:"谅一介武夫,能写得出什么好奏章?"

陈自强再次将奏疏捧到手上,递给韩侂胄说:"伧父无状,恩父请看。"

韩侂胄这才伸手取过奏本,看了起来。

华岳虽然是武状元,但文采书法均好,奏书写道:

旬月以来,都城士民彷徨四顾,若将丧其室家;诸军妻子隐哭含悲,若将驱之水火。闾阎籍籍,欲语复嗫,骇于传闻,莫晓所谓。臣徐考之,则侍卫之兵日夜潜发,枢机之递星火交驰,戎作之役倍于平时,邮传之程兼于畴昔,乃知陛下将有事于北征也。

读到此处,韩侂胄嘴角冷笑:"军国大事,千秋金石,他一个武夫懂得什么,又怎可信口乱猜。"

韩侂胄说话,陈自强马上起身,拱手肃立,直等韩侂胄说完,继续往下阅读,这才再次斜坐到椅子上。

韩侂胄继续读下去:

侂胄以后族之亲,位居极品,专执权柄,公取贿赂;畜养无籍吏仆,委以腹心,卖名器,私爵赏,睥睨神器,窥觎宗社,日益炎炎,不敢向尔。此外患之居吾腹心者也。

韩侂胄默读,并不出声。陈自强早已读过,他斜坐在椅上,心中惴惴,一直看着韩侂胄脸色。就见韩侂胄嘴角的冷笑渐渐淡去,脸渐渐发青。

韩侂胄继续读：

> 朝臣有以庸琐之资，请姻师旦，骤入政府者；有以谀佞之资，附阿侂胄，致身显贵者。陈自强老不知耻，贪不知止，私植党与，阴结门第，凡见诸行事，惟知侂胄，不知君父。此外患之居吾股肱者也。

陈自强偷眼看着韩侂胄，不敢有一丝放过。就见韩侂胄抬头向他投来一瞥，嘴角略有牵动。陈自强心中窃喜，知道韩侂胄读到了这一段。

华岳在这一段中，骂陈自强极狠，所谓"老不知耻"，所谓"不知君父"，这几乎是对朝廷大员、儒林士子最严厉的责骂，一般人无法接受。陈自强在最初读到之时，也是一口恶气填满胸臆，但旋即由大怒转大喜，这可是敌对一方对他的公开评价，说他"只知侂胄，不知君父"，那就是说在他陈自强这里，韩侂胄比君王比父母更重要。自己一向呼韩侂胄为"恩父"，恨不得将自己一颗老迈的心脏掏给韩侂胄吃，又深恐韩侂胄信不过自己的这一片赤心。现在华岳的痛骂完全坐实了自己对韩侂胄的赤诚之心。这虽然是骂，却也是万金买不来的献忠心的好机会。

揣着奏文到韩府，陈自强最主要的想法就是让韩侂胄亲自读到这段骂他的文字。他知道韩侂胄日常高傲自居，生怕韩侂胄不屑于亲读奏文，他又势必不能亲自读给韩侂胄听，所以他才把奏文向韩侂胄一献再献。现在看韩侂胄的眼神脸色，陈自强知道韩侂胄已然读到了这一段，一节心事放下，知道韩侂胄从此对自己的信任必从百丈之深更深一丈，心中之喜不可名状。强忍之下，一头白花花的头发无风自动。

陈自强目前算得上是韩侂胄最信任的人，但陈自强知道，他被韩侂胄的信任，已经激起了许多人的不满。像华岳这样自恃刚强、自命正义之徒，他是不怎么在乎的，这些人根本无法动摇他的地位。他更在意的，是被这些自命正义的人看作同穿一条裤子、同列韩侂胄阵营的同僚，只有像他一样，在残酷而又血腥的和同类竞争厮杀中冲出来的人，才知道，向上的路径是何其窄小，要么你把别人挤下去，要么别人把你挤下去。他现在的最受信任，事实上是覆盖了许多有向上爬热心的人的机会，在这些人眼里，他陈自强是比华岳之流骂人的武夫更可恶了百倍千倍，因为华岳这些人再怎么骂，并不会影响他们飞黄腾达，但他陈自强，却是他们继续进步的绊脚石。

陈自强沉沦基层之时，对此有所认识，却并不深刻，否则他也不至于一直潦倒州县。就在韩侂胄以非常手段提拔了他之后，他也只是对韩侂胄衷心感激，但随后发生的一件事，让他彻底觉悟了。

其时，皇太后刚刚将高宗赵构在临安城外吴山脚下所建别馆赐给韩侂胄，韩侂胄糜费巨资，重新改建，并以南园命名。园中一切，均仿农家田园模样。陆游为之撰写《南园记》云："地实武林之东麓，而西湖之水汇于其下，天造地设，极湖山之美"，"前瞻却视，左顾右盼，而规模定。因高就下，通室去蔽，而物象列。奇葩美木，争效于前。"建成之日，韩侂胄带了一大帮自己的亲信官员去看，山庄内小桥流水，翠竹修林，青山环映，农舍俨然，好一派清幽模样。韩侂胄甚是满意。听着一众从行的官员不绝口的称叹，韩侂胄随口谦虚了一句："此真田舍间气象，所惜者欠鸡鸣犬吠耳！"说过之后，也就忘了。却不想继续观赏时，突然听得前方篱笆草丛间有狗叫声传出，韩侂胄大奇，率众走过去看时，却是四品大员、工部侍郎赵师𥳑正趴在地上学狗叫，见韩侂胄过来，又起劲地叫了几声。韩侂胄哈哈大笑。之后不久，赵师𥳑晋为工部尚书。

陈自强便亲眼看见了这一奇观，就在赵师𥳑狗叫声未息，韩侂胄大笑声未绝之时，陈自强豁然开朗，知道了仕途晋升的来路，一瞬间颠覆了他之前的仕途认知，完成了他的仕途升华。赵师𥳑文采斐然，诗词流传天下，为政则政绩卓著，广为百姓称颂，然而，这一切又有何用？若无韩侂胄的提携，他的文采与政绩，是无法让他再进一步的。正如他陈自强，自问也是胸罗锦绣，虽然一直在地方上做小官，却也一向勤勉，政绩向来不差，然而从青丝熬成白发，不得寸进，直到韩侂胄延请入府，这才青云直上。然而，这个青云直上，与他的政绩却是并无分毫关系。一念及此，万事豁然，陈自强从此之后，再不避鸡鸣狗吠、腹黑无耻，其仕进之途，果然也一路康庄，扶摇直上。在紧跟于韩侂胄身后的一众犬吠之人中，排位最前。但他也深知，自己身侧身后的摇尾者中，不乏欲取而代之者，要想保住现有位置，仍需时刻用力。像今天的第一时间赶来韩府送上华岳奏章，借华岳的痛骂，巩固自己在韩侂胄心中的地位，便属其一。

韩侂胄目光扫过陈自强，继续读下去。下面华岳继续将他的爪牙骂得狗血喷头，韩侂胄不为所动，再看下去，华岳就写到了他反对北伐的种种理由：

> 臣尝推演兵书，自去岁上元甲子，五福太一初度吴分，四神直符对临荆、楚，始击蜚符旁临瓯、粤，青门直使交次于幽、冀，黑杀黄道正按于燕、赵。考之成法，主算最长，客算最短。兵以先发为客，后发为主。自太岁乙丑至庚午六年之间，皆不利于先举。傥其畔盟犯义，挠我疆场，至于事不获已，然后应之，则反主为客，犹曰庶几。万一国家首事倡谋，则将帅内睽，士卒外畔，肝脑万民，血刃千里。此天数之不利于先举也。

读到此处，韩侂胄鼻中轻哼一声，自语道："龟，以祭则凶，以战则胜，吊民伐罪，天下大道，岂是小儿妄言星象所能知悉。"

韩侂胄所言"以祭则凶，以战则胜"，乃是殷商末期，纣王无道，周武王计划出兵伐商时，用龟甲来占卜，得出的结果是大凶。姜子牙夺过龟甲，在地上直接踩破，同时说出的话，意思是军国征伐的大事，岂能听信这卜筮之术。华岳以星象不利来证明北伐不可行，韩侂胄自是嗤之以鼻。

韩侂胄是倚仗父祖的恩荫出仕，又因是皇亲国戚而大受信用。但他也的确聪明，所受教育也都是当时的最顶尖水平，虽然他自己并无心读书，仍是有相当的知识学问。他的性格也很是骄傲刚强，一向对占卜算卦之类并不怎么认同。尤其北伐中原，收复失地，一直是他心中的大志向，华岳的星象之说，自然动摇不得他分毫。陈自强也知道这位学生"恩父"的性格为人，当然也不以华岳的话为意。

韩侂胄与陈自强都没想到的是，仅仅十多天后，华岳的这封奏文，就已被金国在南宋首都的细作全文誊清，摆上了金章宗的龙案。

金章宗读后，马上让人原文誊抄，抄出后立即封好，快马送往保州，让身为大金国第一术数大师的张行简看，重点就是看华岳关于星象的一段。

两天后，张行简就接到书信，他仔细地读过，尤其是将华岳论及星象的部分反复读过，随即提笔向金章宗写了一封回书，大意也是说华岳的星象之说仅供参考，若星象完全可以推演军事，那就不用做军备了。从华岳的上书来看，宋国君臣显然是要背负盟约、背信弃义，要擅自挑起金宋两国的边衅战争，我们大金国作为叔叔之国、宗主之国，一向对侄宋之国宽怀仁义，若侄宋不自量力，我们自该痛加还击，打得他知道自己是个侄子。为今之计，大金国就要整军修武，做好备战准备，近来尤其要注重积囤粮草，做好军事部署，动员情报力量，随时掌握敌情。对内则要加大整治力度，肃清各种可能的风险苗头，以防边疆地区一旦动兵，内地出现与敌方相呼应的叛乱，等等。

张行简没有在奏文中写明，作为大金国的核心军州、拱卫京畿的重要门户，他已在保州发现了叛乱苗头，并且已经开始着手处理。

## 第七章

# 太后出墙

韩侂胄自然不会知道华岳的上书会引起金国皇帝的警惕，从而开始加强边防警备。他尚在愤怒一个武状元，居然用星象之说来吓阻军国大事。

停顿了一下，韩侂胄继续往下读：

> 矧将帅庸愚，军民怨怼，马政不讲，骑士不熟，豪杰不出，英雄不收，馈粮不丰，形便不固，山砦不修，堡垒不设，吾虽带甲百万，馈饷千里，而师出无功，不战自败。此人事之不利于先举也。

韩侂胄"嘿"然一声，喃喃道："将帅庸愚，豪杰不出。"念完后，微一沉吟，转头问陈自强："四川方面整军如何？"

陈自强忙答："吴曦将军日前曾报，四川军备整齐，只待恩父的令下，必可击穿金人西线军防。"

韩侂胄眼中精光闪动，说："我看吴曦其志颇大，也不可全信。我本拟让费士寅出镇兴元，但这老儿推辞不去，如此，可罢去他的参知政事之职。"

陈自强此前已知道韩侂胄的心思，已早在心中拟好了应对办法。听韩侂胄说完，马上应诺："恩父放心，费士寅罢职，近日即行。恩父以为有谁可任此职？"

陈自强猜得出韩侂胄心中的人选，只是韩侂胄尚未说出，他自是不能显示自己的聪明，所以还是恭敬询问。

韩侂胄说出的名字果然与他所想一致："钱象祖可任参知政事，刘德秀可签书枢密院事。"

陈自强马上拱手，说："恩父放心，我明日禀明圣上即行。"

韩侂胄又问："鄂、岳屯兵事，可已办妥？"

此事实已不是右丞相职权范围内，属于枢密院的事责，但陈自强是韩侂胄最任用的心腹，凡军国大事，必然先与他商量，并主要托付给他来执行。陈自强也不敢推卸，更乐于承担。因为对他来说，所有的职责，很大程度上也是攫利的渠道。穷困潦倒了数十年，已是白发满头的陈自强抓住一切机会，来填补几十年的损失。

陈自强一直拱手立着，韩侂胄一问，马上回答："回恩父话，已经办妥。"

看了看韩侂胄，又说："拟任江陵副都统李奕为镇江都统；皇甫斌为江陵副都统，兼知襄阳府，练兵屯粮，全力备战，恩父以为可否？"

韩侂胄捻了捻不多的一缕胡须，点点头，简单说了一个字："可。"

陈自强突然想起一事，问道："安丙入川，未予重职，是不是趁此调动机会，升他的职？"

韩侂胄摇了摇头，说："暂时先不要动，安丙职务虽是不高，但位置甚好，可随时看视吴太尉，免有异动。"

陈自强有些吃惊,说:"恩父明断,自强愚鲁。吴太尉返蜀都督诸军,不是恩父的意思吗?"

原来吴曦本是兴州知州兼利西路安抚使,后来负责修筑高宗皇后吴氏的园陵,又负责修筑光宗的陵寝,均有功绩,累迁至太尉。

太尉已是大宋朝廷最高的武官,不过只是虚职,并无实权。在这个高位上待不多久,吴曦就向韩侂胄请求,要求放任地方。最初韩侂胄并不答应。吴曦倒也不急,趁着在京的机会,一意交好韩侂胄,渐渐成为韩侂胄的红人。

随着韩侂胄权力越来越大,野心越来越大,南宋国内已经没有足够的空间供他建功立业,北伐金国,收复失地,一统中原,再造华夏盛世局面,已经成为他必然也是唯一的选择。这个时候,不用吴曦上门找,韩侂胄就已主动想起了他。

吴曦的祖父是吴璘,父亲是吴挺,都是南宋一朝战功卓著的名将,世代建功西邻边陲,威慑敌国,也赢得当地民众的赞誉口碑。吴曦出身累世将门,虽然进入仕途以及升迁多因祖上恩荫,他本人在战场上是不是个赵括,谁也没法验证,但起码他对于兵法战策是熟悉的,也有强烈的建功立业之心。对韩侂胄来说,这些就够了。大宋多年没有战争,将领们大都没有战场经验,比较起让没有战场经验的进士出身文官带兵,还是让这个虽无战场经验毕竟也是世代将门的军人出身将领带兵,更让韩侂胄放心些。

等到年初吴曦再次请求返还蜀地之时,韩侂胄顺水推舟,任命他为兴州驻扎御前诸军都统制,兼任兴州知州、利州西路安抚使。让他到任之后,全力备战。四川地处要冲,对金、对夏,都是极其重要的前线,不容有失。韩侂胄也算给了吴曦最大的信任。

但任用吴曦之时,枢密何澹、从政郎朱不弃都向韩侂胄表达过激烈的反对意见,朱不弃还专门写了一封书信给韩侂胄,历数吴曦的野心,认为此人绝不能执掌兵权。

韩侂胄自然不受左右,用他不行,用你行吗?但这两人激烈的意见对韩侂胄造成了影响,或者说并不是因为这两个人的意见,而是这几年来韩侂胄对吴曦的观察认识。几年来吴曦以太尉之尊,对韩侂胄恭敬之极、恭维之极,韩侂胄周身是舒服的。但韩侂胄毕竟不是庸碌之人,虽然骄横,政治智慧还是第一流的。他始终感觉吴曦有让他不特别放心的地方。像陈自强,他是完全放心的放手使用,像吴曦,他现在因为北伐需要,也是在放手使用,但心就不是那么完全地放。这才在吴曦西去不久,又安排安丙到西川部队,担任随军转运官这个虽然职级不高,位置却处于重要中枢的职务,就是要作为他韩侂胄的耳目,监督好吴曦的所作所为。韩侂胄不怕吴曦富贵心强,贪婪横暴,他是把北伐大业的突破口放到西川,就怕吴曦真的出现他所担心的问题。好在安丙入川也有月余,至今并未传回他所担心的有关吴曦的不利信息。

韩侂胄淡淡看了陈自强一眼。陈自强是他最信任的人,他自然是不担心陈自强会出卖他,但他也很享受陈自强这种惊讶的表情。君恩莫测,天威莫测,就是让所有人都猜不准他的心思,所有人就都有了畏惧感,一旦当人心中种下了这颗畏惧的种子,在他面前,就会唯唯诺诺,唯命是从。

专擅朝廷权柄多年,韩侂胄自然形成了自己的一套驭人手段。他拍拍微微低俯在自己身前的陈自强的肩膀,说:"吴太尉甚好,希望他能一直这样好,那样才有他大好的前程。"

陈自强心中一突,抬头看了看韩侂胄,发现韩侂胄又在读华岳的那篇奏文:

> 臣愿陛下除吾一身之外患。吾国中之外患既已除,然后公道开明,正人登用,法令自行,纪纲自正,豪杰自归,英雄自附,侵疆自还,

中原自复；天下自底于和平，四海自跻于仁寿，何俟乎兵革哉？不然，则乱臣贼子毁冕裂冠，哦九锡隆恩之诗，恃贵不可侔之相，私妾内姬，阴臣将相，鱼肉军士，涂炭生灵，坠百世之远图，亏十庙之遗业。陛下此时虽欲不与之偕亡，则祸迫于身，权出于人，俯首待终，何脐可噬。

韩侂胄读及"侵疆自还，中原自复，天下自底于和平"，呵呵一笑："真是愚陋之见，我大宋隆盛之时，公道开明，然金兵仅以十万之众，一旦兵锋南指，摧枯拉朽，势如破竹，致成二帝北狩之耻。都是庸人治国，以致军事不振，武备不足。若无国家军事之强大，天下哪里可以自底于和平！"

陈自强站在一边听着，他对自己这个学生"恩父"敬仰崇拜，也不完全是因为恩父将他救拔于泥潭，一举送上九霄高空。韩侂胄的很多思想，也的确让陈自强敬服。譬如韩侂胄认为只靠"公道开明，正人登用"，就可以得到和平仁寿是不可能的，和平要靠军事武力，仁寿要靠军事武力，要在历史上留下千秋功名，仍然要靠军事武力。只有开疆拓土、只有扬我大宋国威、赫赫武功，才算是一生功业的巅峰，才算是国家历史的功臣。

拥护韩侂胄壮志的人，当然不仅仅陈自强一个，其时诗名满天下的陆游就对此极度称赏。为北伐做准备，韩侂胄启用了一生都在呼喊北伐的名将辛弃疾。陆游、辛弃疾相会于临安，当时虽然大宋朝廷尚未公开下诏北伐，但韩侂胄的志向已是广为人知。北伐呼声在韩侂胄的有意纵容下，也是日渐高涨。陆游虽然诗名横空，却是在野之身，而辛弃疾却是眼见得即被委以北伐重任。陆游就写了首诗送给辛弃疾，勉励他黄旗皂纛、雄跨青史，完成底定中原的大业，成就其千秋功名。这首诗当时流传甚广，韩侂胄与陈自强都读过，韩侂著还暗示将这首诗连同其他呼号北伐中原的诗歌，一并刊刻流传，为他的北伐大业造势。

诗是这样写的:

稼轩落笔凌鲍谢,退避声名称学稼。
十年高卧不出门,参透南宗牧牛话。
功名固是券内事,且葺园庐了婚嫁。
千篇昌谷诗满囊,万卷邺侯书插架。
忽然起冠东诸侯,黄旗皂纛从天下。
圣朝仄席意未快,尺一东来烦促驾。
大材小用古所叹,管仲萧何实流亚。
天山挂斾或少须,先挽银河洗嵩华。
中原麟凤争自奋,残房犬羊何足吓。
但令小试出绪余,青史英豪可雄跨。
古来立事戒轻发,往往谗夫出乘罅。
深仇积愤在逆胡,不用追思灞亭夜。

韩侂胄想问一下辛弃疾北行的事,看华岳的奏文只剩了最后一段,且捺住话头,又看下去:

事之未然,难以取信,臣愿以身属之廷尉,待其军行用师,劳还奏凯,则枭臣之首风递四方,以为天下欺君罔上者之戒。倘或干戈相寻,败亡相继,强敌外攻,奸臣内畔,与臣所言尽相符契,然后令臣归老田里,永为不齿之民。

读完最后一个字,韩侂胄扯动嘴角,冷冷一笑,说:"归老田里?这华岳想得倒好。"

读奏文的过程中,韩侂胄最初铁青的脸色渐渐转回。他慢慢控制下自己的愤怒,将奏文交还给陈自强,问:"陈相以为如何?"

陈自强看韩侂胄脸色转霁,心中反而更为紧张,他熟知韩侂胄,面对如此不堪的奏文,居然不雷霆震怒,那是心中动了杀机。

陈自强试探着说:"这伧夫不是说要枭首以风递四方吗?那就如他所愿。"

韩侂胄微合了下眼睛,摇头说:"不妥,这奏文你虽带出,但这武夫必也私印了流传出去。"——这句话倒不是出于韩侂胄的猜测,陈自强入韩府前,韩侂胄已听负有情报之责的家人说起,临安街衢之中,已有这封奏文的流传。

韩侂胄虽然是在府中处理国事,甚少上朝。但韩府之中自有其严密的情报网,从南宋朝廷到街衢里巷,甚至到夏、金两国以及北方蒙古草原之地,都有其眼线人员在。韩侂胄不出府门,便可遍知朝野之事。多少年来,他的政敌无数,也有对他构成强烈威胁的,但最终都败在他手里,原因固然多种,其庞大的情报网络,实也起了举足轻重的作用。韩侂胄常年稳坐高位,操弄权柄,实非幸至。

韩侂胄继续说:"这武夫既然要出头风光,就让他出头风光,且送他去大理寺处,待我北伐成功之时,再枭他脑袋,以佐庆功之宴。"

陈自强击掌道:"恩父此招实在是高,既在朝野之间显示恩父胸怀,容人之量,又让这伧夫最后死得无话可说。到凯旋之日,要杀这伧夫之人,可就不是恩父大人,而是临安满城——不,我大宋举国之人了。"

陈自强的马屁,让韩侂胄实已被华岳奏文气疯了的内心甚是熨帖,挥一挥手,说:"此事你随后去办吧。"沉吟一会儿,又问:"辛幼安的任命,你已拟好了吗?"

陈自强说:"便拟任他两浙东路安抚使兼知绍兴府。待他淮北归来之时,便可发布。"

韩侂胄点点头,说:"就让他在浙东一带整军队,备粮草,做我大宋北伐的预备部队，接次渡淮作战。辛幼安熟知兵法，年轻时驰驱中原，威名至今流传，现在虽然年老，老成持军，更增北伐胜算。"

说到这里，韩侂胄微有出神。他信口说出辛弃疾"年老"二字，却在无意间勾起自己的心事。对北伐之事，韩侂胄现在是决心已下，毫无动摇，至于兵马粮草，以大宋的数十年承平岁月，也已有丰富积累。就是对于领兵的将军，他一直苦无最好的人选。他对吴曦纵容，强力压下了所有的质疑之声，但实际上，他自己内心里却一直有所疑虑，这也是他安排安丙入川的唯一原因。

而纵然西川无事，那里毕竟也只是最有希望的突破口，而不是对金全面作战时的主战场。主战场还是在淮河一线。主战场的主帅人选，始终是韩侂胄心里的一根刺。他是绝对信任辛弃疾的，辛弃疾的统兵能力毋庸置疑，而他对自己的忠心，在韩侂胄的南园改建完成之时，辛弃疾为之赋成的一首词发布之后，韩侂胄就不存丝毫怀疑了。

辛弃疾的词是这样写的：

西湖万顷，楼观矗千门。
春风路，红堆锦，翠连云。
俯层轩，风月都无际。
荡空蔼，开绝境，云梦泽，饶八九，不须吞。
翡翠明珰，争上金堤去，勃窣媻姗。
看贤王高会，飞盖入云烟。
白鹭振振，鼓咽咽。
记风流远，更休作，嬉游地，等闲看。
君不见，韩献子，晋将军，赵孤存。
千载传忠献，两定策，纪元勋。
孙又子，方谈笑，整乾坤。

直使长江如带，依前是、保赵须韩。

伴皇家快乐，长在玉津边。只在南园。

这首词中，辛弃疾在叹赏南园美景之际，大力推崇了韩侂胄的北伐计划。词中的韩献子，指的是春秋之际，晋国的卿大夫韩厥，其号献子。在晋景公时，晋国重臣赵朔，惨遭灭门之祸，是韩厥在危难之际，甘冒奇险，忍辱负重，保全了赵家骨血赵武，成为千古流传的英雄人物。至于"千载传忠献，两定策，纪元勋"一句，则是直接歌颂了韩侂胄的曾祖韩琦，"忠献"说的便是他。韩琦进士出身，历仕多职。于四川救济饥民，颇有时誉。率军与西夏作战时，也颇获佳评。其后入朝，又力持庆历新政，在宋仁宗的后期，得拜相位。之后，在宋英宗之时，又参与立嗣之议，对宋神宗的继位，贡献极大。及其去世之时，神宗亲自给他撰写了"两朝顾命，定策元勋"之碑，追赠尚书令，又加谥号"忠献"，并准其配享英宗庙庭。韩琦为相十载，辅佐三朝，是赵氏皇朝的股肱之臣，欧阳修曾赞其"临大事，决大议，垂绅正笏，不动声色，措天下于泰山之安，可谓社稷之臣"。所以辛弃疾说他"两定策，纪元勋"。

这两位姓韩的名臣，扶保的都是姓赵的人，辛弃疾词中所说"依前是，保赵须韩"，那是明明白白地说出，现在的宋国赵家皇朝，还是需要韩侂胄的扶保才行。至于"孙又子，方谈笑，整乾坤。"说的是韩侂胄作为韩琦的曾孙，完全具备了曾祖出将入相的能力，在谈笑之间，就可以整顿好这个乾坤世界，这样的评价，已是对作为大臣的韩侂胄最高礼赞了。以辛弃疾在军界、官场、文坛的地位，能够写出这样的词，并且随着歌楼舞榭的盛传，迅速流行天下。韩侂胄对辛弃疾的信任，已达极点。而辛弃疾对韩侂胄北伐中原，恢复河山的期许，也是不打折扣的。

对韩侂胄来说，辛弃疾是他北伐战场主帅的最佳人选。然而，辛弃疾毕竟老了，在对他的使用上，这是无法回避的问题。所以，韩侂胄再

三权衡，还是想把他作为后备支援的主帅，而非一线主帅。

然而，这是最好的安排吗？辛弃疾的渡河北上，显然是他不服老的表现。

陈自强不知韩侂胄这一瞬间的出神所想，连连点头称是，待韩侂胄停口不言，忙问："不知辛将军何时可以归来？"

韩侂胄收摄心神，回答说："幼安渡淮而后，不知所踪，据淮上渡他过河的船夫所言，待复渡幼安坐骑过河之时，幼安已失去踪迹，极怀疑是被金人所掳。然而金人若掳走幼安，必会大事声张，以挫我军心，据河北情报，金人从没有这信息传出。所以此事有些古怪，陈相你也安排留心一二。"

陈自强连忙点头应承，又说："镇江都统戚拱来报，他派人渡江北上，暗结铁枪李全，拟于金人腹地，制造事端，以呼应恩父北伐大计，日前已有行动。"

见韩侂胄赞许点头，陈自强有些兴奋，趋前一步，声音略低，说："据戚拱说，不但已请动那铁枪李全，更得到确切消息，中原豪杰之士，近来将于保州之地聚义，似有揭旗造反之势。若真的举义事成，管叫金人首尾难顾，北伐大业，一战可成。"

韩侂胄捻了捻胡子，终于高兴起来，说："如此甚好。保州嘛，这是金人腹心之地，若得中原豪杰们在此举义，我北伐大计，何愁不成。"

陈自强连连称是，又说："夏国一品堂，也有细作隐现于保州，不知这些党项蛮人打的什么主意？"

韩侂胄略一思忖，说："党项偏安几十年，不足挂虑。何况其细作是在金地活动，可以置之不理，不必多生枝节。"敲了敲手心，又说："保州此时已聚九州风云，看来只要在此处搞出事情，足以牵制金人部署。"

韩侂胄两眼精光闪烁，道："那保州顺天军节度使，便是金帝股肱，可让李全等人相机行事，刺杀此獠，以断金帝一臂。"

四千里外，兴庆府。皇宫寝殿。

桓宗皇帝李纯祐背负双手，来回急走，脸色铁青。

太监李三儿跪在殿角，不敢抬头。皇帝的脚踩在厚厚的地毯上，平时，地毯的厚度足以消去这脚步声。但现在厚厚的地毯之上，依然传来噗噗的沉闷之声，可以想见，皇帝的心里，该有多么愤懑和沉重。

怎么可能不愤懑，自己的娘居然以皇帝的母亲——太后之尊，红杏出墙。最奇葩的是，出墙也就罢了，历代不甘寂寞的皇家妃、后，也多有出墙之事，偏偏他李纯祐的娘，出墙出得与众不同，居然是让她的亲侄子，伸手摘去了她的红杏。这不只是出墙，这还是乱伦。

历朝历代，秽乱后宫，以此为甚。

愤怒让刚刚迈到三十岁门槛的李纯祐热血上头，一瞬间恨不得拔剑直接去亲手杀掉这对奸夫淫妇，一瞬间又恨不得将这皇宫、这国家都一拳捶碎，让这些狗男女们都下地狱，哪怕自己跟着陪葬，也在所不惜了。

如此急火攻心，让一向平稳到让人觉得懦弱的李纯祐，在自己最心腹的太监面前，第一次表现出烦躁盛怒的样子。

但毕竟是已经当了十几年皇帝，修养阅历已经足称丰富。连着几个圈子转下来，李纯祐还是慢慢冷静下来，他走得越来越慢，最终在李三儿面前停下。

"此事，可有其他人知道？"李纯祐的脸色已渐渐变过来，声音则由于刻意在克制，变得有些低沉沙哑。

李三儿跪伏在地上，全身是汗，不敢抬头，说："回皇上，此事，再没人知。"

李纯祐面色不变，紧盯着跪伏在自己面前的李三儿的眼睛中，突然有杀机一闪，旋即隐去。他用手扶了扶头，缓缓摇动，然后挥手，声音依然喑哑，又显得无力，说："如此，你且退下吧！"

李三儿再磕一个头，说："皇上，那奴才就告退了。"爬起身来，躬腰后退。起身之时，方感觉到贴身的衣衫，已被冷汗全部湿透。

刚退两步，李纯祐又将他叫住："三儿，方才之事，慎勿外泄。"

李三儿一惊，刚刚收敛的冷汗又瞬间齐出，他不敢抬头去看皇帝，低头应道："皇上放心。方才之事？奴才不记得方才有什么事了！"

李纯祐盯视李三儿片刻，又挥手说："如此，你退下吧。不要让人进殿烦朕，朕要静一静。"

看李三儿退出寝殿。李纯祐仰面向天，很长时间，方长长吐出一口气来，全身一软，一屁股坐到厚厚的羊毛地毯上，竟是全身力气都被抽走一般，连小手指都不愿再动一动。

大夏自天授礼法延祚元年立国，至今已一百六十七年。立国之前，大夏先祖拓跋思恭因剿除黄巢乱贼有功，被大唐僖宗皇帝裂土分封为靖难军节度使，居有夏州一地，距今则更长达三百二十四年。三百多年中，大夏历代先皇，胼手胝足，兢兢业业，浴血疆场，舍生忘死，为后世子孙博取了这一片江山，延绵至今，鼎立于宋辽、宋金之间。虽然比起其他两国，国小民寡，但国祚长久，眼看着军力比自己强大、经济比自己富裕、疆域比自己辽阔、人民比自己繁多的大宋朝狼狈南窜，失去半壁江山；眼看着同样强大辽阔的大辽更是轰然倾覆，社稷崩塌。大金国则在大辽的尸骸之上，迅速崛起。只有这个经济最差、军力最弱、疆域最小、人民最少的大夏国，始终屹立不倒，前后两个三国鼎立，一统中原的大宋变成了偏安江南的南宋，兵精马壮的大辽变成了同样兵精马壮的大金，只有大夏江山稳固，政权不倒。这是历代先皇的血汗铸成，这是历代大夏军民的血汗铸成。传至他李纯祐的手中，他岂敢不日乾夕惕，如履如临。

夏是党项人建立的国家，党项人则是羌人的一支，原居于星宿海之东，黄河由此蜿蜒而过，古称河曲。之后为藏地土蕃的强大所压迫，逐步东迁至夏州一带。在这个过程中，党项人一直是部落状态，由部落中最强大的姓氏推出部落首领，其中以拓跋氏最为强大。唐太宗李世民为了羁縻笼络这支少数民族力量，赐他们国姓"李"。但唐朝在那个时代太过强大，并没拿这个赐姓当回事，拓跋部落刚从西方东迁不久，也搞不明白国姓的意义，好好的拓跋不姓，姓什么"李"？也不在乎，仍然一直以拓跋为姓。直到唐朝末年，当时镇守夏州的拓跋思恭听从大唐朝廷调遣，积极参与平定黄巢起义军，立下大功。已经没有多少力量的大唐朝廷，实在拿不出像样的东西来赏赐，就把国姓重新赏赐一次，再次赐他们拓跋家族姓李。

这个时候已经与大唐、与中原文化共同成长了整个大唐时期的拓跋家族，已然明白"国姓"是怎么回事了，于是就愉快地放弃了"拓跋"这个一看就是外来户的姓氏，一心一意用起了当时的天下第一姓"李"。势力则是继续占据夏、银、绥、宥、静等五州。

再往后传了几代，宋太宗太平兴国年间，党项族的头人叫李继捧。这个李继捧算是党项族中的一个罪人，他差点断送了大夏基业。当时的党项族内发生内讧，李继捧治理无方，就主动跑到汴京，去找宋太宗赵光义投降。

大宋在名义上对党项人占据的这片地区有管辖权，但也只是名义上而已，事实上连人家一根毛都管不到。大宋建国以来，党项头人换了四茬，李继捧是第一个亲自到汴梁来见皇帝的人，宋太宗高规格接待了他。金银财宝，肉山酒林，都是这个久处西北边陲的部落头人从没见过的，感激涕零之下，李继捧马上向宋太宗表明忠心，将他管辖的地盘全数交给朝廷，他自己留在朝廷当官就好了。

天上掉下这么个大馅饼，不动一兵一卒就把西北地区收入囊中，宋太宗喜出望外，马上封李继捧为彰德军节度使，派出使臣，往夏州将李继捧五服之内的亲属全数接到汴梁。

眼看着党项族世代经营的夏州地盘（此时已是四州，静州已经废除合并了），就这样在谈笑间并入大宋版图，党项人中却出现了一位他们的民族英雄：李继迁。

李继迁是李继捧的堂弟，其年二十。他没有听从堂兄和大宋皇帝的召唤，带领部分族人，拿起刀枪，走上了武装割据的道路。

怀柔不行，大宋朝廷就果断出手，武力镇压。地斤泽一战，党项割据武装遭到毁灭性打击，李继迁侥幸逃走，他的母亲和妻子却被宋军抓到。

随后，已几乎置于死地的李继迁，在葭芦川与宋军一战，险死还生，大获全胜。从此龙飞九天，再也没法制约。大辽圣宗皇帝还将辽国义成公主嫁给他，封他为夏国王，同时送了急需扩充军备的李继迁3000匹战马。瞌睡来枕头，李继迁的军事力量猛涨，政治上也立住脚跟。

羽翼已成的李继迁也不一味蛮干，他利用各种形势和机会，纵横捭阖，与大宋时战时和，一切以争取到最大利益为准。到他死的时候，夏国基础已然牢固树立。但他并未称帝，倒是继承他位置的儿子李德明，自己虽然没有称皇帝，却给这个党项人历史上神话般的父亲追赠了个尊号："孝光皇帝"。

老爹是皇帝，继位的会是什么？李德明虽然自己不称帝，但所有人都知道，他就是皇帝。

李德明死后，比他老爹李继迁更为传奇的儿子李元昊，终于走上政治、军事舞台的最中央。两位在大夏历史上既传奇又神秘的人物张元、吴昊，也因为大宋朝廷的腐朽腐败，埋没人才，投入夏都，成为李元昊的诸葛亮。

李元昊本就是不世出的天纵奇才，又有了经天纬地之才的张、吴二人辅助，短短时间内，武定四方边陲，文参中原仪礼，李元昊顺理成章，坐上了皇帝宝座，是为夏景宗。

李元昊之后，历代大夏皇帝莫不秉承祖业，奋发有为，保证了大夏江山永固，在大宋和大辽、大金激烈的战争，剧烈的动荡之外，基本保证了社会相对安定，政权相对稳定。

李纯祐呆呆静坐，想着列代先祖的赫赫武功，烈烈勋业，心中一片凄惶。

夏桓宗李纯祐是大夏皇帝中"能循旧章"的"善守"之君，他继承了父亲仁孝治天下的治国理念，安国养民，在位至今十余年，四郊鲜兵革之患，国无水旱之虞，是一位广受称颂的好皇帝。

"善守"得久了，李纯祐渐渐变得优柔寡断起来，性格中也越来越多了柔弱的成分。所以乍听到母后私情的消息，他不是当机立断予以处置，而是心乱如麻，一时失了方寸。

就在头一天，他得到夏国在临安的探子以飞鸽为自己传来的华岳上书，对韩侂胄北伐的情况有了大致了解后，已急令一品堂传书在金国保州的势力，让他们暂息行动，不要介入到宋金之间眼看一触即发的大战中去。两国一旦大规模交兵，夏国最好的方式是坐山观虎斗，暂不押宝任何一方。

然而，母后的事怎么办？

李纯祐的眼睛慢慢闭上，黑暗如山般向他压来。一颗泪，慢慢渗出他的眼角。

## 第八章

# 民妇田燕

哲别一梦醒来,大叫一声,挺身跃起。身子起到一半,肋间一阵剧痛,啊哟一声,又仰面倒下,身子重重跌到软绵绵一团中。

哲别一时有些七荤八素,不辨所以。他用手在身下抓了一把,软软的,是汉人的那种被子。他转头看去,脸侧不远,是灰乌乌的土墙,身下则是一盘汉人的土炕,他就躺在土炕上的被子里。

看明白了这些,哲别仍然迷糊不已,这时他已经可以回想起此前的事情:他进树林,被人袭击,他怒杀众人,心中大快之际,突然被人偷袭,然后……就是现在这个样子了。

想到被人偷袭,剧烈的疼痛又从肋下传来。本来伤口经清理敷药之后,已开始愈合,但哲别噩梦后的一跃,又把伤口挣开,剧痛袭来,饶是以哲别的悍勇,犹自不由得龇牙咧嘴。

噩梦虽残,犹有片段不能忘,他梦见他去刺杀金国皇帝,却不知为何,被困在金人箭阵中,箭如雨下,都冲他射过来。他这个草原神射之王,却偏偏就是拉不开手中的弓,眼睁睁看着箭头离自己越来越近。突然又是不知为何,铁木真一下子出现在自己身前,大声喝道:"哲别兄弟休怕,随我杀贼。"喊完话之后,所有箭矢突地转向,都射到铁木真身上。

哲别汗如雨下,创口剧痛,又不知噩梦指示的是什么意思,不禁大声啊了出来。

突然听得房门一推而开,一片阳光耀目,裹挟着一个白衣的女子闯进来。阳光从背后照过来,白衣女子的脸在前面暗影里,刚刚醒来的哲别被阳光一晃,射箭时两丈之外可以射穿蚊子的双眼一时发花,看不清女子样貌,只觉那女子仿佛是从梦中、从云端飘进来,极不真实的感觉。

哲别自幼生活在大漠之上,虽然没得到多少母爱,狼鬼狐仙之类的故事也多多少少听长辈们说过,心中一突:莫非是有狐鬼过来?莫非我是为狐鬼所救?

哲别方才一跃,已经将被子几乎全都掀翻到身下,腰臀处还有被角搭着,上半身则几乎完全赤裸着,一件长长的粗布裹在他肋间,那是为他包扎伤口用的。

看着哲别古铜色虬结的肌肉,那女子脸色不觉泛红。哲别未醒转时,女子为他除衣、清理伤口、敷药包伤,不只是看尽了哲别赤裸的上身,更是双手抚遍他的胸肋,但那是治伤救人,虽然手从哲别肌肉上抚过之时,心中也不免有涟漪,总算哲别伤重未醒,也没有多少可羞人之处。现在哲别就活生生躺着,大睁着双眼看自己走过来,突如其来的羞意,让女子虽然是在院里听到哲别声音后疾步开门进房,双脚在进房后却再也迈不快了。

看着女子在阳光中一步步向自己走来,哲别双眼已迅速适应光线,那女子的脸已清晰靠近。那就是个普通汉人女子。哲别一生骑马射箭,战场厮杀中打熬力气,却极少在女色上动心思,至今仍然单身。铁木真前不久曾说,在忽里台大会后,将赐他女奴妻室,他也跪地谢恩,之后却也并不放在心上。但要说他丝毫不曾有过男人本能欲望,那也说不过去,他也曾做过春梦,梦中乱七八糟的事,让这个铁血汉子在醒来后深以为耻,更疏远了与女人的距离。

然而此时,这从阳光里走来的女子,明明只是一个普普通通的汉人女子,相貌虽然也端正,却也谈不上如何丽质美貌。但在阳光中的映衬下,那一抹迅速布满了脸颊的羞红,让哲别在一刹那间,全身仿佛被电流击中,脚麻手麻,什么也动弹不得,肋下的剧痛也感觉不到,只觉口干舌燥,怔得一怔,就是说不出话。

那女子走到炕边,看着哲别,脸颊上的潮红慢慢褪去,低声说:"恩人醒了?"

这北地女子的声音低回婉转,也谈不上多么温柔动听,但在听惯了大漠草原上女人大嗓门的哲别耳中,却是说不出的别有韵味。

哲别睁着眼睛,看着眼前女人关切的神色,想说话,又不知怎么说,更不会卷了舌头说当地的官话,啊啊两声,再说不出什么。

那女子又有些害羞,说:"我叫田燕,不知恩人怎么称呼?"

哲别听是听得懂,但要他完整地去说这大金国官话,就有难度。蒙古草原上也有南边逃去或者被蒙人掳去的汉人,平时哲别与他们也有交流,互相听起来虽然有点困难,还是都懂的。所以哲别一路南来,打尖吃饭,与各处店老板虽然也偶尔要靠比画来解决交流问题,毕竟主要还靠语言沟通,语调难听了些,认真听尚能听懂。哲别也从来没觉得语言交流是个问题。

但现在,面对这阳光中走来的女人,听着这似乎从白云中飘来的声音,哲别突然觉得,自己的说话声音太不合适了。

哲别再次啊啊两声,终于发出两个字:"哲别。"

田燕脸上始终有笑容,她说:"恩人是叫哲别?"

哲别再次啊啊两声,觉得不够,又重重点了几下头。因为他是躺着,

第八章 民妇田燕

点头时不免牵扯到胸肋，点头的最后，倒吸一口冷气。

田燕马上有感觉，她道："恩人莫动，我去去就来。"说完，转身出房。

白衣在阳光中飘出房门，出门之时，白衣飘动，阳光也似乎飘动起来。哲别只觉得眼前一阵迷茫，田燕的身影便不见了。

哲别两眼一闭，仰头躺下，心中有些奇奇怪怪的情绪。他不知道这是什么情绪，只知道他活这么大，从没有过这种情绪。同时，也知道他活这么大，从尸山血海中爬出来，从没有过畏怯，此时，居然有了这样的感觉。

不久，田燕端了盆温水进来，给哲别擦洗伤口，换敷草药。哲别伤重昏迷时，女子便多次给他换药，但那时毕竟哲别并不清醒，现在是在哲别清醒的状态下，一双炯炯有神的大眼睛注视下，田燕虽然强作镇定，终究大有羞意，手指在接触到哲别的皮肤时，偶有颤动，触动伤口。哲别一痛，忽然觉悟到就这么盯视着田燕很不合适。哲别没读过书，也没听过读书人的教训，他实在不知为什么不合适，总之就是不合适。他局促地把头扭向一边，田燕脸色更红，一半是动到哲别伤口心里着急，一半还是害羞。

就这样将哲别伤口换敷好，又做了饭服侍哲别吃下。哲别大解小解的欲望没法控制，硬撑着炕沿准备下来，一动之下，胸肋剧痛，原本全身充盈的力量不知跑到哪里去了。哲别心中大急，又无法说出来，眼巴巴盯着自己几无知觉的双腿，恨不得挥刀砍将下来。

田燕终究是已婚过的女子，看哲别的脸色，马上猜出他心中所急，脸色更红。当此之际，却也没有别的办法，咬一咬牙，伸手去架哲别的胳膊。

哲别一惊，连忙抽手，却抽不动。看那田燕文文弱弱，没想到她居然手上颇有气力，哲别本就伤重，又没有用上大力，田燕顺势把他的胳膊架上肩头。

哲别也已猜出田燕的意思，纵然心里有一千个一万个不情愿，当此关头，也是无法可想。只好任由田燕将自己架起，半扶半抱下了炕沿，半架半抱地出了房门，到院子里去。哲别全身力气仿佛抽走一般，田燕虽然有点吃力，仍然相对平稳地把哲别弄到院角。

哲别人高马大，出得房门之时，就看清小院形势。小院独处野外，很远处才有几户村落人家。仲春时节，草木萌动，阳光明媚。他的马匹就系在墙内门边，看他出房门，摆摆脑袋，继续悠闲地嚼着身前的一捆干草。

将哲别架到墙角处，倚墙放好，田燕递了根木棍给哲别，自己则匆匆钻进土房之侧、一间很小的一半木板一半泥巴糊起来用来养鸡堆柴草的小房，看起来这几日田燕便是睡在那里。

哲别是个粗豪汉子，一恍间的不好意思很快过了，也就顺理成章地解决了生理需求，又任田燕来给自己处理后事，整理下裳，架回房间。

经此一番折腾，哲别与田燕固然都是气喘吁吁，但最初的羞涩带来的不好意思以及种种不方便，总算过去了，两个人慢慢开始交流。

原来田燕丈夫去世未久，田燕一直白衣素服，偶尔去给丈夫扫祭。此次遇险，鬼使神差地被哲别救了，哲别杀尽地痞，最后因被偷袭，昏迷过去。

田燕的丈夫生前是个猎人，田燕也时而跟他出猎，颇有些见识和力气。初时被流氓骚扰，惊慌失措，后来地痞们死了一地，她反而冷静下来。丈夫打猎时也时常被猎物所伤，都是她亲手敷治。哲别挨的那一箭虽然深，却不致命，只是一时失血昏迷。田燕撕下衣襟将伤口裹好，好在哲别的马匹还留在林中，田燕拉过来，半拖半扛，将哲别弄上马鞍，赶着回家。

田燕丈夫因为打猎以及其他一些原因，将住处选在离村落较远的地方，林树遮映，村中基本看不到这里的情况。田燕丈夫平时与村人甚少来往，村中也没人关心他们的事。田燕在夜色里牵马回家，弄下个大男人进院进房，自然更没有哪个村民有足够好的夜视眼和好奇心，关注到这里。

哲别昏迷昏睡了两夜一天后才醒来，这期间田燕又回到树林，将地痞们的尸体拖到林中的一道浅沟里。她没有足够的力气和时间，给这一大堆尸体挖坟坑，沟虽然浅，好在略长，填进这些尸体后，马马虎虎还可以填土埋平。田燕一时也干不了，就先捡拾些残枝败叶盖上，又费了半天劲，将林中血迹清理了一下，不算干净，好在这里平时没有人来，下个一场两场春雨后，也就看不清了。这里离镇上很远，地痞们大都没有家眷，死就死了，也没有多少人会关心。关心的人也关心不到这个黄泥岗上的树林中。

之后哲别便在田燕家中疗伤。哲别伤口虽重，但未伤及内脏，田燕丈夫出猎之时，也常带外伤，田燕处理起来很是娴熟。这次为哲别疗伤，也未必比为丈夫疗伤更复杂。丈夫在时采集的草药及一些常备外伤药品应有尽有，也不必再外出购买。唯一的不便，就是哲别毕竟不是田燕的丈夫，作为一个龙精虎猛的汉子，田燕又是寡居，总是有很多不便的地方。然而两个人都有种感觉，似乎这不便之处，颇有一种别样的滋味，让两人心中都生了些从未有过的情绪。

哲别这样的粗豪汉子，根本不明白这种莫名其妙的情绪是怎么回事，只觉得莫名其妙。自己一生马背上生活，长刀骏马，烈酒强弓，若在以往，根本想不到会有一天在人家小娘子的床上一躺多日，更想不到的是，自己居然也不是多么躁狂不耐。

田燕作为一个寡居的少妇，自然知道心中的情绪是怎么回事。多日相处说话，哲别虽然说得不多，心思精细的田燕也已知道他来自大漠，来保州公干，很快就会回去。至于是什么公干，哲别不说，田燕也不多问。但看哲别随马携带的大袋珠宝，田燕也知道，哲别既然不是行商，其公干所涉之事，自必不小。

对哲别这种常年厮杀于生死之间的悍将来说，皮肉之伤实是家常便饭，恢复能力强得惊人，就算这次伤得重些，痊愈起来，也快得惊人。只几日功夫，哲别便可扶着土墙下炕，再过得几日，已能拄着木棍出房进房，只是还上不得马。哲别心急，硬是扶住马鞍往马背上爬，结果爬是爬上去了，没坐稳，又摔下来，已经好了大半的伤口又复迸裂，痛得走不动，只能恨恨地骂上几句贼老天，最终还是乖乖地被田燕扶进屋去。

　　如此又过的十余日，伤势终于大好。哲别再也待不住，便告辞离去。临走之际，原想把一袋珠宝悉数给田燕留下，自己就径回蒙古算了，一转念间，又觉得此来大事不成，窝窝囊囊地被地痞扎伤，就这么回去，哪有面目去见铁木真。还是要再往前行，去寻杨安儿才是。好在杨安儿当时所说之处，即在保州城西北百余里处，日前问起，田燕就说过此处距保州城约有百多里路，显然杨安儿的落脚之处离此不会太远。再向前方找寻，只需打听马鞍贩子的行迹，谅来不难找到。所以当田燕将珠宝袋子交给他时，他本拟直接放下，送给田燕，只此一转念，又把袋子打开，伸手进去一抓，便抓到一对金镯，哲别将金镯取出，放到床沿，送给田燕。哲别只记得这一对金镯是从夏国一王族府寨中抢来，至于是抢了谁的，有什么讲究，他是一概不知也懒得去知。

　　田燕虽然只是一个猎户之妻，但丈夫也时常会有首饰送她。这么贵重的金镯虽没见过，但判别贵贱的眼光，田燕还是有的。两只金镯子在她眼前摆开，第一眼她就判断出这金镯子的贵重。至于贵重到什么程度，她是没有办法看出来的，但也大致判断得出，这绝非寒门小户所能佩戴，必出于王侯贵胄。

　　田燕深望哲别一眼，对这个漠北汉子的来历充满好奇。他既不是行商，那来保州作甚？更对哲别出手的大方深怀感激。

　　大凡天下女子，对贵重首饰都有好感，对出手大方赠送自己贵重首饰的男子好感更甚。

　　田燕虽因是猎户之妻，比一般女子稍多些见识，终究也是个寡居的女子,在一对金镯子黄澄澄的映照下,心脏不免要激跳起来。她从金镯子上转过眼睛,看向哲别,目光里,就多含了一些东西。

哲别与这女人朝夕厮守二十余日,女人对他无微不至的关怀,尤其是换药时无法避免的肌肤相接,让他从生理上便对这女人有了莫名的好感。二十日间日日温汤热菜,柔声婉转,是哲别生长到此时,所从没受到也从没想到的生活。就算再粗莽雄豪,也不免对这温柔乡有了些许留恋。

哲别并没有读懂田燕看向他的目光,却是对心中一瞬间的温柔留恋打了个激灵,他从没体会过这种情绪,却也知道这种情绪万万要不得。

哲别低头,抱拳,拱一拱手:"多谢大嫂,俺哲别去了。"抓起袋子,连口也来不及扎,便转身离开。转身急了,胸肋又有疼痛,他脚步不停,径直走出小院。

田燕没有追出去送,第一是怕人看见,第二则是忽然有流泪的感觉。她怕真的流下泪来,被哲别看到。就倚在屋内炕沿上,看哲别在已变得渐暖的阳光里,出屋,出院,上马而去。

二十多天前,乍醒的哲别看田燕从阳光中来,而今田燕看哲别从阳光中匆匆走去。仿佛是梦境,被阳光一打,破碎了。

过了一天,田燕终于从莫名的情绪中解脱,她收拾了一下屋子和院子,将被哲别鲜血洇透的布料放在灶底烧了,又将只是沾染了血迹的衣物团成一团,放到盆里,端着去离家二里远近的小河边清洗。只是在收拾之时,抚着哲别的坐卧之处,神思有些恍惚,就没有看到灶台角落处,拖哲别进屋时蹭上的一缕血迹。

出门之时,她将已戴在手腕上自我欣赏了两天的金镯子先除下来,放到炕沿,走至院门前看看,到河边的路虽然稍有曲折,一眼望不到头,却也看不到人影。田燕稍微想了一下,还是忍不住,又把镯子戴到手腕上。

这么些天,田燕很少出家门,这次到河边,浆洗沾有哲别血迹的衣物,田燕不想脱下金镯子。金镯子带在她手腕上,就像扶哲别时,哲别攥住她手腕时一样，给她强而有力的依赖感。

这个如飞将军一样，在她危难时刻从天而降，砍瓜切菜般干翻一众地痞的大漠汉子，也如飞将军一样，落到她的心头。明知道想了也是白想，却也是从此之后，再难从心头移除。

在河边浆洗衣服时，田燕将金镯子除下放在衣物之上，低头洗衣要费很大的力气，浑没看到身后有白面男子路过。

在四无人烟的河边，白面男子的抢夺，已让田燕心中绝望，没想到有张老先生三人路过，帮她断回了镯子。但张老先生看着年龄老，眼光可一点不老，盯着她时，仿佛把她的一切秘密和心事都看穿了。问她的话，也让她心惊肉跳。在她心中，哲别是为她杀人，她就算死，也不会说出哲别的行踪。好在那老先生似乎看出她的为难，不为已甚，问了几句就让她走了。倒是老先生的两个学生虎视眈眈，很不友好的样子，让田燕心中害怕。

匆匆赶回家，田燕仔细想了想，还有什么事情没做好，千万别暴露了哲别的行迹。这才想起，那些被哲别杀死的地痞，被拖到沟里，自己用残枝败叶遮蔽后，数日后又带锹去铲土掩埋了一下。女子力弱，又惦记哲别重伤在家，仅仅是草草用浮土掩住。这期间下过一场春雨，会不会将浮土冲开？需再去看看，深埋一下。

田燕找到铁锹，匆匆出门往黄泥岗去。此处与小村距离较远，从无人来，柴门破败，田燕就懒得上锁。

灶台角落的血迹，因为时日较久，已显暗黑色，一般人也看不出来。宋义毕竟军伍出身，对血痕天然敏感。一眼看到，心中便是一惊。

小院岑寂，小屋里更是寂静，一片宁静之中，宋义的心脏却不自禁急跳起来：这女子何人，她怎么自己独居这样偏僻的院落？这血迹明显是人血而非家禽野兽之血，又与这女子有何干系？

宋义在房中翻查，再无异常，转身出房，去另一间低矮的柴草房中看了看，里面只是堆些柴草而已，似有睡卧痕迹，却又不是卧房。原来在哲别离去之后，田燕已搬回土屋。

思忖片刻，心中毫无头绪，抬头看向女子匆匆赶去的方向，宋义咬一咬牙，伸手掩上房门，出院后又掩上院门，径直追着女子去了。

追出三四里路的样子，眼前是一片土岗，土岗之上，土岗之侧，乌压压的全是杂树林子。

一路追来，只有刚刚转过白衣女子家门前不远处的一丛树林时，远远瞥见过女子白影在土岗林前闪过，之后一路赶来，就再看不见。此时追到林边，宋义略微有点犹豫，是否要追进林去？

宋义虽然当的是大金国御前亲军谋克，但在调入御营之前，也曾在驻地方部队待过，没有跟强盗匪徒直接做过战，也间接接触过，更何况很多时候强盗作恶之后，抓不到强盗，迫于上头的追逼，抓些老百姓顶缸的事也干过不少。就是抓老百姓时，基本没受到过抵抗。不过地方部队里有经历过大阵仗的老兵，有的在与宋军的摩擦中似是而非地作过战，也有的与北方崛起的蒙古人真刀真枪地厮杀过，与各地强盗土匪正面交手的更多，他们平常挂在嘴边的经验之一就是：逢林莫入。

所以宋义在树林前犹豫了一下，不过也仅仅是短短刹那而已。他就笑自己怎么这么胆怯，对方只是一个柔弱女子，自己与张大人跟她打过交道的，既非狐妖，也非鬼魅，而他作为堂堂殿前都点检司的一位谋克，自幼习武，多年从军，什么时候变得这般畏缩不前？

这般自笑，让宋义瞬间恢复了自信，他甚至恨不得这个女子就是个女贼，并且最好是有些武功的女贼，这样他将其擒拿回去，也有面子。

这么想着，宋义就慢慢策马入林。

宋义觉得一个女子进入这片看起来人迹罕至的树林，必有蹊跷。为防止马蹄声惊扰到女子，宋义小心翼翼地控制马的前行速度，尽量让马蹄轻举轻放，不弄出声响。

如此深入约近一里，宋义突然听到有树枝划地的声音，宋义停住马，侧耳细听，果然是人为拖拽树枝的声音。宋义想了想，翻身下马，在马背处拍了拍，从马鞍一侧抽出钢刀，随手倒提了，便往声响处走去。那匹马跟了他多年，彼此心意相通，主人拍那几下，就是让马乖乖等着的意思。那马果然不再动，静静立着，看主人手提钢刀，蹑手蹑脚往林深处走去。

宋义尽量避开林间地上的零枝碎叶，悄无声息地往前走了十几丈，终于在不成规则的林木丛中，隐约看到白影闪动。再往前十几步，就看到果然是那位白衣女子，已然结束了拉动树枝，正手持铁锹，弯腰从地上铲土。

宋义一时不明所以，他站立处距白衣女子不远。他不敢再向前去，隐身到一株粗大的槐树之后，伸出头来，细看女子动作。

女子费劲地从地上铲了土，远走几步，往一道长形凹处填埋。

宋义耐着性子，看女子连续铲土填埋，猜不透她这么做所为何来？

连铲十几锹土，女子有些劳累，气喘吁吁再端着满满一锹土，走到凹处，将土倒下时，一个不慎，踉跄一步，铁锹与土一起落下，直插入凹处土中。

女子喘息几口，弯腰去捡起铁锹。铁锹本已入土较深，往上取时，带着土翻转，宋义的眼睛瞬间睁大，他看到一抹红色随铁锹透土而出。

宋义擦一把眼睛，再去看时，就见那女子用铁锹拨了一下那抹红色，往土里杵去。

不错，那红色不是别的，是一角染血的衣襟。

宋义心中的惊讶无以言表。这女子匆匆持锹入林，竟是要掩埋血衣吗？

这血衣又是从何而来？

宋义的惊讶还在继续，女子往土里杵血衣之时，浮土散落，有一只近乎腐烂的手掌露了出来。

不用再看了，必是这女子害死了人，她是在这里掩埋尸体。那角血衣，就是尸体所穿。至于这尸体是何人，可能是女子的丈夫，那就是这女子通奸杀夫；也可能是别人，那就是这女子谋财杀人。

宋义想到张行简大人对金镯子的重视，觉得一下子明白了过来：必是张大人已料定金镯子是这女子害人所得，才让自己跟踪而来，现场捉拿。

越想越对，宋义不禁对张行简大人的料事如神佩服至极。朝中一直盛传张大人是当代第一神相神卜，自己以前居然还有些将信将疑，真是惭愧。

当此之际，既不是敬佩之时，也不是惭愧之机。宋义一挺钢刀，大步迈出，厉声呼喝："兀那婆娘，你做的好事！"


田燕匆匆携铁锹入林，就是想把这些日来耽误了的事补上，将尸体深埋，让那时的厮杀，就此永远消失。一门心思想着这事，她又没有多少江湖经验，根本不会去关心是不是有人跟来，再说宋义先到她家中转了一圈，跟来的时间已晚，她就算在来时路上回头看，也看不见。

在森林中挖土埋尸体，本来就不是件轻松的事。好在田燕当日目睹哲别大发神威，砍瓜切菜般解决掉这批流氓，心中倒没有多少畏惧之心。但在铲土之时，口中仍顺口念着几句她以前听过的往生经，祈祷这些地痞来世投胎选个好人家，全没注意到也没想到会有人跟着她进入树林深处。宋义的一声大喝，如晴天霹雳，一下子唬得田燕魂飞魄散，手一抖，铁锹落下，自己也扑通一声，一屁股坐到地上。

宋义手持钢刀，几步跃至，刀尖指向田燕："你这婆娘，光天化日，朗朗乾坤，杀人埋尸，该当何罪？"

田燕眼看刀尖在鼻前不远处晃动，寒光闪烁，心中恐惧之极。眼光沿着刀背看到刀柄,又从执刀的手看上去,不禁惊讶地"咦"了一声,心中恐惧稍去一丝,说:"你不是张老先生的学生吗?"

宋义只觉眼前女子处处诡异,深恐她另有诡计,手中钢刀不敢稍松,说:"我乃大金殿前都点检司谋克宋义,你随我到保州衙门去吧!"

那女子还没反应过宋义是什么来历,宋义身后忽然有人说话:"大金殿前都点检司谋克,好威风吗?"

宋义这一惊,可是非同小可。他猛然转身,就见身后不远处的另一棵粗大槐树前,正有两个人,笑吟吟地站在那里。

两人一男一女,男的不足三十岁的样子,一身乌衣行商打扮,面有英毅之色;女子则十八九岁年龄,红衣素带,神色明朗。男的手中也执了一把刀,女子手中则是一柄红缨枪。显见得两人是随着自己进入林中,自己虽然是将注意力集中到白衣女子身上,但就这么被人迫近而不觉,也着实丢人。

当下也不是考虑丢人不丢人的时候,宋义钢刀翻起,直指青年:"你是何人?敢是活得不耐烦了,竟敢撩拨公爷?"

那青年一声冷笑,道:"正是活得不耐烦了,不只要撩拨你这金狗,还要宰掉你这金狗!"

青年的无理,让宋义心中冒火,当此之时,也不是斗嘴的时候,宋义钢刀挺起,直往青年肩膀砍去,口中大呼:"杀我?看你的本事。"他这一刀并未砍青年要害,是想拿下活人,审问他的来历。

青年毫不畏惧,挺刀迎上,两把钢刀相接,一声清脆的巨响,一股大力涌来,宋义站立不住,连退几步。青年不给宋义喘息机会,猱身直上,钢刀再挥,往宋义头上砍去。

宋义再次举刀相迎,两刀对砍在一起,再发一声大响之后,宋义又退了一步。

宋义呼喝之时,他留在远处的马就迅速跑来,两刀相对之后,马已跑到近前，被红衣女子一把拉住。看清宋义挂在马鞍边的什物之后，女子一怔，回头向青年喊道："哥，不要杀他，他是张状元的人。"

那青年本来毫无迟滞地挥出第三刀，眼看宋义已手臂酸麻，举刀已迟，就要身首异处。忽听得红衣女子呼喝，青年正从空中划过的钢刀一滞，宋义的刀已迎到，两柄刀第三次相击。宋义再没力气握住刀柄，钢刀脱手飞出，宋义一声大叫，就见钢刀斜斜飞向身边已经呆了的白衣女子。

变化俄顷之间，田燕根本来不及做出任何反应，本来就被这突如其来的变化惊得目瞪口呆的她，也没想到做出任何反应，钢刀就已如流星飞逝，直刺向她的面门。

红衣女子话音未落，陡见变化，手中红缨枪托起，往前疾刺，直追钢刀而去。

此时奇变陡生，就听得弓弦响处，两支利箭如闪电经空，突地射来。一只正射中宋义脱手的钢刀，夺的一声，钢刀被利箭的大力所激，直飞出去，穿过一边槐树枝丫，直飞出数丈，方才落地。

另一支箭，却直奔宋义的咽喉。眼见一点寒光，就要透颈而过。

陡然间红缨如火，乍地散开，红缨之中，一点枪尖，正击中箭矢。终究是箭发在前，枪击在后，枪尖所击中之处，已是箭尾，利箭稍歪，劲道不减，噗的一声，从宋义肩下，透体而过。

宋义大叫一声，利箭穿身的剧痛让他在刹那间大脑一清，知道无论是眼前的青年还是一边尚未露面的射箭之人，自己都远非其敌。

当此之际，容不得有半分迟疑，红衣女子以红缨枪击刺之时，已松开马缰，宋义全力一蹿，扑上马背，来不及去管屁股坐没坐稳，一手搂紧马颈，一手大力击打马腹。马匹受惊，飞蹿而出，一根枯枝击在宋义头皮之上，划出深深血口。但此时的宋义什么都顾不得了，他抱紧马颈，任马跑去。

第八章 民妇田燕

# 第九章

# 神枪破弓

杨安儿兄妹离开日照，一路西行。

因为知道张行简并未回返日照，谅那李铁枪纵使有心行刺，也鞭长莫及。放下心事，再无挂碍。一路上赏些春日景致，杨安儿随口向妹妹讲些江湖故事，听得杨妙真兴致大发，一径里缠着杨安儿，将种种情节，追问到底。杨安儿只兄妹二人相依为命，甚是溺爱这个精灵活泼的妹妹，但凡她有问题，必会搜肠刮肚，回答个尽详尽细。路途虽远，行来倒是颇不寂寞。

杨安儿联系北方各地英雄，欲举义造反，这事也不向杨妙真隐瞒，只是杨妙真对这些大事并无兴趣，她只关心哥哥的安危。自己自幼受哥哥庇护，兄妹感情之深自不待言。自从自己梨花枪法大成之日，便暗下决心，无论哥哥做什么事，自己都要时时跟在哥哥身边，凭手中一支梨花枪，护得哥哥周全。

杨安儿自然不知道妹妹的想法，他原本有些不想把妹妹拉扯进举旗造反的事情中。金国虽然在盛世之下，眼看着内囊耗尽，内里虚弱得很，毕竟是建国近百年，根深蒂固，兵马虽不如崛起之时的骁勇，却也军力雄壮，不容小觑。凭自己所联系的一众好汉，造起反来，也是十死一生的局面。虽然自己已做了多方筹谋布局，尽量保证造反后的结果不要太差，然而，以一支义军对抗整个金国，战阵之上，刃石纷飞，谁也无法保证自己的生命不被收割。妹妹的枪法固然出神入化到出乎他意料，但再高明的武艺，一对一甚至一对十时可以发挥作用，大军混战之时，一对百一对千之时，就没有多少发挥空间了。杨安儿非常不愿将妹妹卷入进来，如果妹妹因此牺牲掉性命，他会终生负疚。

可要说服妹妹离开自己是徒劳的。杨安儿内心里也不愿将妹妹独自安顿出去。虽然兵凶战危，可只要兄妹在一起，互相依靠，也没有过不去的火焰山，大不了一起战死沙场，到了地下，在爹娘面前就由他担了罪责好了。更何况举义造反的前景，未必就一定不妙，如果一定不妙，那他还造个什么反。

兄妹二人谈谈说说，一路向西。行路速度倒是不慢，只是杨安儿于途中随时会就近拜访江湖朋友，其中有些是约同造反的盟友，需要多做商量，敲定举事细节。有些尚在模棱两可之间，他要尽量做工作，将其拉入举义队伍中来。还有的自身绝不会造反起义，却也对举义的人和事保持同情，这样的人，杨安儿也要笼络。江湖路远，山高水长，谁知道什么时候要用着人家呢。

如此时行时停，进入保州之时，已是暮春。

杨安儿在保州的居处，位于保州西百余里处经杨店北。经杨店是保州有数的大镇子，地处交通要冲，来自各方的商旅云集，南北货物，多集散于此。每日里市镇之上，各处都有操各地方言的商人在高声招呼，低声密谈。不经商以卖解为生的江湖人士，也多愿在这里小住卖艺。这里的有钱人多，而这些有钱的商人长期离开家乡，心中寂寞难遣，就靠

花钱来打发孤独，买的一时沉醉。所以三教九流多聚于此，虽只是一处集镇，居然比一般城市还要繁华。

杨安儿以贩卖鞍业为生，在经杨店上也有一处鞍业铺，铺面并不大。这几年来，他的主要心思也并不用在鞍马贩运上，而是借鞍马贩运之机，四处联络各地好汉，共谋聚众起义之事。这经杨店上的鞍业铺，就成了各地好汉们联络歇脚之处。

在经杨店北大约二十里，乡野僻静之处，杨安儿另有一居处，是一处普通农庄，日常用来安顿各地豪士之用。毕竟经杨店人多眼杂，说不定就会有引人注目的纰漏，起义造反是杀头的勾当，那是一点也轻忽不得。

因为此处农庄在经杨店东北方向，杨安儿兄妹先赶到此处。其时已是太阳偏西时分，杨安儿本拟不在此处停留，先去经杨店鞍业铺，看近段时间他不在时，铺内有什么人到来，有什么信息留下。不想刚从农庄边策马行过，就见不远处一位青衣汉子匆匆而来。远远看去，那人头发散乱，衣襟敞开，似是远距离跑来，非常狼狈的样子。

杨安儿兄妹勒马停下，互看一眼，杨妙真问："哥，这不是汪七儿吗？"

杨安儿点头，道："是他。"又皱眉道："他这是怎么了？"

兄妹两个说话间，青衣男子也已看见他们，匆匆赶至，远远扬声喊："安儿兄，你到的正好。"

杨安儿兄妹跳下马来，迎了上去。走得近了，更看出汪七儿的狼狈。汪七儿脸色本就白皙，急行之下，更显苍白，汗水流下来，把额前头发湿成一片，青衣之上尘灰扑扑，固然是其地暮春季节多有扬沙扬尘情况，也显见汪七儿行程不近。

杨安儿上前几步，扶了汪七儿一把，说："七儿兄，何事紧急？"

汪七儿先向杨妙真打个招呼，杨妙真只与哥哥一起见过汪七儿一次，见汪七儿居然还记得她，心中甚乐，也笑着与汪七儿见礼。汪七儿这才转头向杨安儿，说："似有西域来人。"

杨安儿一震，抓紧汪七儿的手，说："真的？你可见过？"

汪七儿摇头，道："我没眼见。"顿了顿，又道："但应该是真的。"

杨安儿指了下不远处的农庄，道："那么，七儿兄与我到庄内说话。"杨妙真从哥哥手中接过马缰，跟在两人后面，走进农庄。

从外面看，农庄只是一处普通的占地面积较大的农家院落，进去后才发现院落空阔，是一个简易的练武场，场内各种器械甚是齐全。此时正有一个后生在练武，看杨安儿进来，停下拳脚，惊喜又腼腆地叫了声："安儿哥。"又向杨妙真叫了声："四妹。"马上迎过来，从杨妙真手中接过马缰，牵去院子角落处的马厩里，去喂马饮食。

杨安儿冲后生点头微笑，并未停顿，径直与汪七儿进屋去说话。杨妙真不想去听哥哥的机密大事，就跟了后生到马厩喂马——她也不大放心别人来服侍自己心爱的坐骑。

杨安儿两人进屋，刚一落座，不待杨安儿问询，汪七儿就急匆匆地说："今日上午，我从黄花河边经过，看见一女子在河边洗衣，她的身边，放了一副金镯子，那金镯子样式奇特，一看就是西域物品，绝不是金国、宋国的手艺，我心中便觉蹊跷。"

杨安儿道："此地商旅行经之处，就算有西域物品流散，也属正常，七儿兄怎知不是此女从市肆间所购？"

汪七儿摇头道："安儿兄有所不知，我看那女子白麻衣服，手粗身壮，绝非富家女子，必是乡间村妇，断无银钱购置此等贵重首饰。安儿兄未见，那对金镯子实非市场流通之物。以我判断，应是西夏皇宫或公侯家所有之物，抑或是蒙古诸部落可汗才可能拥有。此物出现在此地村妇手中，是为一奇。"

杨安儿年龄实际上比汪七儿小，但杨安儿联络豪杰，共襄义举，无论其勇其谋，早为江湖众豪杰所推重，所以汪七儿一直以兄称呼，对杨安儿他也是发自内心地佩服。但杨安儿知道他另有一重身份，一直并不敢对他完全信任托付。

杨安儿略一沉吟，问："七儿兄认为还有其他奇怪之处？"

汪七儿说："嗯，我趁那女子不备，捡起金镯细看，镯上隐有血色，似含不祥。尚未及细观，那村妇以为我要抢那镯子，揪住了我大喊大叫。正无理会处，有一老者带了两个学生，从河边经过，那个时候我说不是抢夺也说不清了，就干脆浑说镯子本是我的，谅那老者也分不清。"

杨安儿略有不满，道："我等岂可欺那村妇，骗那老者？"

汪七儿苦笑，说："我岂是有意如此？但当时情况，实难解说，若那女子咬我欲行不轨，我更说不清楚。"

杨安儿哈地一笑，道："这个我是不相信的。"

汪七儿摇摇头，说："那村妇倒也没有如此怠懒，那老者也着实厉害，只是一句让我们各分一只镯子，就让我露了馅。"

杨安儿笑看着汪七儿，说："必是你同意将镯子分开。而那镯子如果是你的，你如何舍得分开？如果那镯子不是你的，你分一只，也是好的。"

汪七儿脸色微红，道："安儿兄神机妙算，说的极是。只是我要分一只，实非出于贪财，而是要从这镯子之上，着落到西域是谁人过来。"

杨安儿又是一笑，道："七儿兄勿怪，我岂敢怀疑七儿兄为人。后来如何了？"

汪七儿道："被那老者一语所断，我就匆匆离开。当时我心中有个奇怪的感觉，好像自己被金狗所盯，很不安全。离开后回想起来，这感觉其实是那老者的学生带给我的。"

汪七儿一边回忆，一边继续道："那两个学生都不是儒生的样子，倒更像是公门中人。尤其是其中一位，其气势更似御营中军官。由此来看，那老者必不寻常，极似朝廷官员微服私访。他们在我走后并未离去，我远远看着,他们仍在与那女子攀谈,其中必有蹊跷。"

杨安儿喃喃道:"女子?村妇?黄花河?那里距猎户丁零家不远了。那女子穿白麻衣服。"

杨安儿突然问道:"那女子穿白麻衣服?是孝服?"

汪七儿点头,说:"似应是孝服。"

杨安儿急问:"你且说得仔细些。那女子长得什么样子?"

汪七儿略有奇怪,还是细细说了女子长相。杨安儿听罢,离座站起,说:"那是丁零之妻田燕了。你说那老者三人极像朝廷官员私访?那学生更像御营军官?"

汪七儿点头,说:"是的,我越想越怀疑,这才决定跑来找你。此处距京城甚远,距保州城也有百多里之远,那朝廷官员何故私访至此?莫不是听的什么蛛丝马迹?"

杨安儿不待汪七儿说完,急急冲出房门,冲刚要解去马鞍的后生喊:"杨星,切莫解鞍。"又转身对紧随自己出屋,兀自一头雾水的汪七儿说:"此事紧急,不及与兄细说,兄请在此稍待,我且去探看一番,回来后再与兄详述。"

杨安儿拉过马,翻身跨上,看妹妹早他一步,已然从练武场上随手拿了一杆红缨枪,持枪上马,等在身边。嘴角动了动,原想劝她留下,又知道肯定劝不住,干脆不说话,打马出门。杨妙真得意一笑,拍了下马,紧跟在后面出门。杨星刚跟在后面喊了句:"安儿哥,我也去。"杨安儿兄妹就已远远去了。

杨妙真不知哥哥这么急着出门是做什么,她也没有多大兴趣知道,只是看哥哥着急的样子,猜想此行似有风险。对她来说,哥哥干什么事都有道理,干什么事也都不重要,保护哥哥安全才是最重要。

杨安儿叱咤江湖,实是一代豪雄,是江湖之上无数英雄好汉的仰望,若是他们知道杨安儿身边居然还有这么一位十八九岁的少女,在一心一

第九章 神枪破弓

意地保护他，大约都会笑掉大牙。事实偏偏是这个十八九岁的少女，手上的武艺，的确是远远超出了杨安儿这个江湖大哥。

杨安儿打马急行，也顾不上向妹妹做解释，行不十里，便到黄泥岗南。黄泥岗上丛林密布，林边有路绕林而过，这条路绕过黄泥岗森林，便是黄花河，汪七儿方才便是从这条路上匆匆奔至杨家农庄。

杨安儿在林边略一停马，知道从岗上密林直穿过去，就是猎户丁零的家。这是最近的路，其实也算不上路，只是条依稀可辨的小径，因为要经过黄泥岗的人，大多会选择绕着黄泥岗转一圈过去，绕圈比直行大约要多走十里路左右，但安全。实际上黄泥岗林中并没有大型猛兽，但正常野兽还是有的，也时有劫匪在林中出没。陈二手他们选择在黄泥岗林中抢劫哲别，也不是一时起意，他们此前已在这里做成过几次买卖了。之前杨安儿也偶尔会到丁零的家中，都是从林中穿越，图的是节省路程时间，他自是不怕有劫匪，也没遇到过，倒是遇到过一次野兽，不长眼地想撕扯他，结果成了他与丁零的下酒菜。

但这次急往丁零的家中，主要是担心汪七儿所说那三个仿似官府中的人，会不会对丁家大嫂有了疑心或是在攀谈时听出什么问题。丁家后院，是有秘密的，万一不慎被发现，恐怕会暴露了他的举义之事。虽然去黄花河畔，需要绕黄泥岗外的道路过去，从那儿再去丁零的家，要多出十余里的距离。但汪七儿所遇怀疑为微服私访的官府中人，就是在黄花河畔。那么这黄花河畔，便是必须要去看一看的。杨安儿在林前微一踌躇，便提了一下马缰，绕林而过，沿汪七儿的来路奔去。杨妙真自然想也不想，就跟在哥哥马后。

绕过黄泥岗，再行二里，便是黄花河了，河水清澈透明，蜿蜒而过。杨安儿到了汪七儿所说遇到张行简三人之处，跳下马来，细细观察。杨妙真则看着小河曲折流淌，水势不断，一时移不开眼睛。

杨妙真的梨花枪法，冠绝天下，小半来自融合传承，大半来自她的

第九章 神枪破弓

天赋和领悟力。她自幼跟随哥哥行贩南北，浪迹江湖，她对哥哥的生意没有半分兴趣，却对哥哥的一身武艺崇拜得很。哥哥对她极为宠爱，对她的学武要求，从不拒绝，一路指点。尤其哥哥的江湖朋友，大多武功高强，杨妙真但凡有所请教，他们一来看在杨安儿面上，二来杨妙真又是十分的活泼可爱，也都是倾囊相授。最初，杨妙真见到什么学什么，后来便痴迷于枪术，一意习枪，到十余岁时，包括哥哥在内的一众江湖高手，已无法在枪术上再给她指点了。在自行修习参悟中，杨妙真渐渐将自然界中种种，都参悟融入她的枪术中。至十六岁时，枪法大成，天地万物，已无不在她的心中成为枪的术法，所欠者，唯有力气和实战而已。这小河的流动，在这一刻，无间地成为她枪术的一部分。

杨安儿观察并思考了片刻，对杨妙真说："走吧。"上马便往丁零的家中去。他以前去丁零家并没走过这条路，但此处距丁零家仅三两里的路程，放眼看看，便判断出来。

这次杨安儿走得不是很快，他在观察路面，发现有明显的马蹄印迹，心中思忖：莫不是那三人中已有人跟着丁家大嫂去了？

有了这想法，杨安儿便走得谨慎，走至小村之侧时，正看到宋义从田燕的小院出来。

杨安儿待宋义追田燕去的方向走远，这才与杨妙真赶到田燕小院。匆匆进去看过，发现被人翻动的迹象，毫无疑问，应是方才那个出院之人的行为。那个人为什么要偷偷摸摸来翻田燕的家，田燕又去了哪里？

杨安儿不再犹豫，迅速出院，与杨妙真直追宋义而去。

宋义一心追踪田燕，哪里想得到自己也成了被人追踪的对象。他是行伍出身，绝少江湖经验，跟踪田燕这样全无江湖经验的民妇还好，被杨安儿这样的江湖大行家追踪，那是全无觉察。

杨安儿兄妹直追入黄泥岗林中，林中枝丫横斜，马行不快，之前又下过一场雨，地面春草萌生，落叶腐烂，很是松软，马行慢了，就没有多少声音。田燕没听到宋义骑马行来的声音，专心寻找、观察田燕的宋义，自也注意不到杨安儿兄妹还跟在后面。

宋义隐在树后看田燕时，杨安儿兄妹也就在他不远处同时看他和田燕，他们对田燕的行为也很是惊奇。然后就是宋义出来喝问田燕，随后，宋义举刀，砍向田燕。

宋义逃走之后，杨妙真挺枪欲追，刚迈步又停下来，转身向侧后方喊道："射箭之人是谁，给姑奶奶站出来！"

耳中便听得一声响亮的哈哈长笑，哲别身背长弓，从树后迈步走出。

杨安儿本已来到惊吓过度的田燕身旁，叫了声："大嫂。"尚未听田燕回答，陡然听得哲别的一声大笑，连忙侧头去看，就见一个剽悍的汉子直冲自己而来。

哲别也不算特别高大，只比杨安儿略微高壮一些，但杨安儿精干，站在地上，便如标枪笔挺。哲别则在大漠风沙熏陶下，全身肌肉虬结，彪悍凶猛，大踏步走来，便如凶兽下山，似欲择人而噬。

哲别步履极快，如挟大漠狂风而来。杨安儿便似眼膜一痛，衣角飞扬，却也寸步不退，双目凌厉，气势陡然高涨，便从一个精悍却也有些许温文的江湖老大，一下子变成一个冰冷铁血的江湖杀手。他侧头说了一句："大嫂莫怕。"手中钢刀翻起，便欲抬起，指向哲别。

陡然间红缨错乱，一点精光闪烁，一杆红缨枪拦在他的身前，那是杨妙真驻足不再追向宋义后，折身回返，拦在哥哥身前。

哲别冲向杨安儿，实也没有多少恶意，他只是看杨安儿到了田燕身侧，怕杨安儿会对田燕有所伤害。一则关心则乱，二则他也不是能动脑筋的人，急急冲出，气势凶厉，被杨妙真一阻，稍稍一呆，说了一句："哪里来的女娃子，让开了。"伸出长弓，便去拨杨妙真的红缨枪。

杨妙真方才以红缨枪击打他射出的箭，后发先至，居然击歪了他箭矢的方向，哲别是亲眼看到。但纵横大漠这么多年，他哲别神射手的名声传遍草原，从没见过也没听说过有这种事情，他也根本不认为这样的事可以发生。方才的一瞬，他只以为眼睛发花，那箭毕竟也射中了宋义，只是不知何故略有偏差，哲别只遗憾手中的弓箭不够称手。若说这个看起来很是讨喜的女娃娃手中这杆只适合拿去习练、不适合上阵杀人的红缨枪，居然可以刺中他射出的箭，那与天上的老鹰被小麻雀抓瞎眼睛一样，不可能，不存在。

　　哲别手中的长弓，漫不经心地触到杨妙真手中红缨枪的一瞬间，哲别眼前又是一花，就见红缨枪似乎没动，又似乎有一个挑刺动作，手中虎口莫名其妙地一麻，长弓居然就到了女娃娃的枪尖上。

　　杨妙真手中红缨枪一刺一挑，就缴下了哲别手中的长弓。她嘻嘻一笑，红缨枪快速划出一个圈，枪尖处的长弓也团团转了个大圈，红缨枪停，长弓也像听到命令一般立时停下，就稳稳地粘在杨妙真平端的枪尖处，并不落下。

　　哲别大惊，他自然看得出，杨妙真这一手是极高明的枪法。虽然他用弓去拨枪之时漫不经心，但他可是纵横大漠、从刀山枪林中走过、杀人无数的大将哲别，他手中的长弓何曾被人在一照面间，就夺将过去？对他这样的神射手来说，弓箭被夺，实是无法忍受的奇耻大辱。

　　虽然看对面的红衣姑娘微笑着看他，一脸人畜无害的样子，哲别还是退后一步。退步之时，他腰刀出鞘，刀尖对着杨妙真一指，说："你这女娃娃，快些站到一边去。"

　　杨妙真嘴角翘起，说："我为什么要站到一边啊，你又打不过我。"

　　哲别又是一呆，杨妙真这话似是而非，他的弓的确是被杨妙真夺走，但他也的确是一时大意。他从内心里实不承认这个红衣少女会有多高的武功枪法，也许，方才这一挑一刺，只是个戏法而已。

　　哲别把手中腰刀抖了一抖，道："你这女娃，把弓还我。"

杨妙真再次嘻嘻一笑，说："要弓啊，你抢回去好了。"手中红缨枪抖了一抖，长弓就在枪尖上跳起又落下，就落在原先的枪尖处。杨妙真手中使出暗劲，长弓落下后颤都不颤，纹丝不动。

杨妙真如此两番做作，哲别顿时觉得受到极大羞辱，原本不愿拿刀去砍这个看来颇有眼缘的女子，现在恶气一生，也顾不得这么多了，喊一声："休走。"手腕翻处，钢刀扬起，垫步拧腰，力发于腰，钢刀劈风，直向杨妙真砍去。

杨安儿此时刚将田燕扶起，田燕也刚刚看清杨安儿的脸，一呆之下，失声叫出："杨兄弟。"杨安儿不及回答，眼角余光看到哲别钢刀飞舞，砍向妹妹。

哲别并未练过武术，蒙古大漠之上也没人教他，但他从小与人厮杀，每一次厮杀都是从生死边缘上过来。他手中的钢刀没有任何技法路数，只有从千百次厮杀中带出来的血腥之气，没有丝毫花哨，没有丝毫多余，刀光闪处，就是伤人杀人最好角度。这是只有经历千百次战阵肉搏才能达到的极致，这是所有在练武场上所练得的武功所无法比拟的。

杨安儿久历江湖，虽然杀人比哲别少，但厮杀经验，尤其是一对一的比武厮杀经验，并不比哲别少，更何况杨安儿认真习练过武术，得名师指点，又在游历江湖的过程中屡有际遇，一身武功已是当世一流，除了打不过妹妹，江湖之上实少对手。他一眼撇过，哲别的刀光之中隐带血腥，划空而过，毫无花巧，心中大惊。他虽然武功不如妹妹，但知道妹妹的武功基本是从练武场上练得，以及自己的悟性习得，平时客客气气地比试一下，枪法无敌，但真的生死搏杀，只恐难以御敌。刹那之间来不及多想，更来不及回答田燕的话，大喊一声，飞身而起。手中钢刀，直劈向哲别。

杨妙真虚步一点，红缨枪倏地横起，刀尖上的长弓如箭离弦，突地飞出，却是在半空中迎上哲别的腰刀。哲别知道不对，手中收力，钢刀却也与弓弦相接，嘣的一声，由三根牛筋拧成的弓弦被砍断一根。

长弓射出，杨妙真长枪不停，枪尖如闪电惊空，堪堪点中杨安儿劈出的钢刀刀背，只是一触即收。杨安儿手中略麻，钢刀停下，却见杨妙真正手执红缨枪，嘟着嘴看他，说："哥哥莫管，让我试一试枪法。"

杨安儿屡屡败于妹妹之手，自然知道妹妹的武功应该远高于这个看起来是蒙古人的汉子，只是关心则乱，他怕妹妹没有生死搏杀的经验，被这位显然屡经战阵、刀带血腥的汉子所乘，这才出刀相助。现在看妹妹气定神闲的样子，放下心来，呵呵一笑，说一声："小心。"回头又去看顾田燕。

哲别此时已俯身拾起落在地上的长弓，三股牛筋弦变成两股，心中有些懊恼，抬头看眼前的红衣少女正笑吟吟地看着自己，用红缨枪尖点向自己，喊道："再来，再来啊，你不是怕了吧。"一时间蛮性发作，恶念抖起，暴吼一声，钢刀横推，直砍杨妙真。

杨妙真不怒反喜，叫一声："来得好。"左手用力，右手轻抖，红缨枪没有任何多余动作，如蛇头突起，怆然一响，点中哲别刀背。刀身一荡，就砍不下去。

哲别怒从心起，不管不顾，直前一步，钢刀劈、砍、推、抹，刀光映在斜阳里，如电光乍射，吞吐之间，映入眼目。在蒙古草原的部落厮杀之时，哲别的这几刀砍出，早有滚滚人头落地，多个身子上下分离。

杨妙真身随步走，红缨枪如梨花散落，红缨中的枪尖只露一点，被斜阳照映，如寒星一点，划过长空，就在刀光之间，倏进倏出。

两个人身手灵活，并不被身周树木影响，跳扑刺劈，如星跳丸掷，瞬息之间已交手十余合。哲别只觉手中钢刀只要劈砍出去，没有一次不被那红衣少女的红缨枪点中，没有一次不是半途而废，刀光中看那女子，却是一脸笑嘻嘻地浑若无事，只觉胸中一团怒气，越来越难以压抑，一声嘶吼，手中钢刀猛砍，居然是合身扑上，不顾自己性命地孤注一掷，只求决胜负、定生死于一刀之间。

哲别这一扑已将生死置之度外，刀挟劲风，竟不似刀光闪烁，直如满天血雨倾泻而下。杨安儿一声大叫，再想扑过去，已来不及，只觉心中一揪。

杨妙真被哲别气势所迫，一头青丝直向后扬，脸上的笑意也早收敛，一双眸子沉静如水，步法一变，身子微侧，长枪从外门回收，枪尖仍只是一挑一拨，电光石火之间，就听得一声大叫。

却原来哲别斗得急了，刚刚痊愈的胸肋处牵动久了，伤势复发。他最后的搏命一扑，是憋屈所致，实也是因为他自知不能久斗，这才行险一击。不想人在半空，全力贯注的手中钢刀被红衣女子的红缨枪尖只一拨一挑，自己居然再握不住刀柄，钢刀嗖地飞出。哲别全身气力都倾注在手中钢刀之上，刀一飞走，气力突然没了倾注处，一下子牵动伤口，一声大叫，一张嘴，满口鲜血喷出，人也直挺挺从半空中落下。

田燕已被杨安儿扶起，半倚在一棵槐树上，瞪大眼睛看着哲别与杨妙真的厮杀。两人厮杀速度太快，红缨枪与刀光如龙如虎，交互纠缠。两个人移动也极快，田燕惊魂未定，只看得清两道身影。她心中牵挂哲别，怕他再杀人，也怕他被杀。她不认识那位红衣女子，但看杨安儿兄弟对她的关切，自然也是自己人了，若是不小心被哲别伤了，或者伤了哲别，都不是好事。所以田燕一直想开口呼喊，阻止两人的拼斗，却发现自己居然喊不出声。边上的杨安儿担心妹妹的安危，一时间也顾不上田燕。

直到最后哲别的搏命一击，田燕与杨安儿同时叫出声来。杨安儿作势欲扑，田燕却如梦魇了一般，身子动也动不得。

哲别跌落在地上，腰刀也被树枝挡得一挡，弹落下来。杨安儿与田燕这才反应过来。杨安儿先看妹妹，杨妙真稍有气喘，挂了红缨枪，探头看摔在身前不远的哲别。田燕看向哲别，哲别紧闭了眼，脸如金纸，嘴角和肋下都渗出血来。

田燕怔了一下，突然踉跄两步，跑到哲别身边，蹲身去看。

杨安儿则拍了拍杨妙真，意示嘉许。杨妙真收回红缨枪，冲着哥哥翘翘鼻头，意思是你不要看不起我，这样的凶徒没什么好怕的。

杨安儿又向哲别看去，却见田燕正撕下衣襟，小心地为哲别擦去嘴角血渍，不觉一怔，本已迈出的脚步又停下。就觉得胳膊被妹妹拽住晃了一下，听得妹妹小声在问："这个女人哥哥认识？她是什么来历？"

杨安儿又看了眼田燕，这才小声向妹妹说起田燕来历。

这田燕实也没什么来历，她只是猎户丁零的老婆。他们结婚数年，还没有孩子，丁零便即亡故。

而这丁零，却是杨安儿所结交的江湖豪杰之一，也是密谋举义造反的心腹兄弟之一。丁零父母本为安分村民，丁零自幼好武，父母也不限制，任他拜当地武术名家学习武艺，这位武术名家是一位猎户，丁零就从小跟随师父，习武习猎。后来丁零的父母死于金人徭役，作为汉人，不但未得赔偿，反而在丁零上告不成反遭追打之时，一队金兵将挺身护徒的师父刀伤致死。从此之后，丁零便对金人恨之入骨。他安葬了父母和师父，抛下父母的农家田园不顾，搬到师父远离村庄的家里居住。师父是个鳏夫，无妻无儿，小院独居，以打猎为生。丁零从此也以打猎为生，维持温饱之外，就是整日价打熬力气，习练武艺，盼着有朝一日可以为父母师父报仇。

猎户生涯，多历江湖，便与以贩鞍为业的杨安儿相识相熟，两人谈得投机，歃血为盟，结为异姓兄弟，丁零就成了杨安儿造反队伍中的中坚力量。尤其他就居住在保州经杨店北，地处要冲，信息顺畅，举义的许多谋划，便在这里进行。后来，杨安儿就在距丁零居处仅二十里的地方买了一处农庄，也是为了联络方便，两处只隔了一座黄泥岗。只是此时丁零已与田燕成婚，虽然也信得过田燕是个好女人，但举义造反，毕竟是株连九族的大罪，能不让人知道还是尽量不让人知道为好。平时都是丁零到杨安儿处商议事情，杨安儿只偶尔到过丁零家中。所以田燕认识杨安儿，也知道杨安儿与丁零是结拜兄弟、江湖朋友，却一直不知他们的谋划之事。

此前一年，丁零在一次深夜劫牢搭救江湖朋友的时候，失手被围，寡不敌众，重伤后逃脱，不久后即不治去世。因为他所受是拳脚内伤，田燕看不出来，一直以为丈夫是打猎时损及内脏，方才得病暴毙。

如此种种，杨安儿自然没法跟妹妹一一说清，只拣重要的说了说。杨妙真冰雪聪明，哥哥有事又从不刻意瞒她，一听之下，便已明白。

兄妹两人正说着，忽听田燕叫道："杨兄弟，你过来，我介绍哲别大哥你们认识。"

杨安儿兄妹同时转过头去，就见哲别扶着田燕的肩膀，正从地上缓缓站起。

第九章 神枪破弓

# 第十章

# 为国所谋

　　张行简站在宋义的床前,示意宋义斜卧着说话。

　　宋义的伤口已经有些化脓,他的额头也有些发烫,他是军旅出身,尤其曾在地方军队待过,他很明白这是不好的前兆,所以他才强求驿卒,就地找了辆牛车,用他的马拉着回保州,他要在伤势发作之前,向张大人汇报情况。

　　哲别的那一箭,穿透宋义的身体,这还不是最重要的,最重要的是那箭上所带的暗劲、隐劲,直接震裂了宋义肩肋处的经脉。头上的伤口虽只是外伤,也一直流血不止。幸亏哲别与杨氏兄妹不想出林追杀,否则他根本逃不出性命。

　　强自挣扎着找到金国朝廷设在经杨店上的驿站,宋义再也控制不住,昏了过去。一天后醒来,驿卒已找了店上的跌打伤科大夫,给他的伤口进行了清洗,并做了敷药、包扎。但店上大夫的水平有限,根本看不出他经脉受损的情况,只按一般箭伤给他上药,反而导致伤势更重。两天之后，伤口出现化脓迹象，驿卒又找大夫来，大夫手忙脚乱，又半猜半糊弄地给换了一服药，没想到引发的伤情更重，又过了一天，宋义持续发烧，时有昏迷。那个大夫有些慌神，建议说，最好去保州城里，找专业大夫再给诊治。说这话时，宋义恰好在清醒状态，自己觉得也有些不好，他必须要见到张行简大人，向他汇报自己的遭遇，因为他怀疑那持刀及射箭人不是简单的强盗，他们的刀法与箭法根本不是普通劫匪所能具有。还有就是那杆红缨枪，那一团红缨中的枪尖，直如梦幻一般，不可方物。这些人都来搭救那白衣的村妇，这位村妇身上究竟有何秘密，会不会与传说中的宋军异动有关？这些都需要报与张大人知道并定夺。宋义就催着驿卒马上准备车辆，送他去保州。这个时候的宋义，就算再倔强，也骑不了马，更何况宋义日常并不是个倔强的人。

在宋义带伤进入驿站之时，驿卒就从他口中得知了他的身份，两天后得到新任节度使已走马上任的消息后，更加确定了宋义的身份。皇帝御前亲军的谋克、节度使身边的卫队队长，平素像他这么个驿站驿卒，想见都是见不到的，现在由他亲口嘱咐，岂敢怠慢，马上套车。尴尬的是，驿站日常只养了两匹驿马，这几天恰好出任务未归，车辆倒是有一辆，却是牛车，日常运送物资所用。

保州距经杨店虽然只有一百多里路，但老牛拉破车，真走起来，只怕两日也到不了。驿卒说要出去借匹马，宋义当机立断，说自己的坐骑不是还在驿站吗？就套上它拉车走吧。

驿卒马上套马出发，那个半吊子大夫也被喊着一同前往，好在路上照看宋义的伤势。这个大夫此时已知道宋义身份，心里嘀咕，生怕因为自己的胡乱医治，导致宋义出现严重后果，追查到自己身上，一个不好，直接拉出去咔嚓了。但自己老婆孩子就在经杨店定居，想跑也没法拖家带口跑，只能强作镇静，跟车前往，一路上不住向天祷告，请上天看在他老婆孩子一大家口人的情面上，保佑宋义别出问题，保佑自己别有问题。内心深处，实也知道老婆孩子并没那么大情面，一路之上，战战兢兢，心煎如沸。

马车上只躺了宋义一人，驿卒赶车，大夫就徒步跟随。那马本是战马，从未上辕拉过车，非常不适应，一个劲撂蹄子，时蹦时跳。驿卒知道这是宋义坐骑，不敢过分抽打，只得靠宋义清醒之时，呼喝几声，那马才会老实一会，宋义一旦昏迷，马又故态复萌。如此一路捣乱，走路实不比牛车快多少，大夫也尽自跟得上。只是预想中一日的行程，走了差不多一天半的时间，夜里在路上也只是靠边稍停，大家趴在马车板上稍稍迷糊了一会儿而已。

张行简赶到宋义床前时，已有保州最好的大夫重新为宋义清洗了伤口，换了新药。只是耽误了四五天工夫，新药效果如何，还要看宋义本人的自愈能力如何，看大夫的脸色，结果实不乐观。

经杨店的大夫被保州的大夫骂了个狗血喷头，唯唯诺诺，不敢还嘴。倒是张行简大人问过情由后并未责怪，反而吩咐随从取了三两银子，作为宋义的诊金和赏金，赏赐给他，让他自与驿卒同回经杨店，那驿卒也得了一两银子赏赐。

重新换药后的宋义不再昏迷，他将自己的遭遇一五一十地向张行简详细叙述，说话之间，不自觉地带出对那惊人一箭的恐惧，就不自觉地加了一句："这样的箭法在卑职从军以来，从未见过。"

张行简一直听宋义说话，中间并不打断，宋义说完后，他又问了几个问题，想起宋义对那一箭的描述，又问宋义怎么看待射箭之人。宋义说，回想起来，那一箭似乎不是宋人所为，极似西域或漠北常年骑在马背上驰骋射箭之人的手笔。

张行简默默点头，未再多问，为宋义盖了盖被子，温声安慰，让他安心养伤，不要再去想这些事情，就转身出去。

回至书房，张行简屏退左右，独自思量一会。叫人进来，详细叙述了一下田燕家的位置，宋义跟他说得虽不详细，但他们就是在黄花河畔分手，宋义跟踪而去，所行之路并不曲折，所以张行简自行便脑补出田燕宅院所在位置。让人立即安排精细衙役赶去那里，仔细观察有什么异常情况，同时去田燕宅南几里处的黄泥岗林中，去查看那些被掩埋的尸体是怎么回事。

安排完后，张行简坐下。这些日间，他已初步熟悉了保州事务，对民情、军情、紧急事务都做了处置，但总感觉尚有问题没来得及处理，到底是什么问题，他又想不出来，只脑中隐隐有些轮廓，认真去想，又一无所踪。

张行简又想到宋义所说射箭之人的箭术，不似中原所传，倒似西域之术。前几天在黄花河畔，见到白衣女子时，从那对金镯子上，张行简已推断出是西域之物。如此珍贵之物，为一乡间女子所持有，大有蹊跷，当时他就怀疑是否有西域来人，这才派宋义跟踪而去。现在按宋义所言揣想，已可坐实西域有人潜来，且潜来之人并非一般细作，当是一身手高强之人，甚至有可能是久历战阵、弓马娴熟的战将。

如果是一员战将，那该是夏国之人还是蒙古诸部之人呢？

其时虽宋、金、夏三国鼎立，却以西夏国力最弱，西夏国君也是深通韬光养晦之术的人杰，因为金国与其国土相交最广，往来最多，他们就主动以藩属国自居，奉金国为正朔，历代夏国皇帝继位，都要接受金国皇帝的册封。当然，这都是形式上的臣属，对西夏国事，金国自然一点也干预不到。好在金国皇帝也通情达理，试探过干预，干预不了，就索性示以大方，要册封就册封，要盟约就盟约，只要你西夏不生事，按期给我上交一点贡品，尊我为老大就好。总比把西夏逼到宋国一边，让大金受到首尾夹击的危险好得多。所以西夏与金国虽然暗地里也有点暗潮涌流，明面上一直和睦相处，互相都给了对方应有的尊重。双方在对方国内都安插有情报人员，但也以不惊动对方，更不在对方境内闹事为准。

从这个角度来看,在黄泥岗上公开杀人,箭射宋义之人,不似来自西夏,更像是蒙古诸部之人。

蒙古诸部群雄分割,战乱不休,以前也时常骚扰金国边境,但都是癣疥之患,金军一到便即退却,个别逞强之徒,也大都一战即灭。很多年来并不能成为大金之患。直到最近十余年,各自为战的蒙古诸部中,奇迹般地崛起了一个叫孛儿只斤·铁木真的人。此人孤儿出身,于十几年前掌握了蒙古诸部中一个很小的部落乞颜部,一路高歌猛进,直至去年,一举击溃蒙古草原上最大的敌手乃蛮部,横扫大漠,一举成为蒙古诸部中最强大的王者,并很有可能成为一统蒙古的前所未有的大可汗。

在铁木真成长的过程中,与金国发生过多次冲突,金国屡屡支持他的对手与他对抗,结果无一不落败。金国也曾出动军队与铁木真直接对决,铁木真则是看金军强大时就跑,金军兵力稍弱时就出击,屡次冲突,金国没赚到半点便宜,倒是赔进不少损失。时间久了,金军有些怯于与铁木真作战,而铁木真的气焰则更加高涨。据说明年是蒙古诸部的忽里台大会,铁木真在此时派人潜入金国腹地,伺机呼应,似也有道理,只是主动暴露身份,似乎难以解释。

张行简虽是一代术数大师,也想不到,哲别杀人实不是他有意为之,不巧被地痞们惦记上了,别人要杀他,他无奈之下,也只好反杀。

张行简沉思有顷,不得要领,就暂且放下。从公案上翻动文书,处理起其他地方事务。

如此匆匆过得两日,第三日午后,张行简计算派出的细作应该可以回来了,正想派人去问一下,忽有下人匆匆跑进,拱手道:"禀大人,党承旨到了。"

张行简一怔之后,喜色满脸,匆匆整衣出室,边走边对跟在他身后的下人说:"怎的不早来报我?快快开中门迎接。"

家人尚未答话,就听一个略显苍老的声音呵呵笑着,接口道:"我

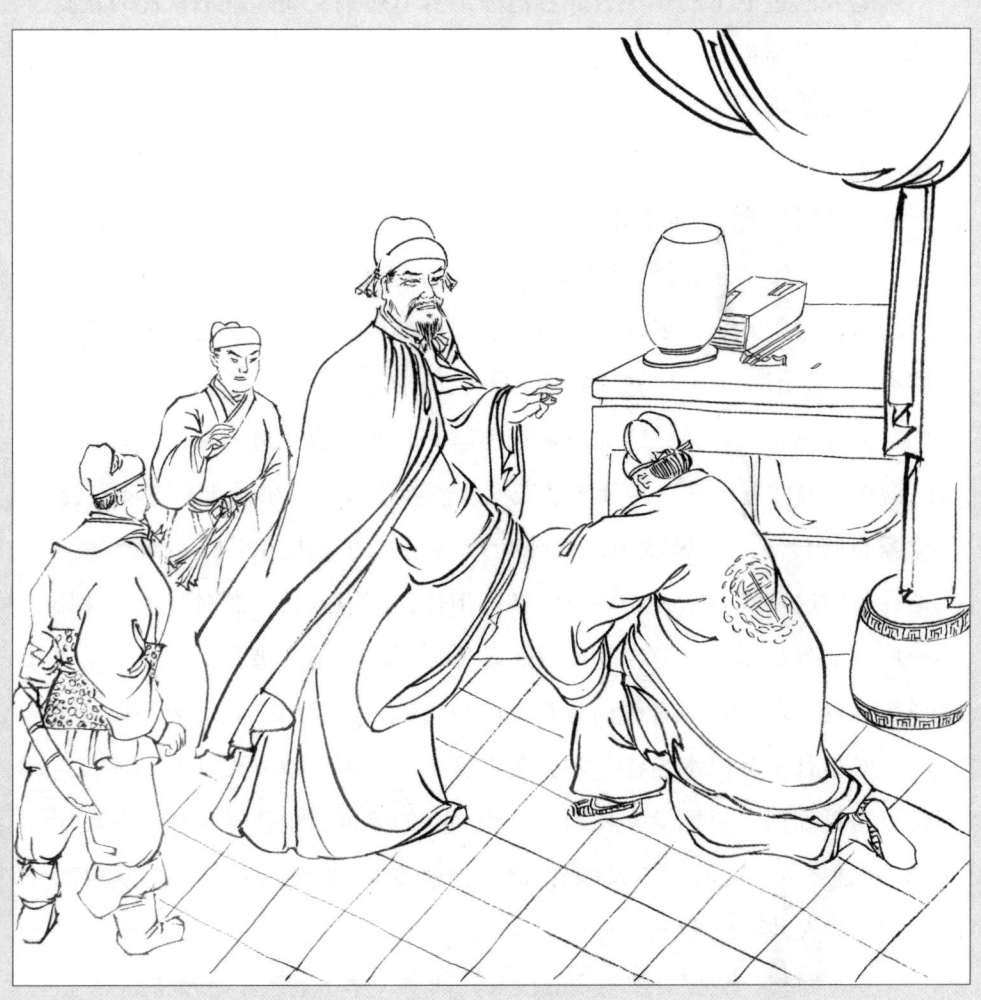

第十章 为国所谋

是直接上门，你让他如何早来报你？不用开中门了，我已从侧门进来了。"

张行简闻言大喜，就见一位青袍老者，已从对面缓步走来。

老人已过七十的年纪，面容清癯，身形瘦削，胡须飘洒，此时正捻须笑看着张行简。

张行简快步上前，跪倒行大礼："岳父到了，小婿不知，未能远迎，岳父恕罪。"

老者呵呵笑着，伸手相扶，道："敬甫不必多礼，自家人，起来说话。"

张行简站起，恭恭敬敬地带老者进入内室说话。

这位老者姓党，名怀英，乃是金国赫赫有名的人物。他的书法为金国有史以来第一人，笔下文章当时号称文坛盟主。

党怀英十一世祖，为北宋初期赫赫有名的太尉党进，累世为官，后入金国。其父党纯睦，为金国泰安军录事参军，就死在泰安军的岗位上。党家世代传承，家风清正，党纯睦死后，他的家人穷得回不起老家冯翊，就留居在泰安奉符。后来党怀英出仕，家境好转，影响日大，党氏一族遂成当地望族，党纯睦死时所就地购得的林地，被称为党家林，也成为该处旺地。当地人都认为党氏已渐沦落，而又出了党怀英，孤凤高鸣，必是其祖林风水绝佳，才会诞生这当世名流。地方百姓并不理会党怀英祖籍如何，只把党家林当成党氏兴旺的象征，也让党家林在几十年间，迅速成为当地的一片大林地。既是当地盛景，也是当地人心中的圣境，等闲一般人并不敢进去。

少年时代，党怀英曾与辛弃疾共同师事大学士刘瞻于亳州柳湖书院，党怀英大辛弃疾几岁，其时已出仕任职，并于仕林之中有所影响，辛弃疾则是初出茅庐。但英雄相遇，惺惺相惜，两个人迅速结交为好友。

其时宋金分治，时间未久，战事频仍。金国土地之上，多有不忘故国的仁人志士，密谋反金应宋。两边皇帝也都做出礼贤下士的姿态，广求人才。辛弃疾与党怀英相约，共赴金国科举，若得以高中，就出而仕金，若不能上榜，就转投宋朝，以成就千秋功业。

皇帝的礼贤下士都是姿态，社会的潜规则却是实情。党怀英与辛弃疾进京应试，不出所料地落第而归。辛弃疾就息了对金国的最后一丝企望，下定决心举义归宋，遂响应耿京起义军，聚众起义，入耿京起义军为掌书记。之后又以五十余骑突入金军数万人大营，为耿京报仇，活捉叛徒，渡江而南，投效大宋。他的这一传奇事迹，一时之间，为宋、金两国的朝廷和民间所瞩目，一身文采的辛弃疾，俨然已是名将的身份，被两国传诵。那之后的宋朝朝廷，也一直重视辛弃疾，虽然辛弃疾也有赋闲无奈之时，但那主要是宋朝朝廷的外交政策所致。一个主和的外交政策中，就不能持久地容忍一个一味主战的声音存在。不过宋朝朝廷上下，从皇帝到将官，都还有恢复故土的意愿，所以辛弃疾虽偶有赋闲，总体上朝廷还是重用他的，尤其是计划要北伐作战之时，辛弃疾仍是被重用的首选人物，这固然是因为他有作战经验，更重要的还是他的人望。

辛弃疾自一入宋朝就威名赫赫，之后虽然再也没有战事，其文名也始终高张，尤其在当时的词坛，可称一时无两。党怀英留在北方，则略受挫折，多次科考，终登高第，成名早于辛弃疾，成大名却晚于辛弃疾。登第之后，先是调任为莒州军事判官，在其任上，多行善政，王仙之父便是赖其存活。之后累迁至汝阴县尹、国史院编修官、翰林学士承旨，从此之后，人们便尊称其为党承旨。因其能力出众，章宗皇帝完颜璟还安排他担任了一任泰宁军节度使，主政一方。党怀英在任上为政宽简，深得民心，广受称誉。完颜璟再次将他召回为翰林学士承旨，其后又受诏编修《辽史》。其人品学识，望重当朝，允推第一，成为当时公认的金国文坛领袖。

党怀英就任莒州军事判官之时，日照尚未独立为县，仍是莒州下辖的一个镇。日照镇太平桥张家是当地望族名门，世代簪缨之家，张家已数代仕于金国朝廷。张行简的祖父张莘卿，是金国天德三年进士，官至国史馆编修、翰林应奉文字，补镇西军节度使，朝散大夫。张行简的父亲张晔，是正隆五年进士，官至太常博士，山东东路转运使，御史大夫，安武军节度使。其家族之人文风雅，推动一镇，影响一州，党怀英是充满敬意的。他进士及第比张晔晚，就以学弟之礼与张晔交往，从而认识了年轻的张行简。党怀英对张行简一见之下便极喜爱，将自己的学问倾囊以授，屡屡以后生可畏赞扬，最后干脆将女儿嫁给了这个后生。张行简也不负岳父之望，果然金榜夺魁，高中状元，成为章宗完颜璟非常倚重信赖的重臣。此次于非常时期外放张行简为顺天军节度使，委实是以重任相付，以保州门户之地，为金国绥靖内患。

此次张行简甫至保州不久，完颜璟又派党怀英来，既是因党怀英有过就任节度使的经历，让他有机会就地指导乘龙快婿，但这不是主因，最主要的原因，是因为朝中的有关争议，让完颜璟一时拿不定主意，习惯性地想征求张行简意见。但此争议之事干系重大，张行简的意见也分量极重，思来想去，还是安排党怀英亲自跑这一趟。

翁婿二人来到内室，党怀英坐下后，张行简为他泡上茶，双手捧放到党怀英身侧的几案上，这才坐下说话。

翁婿二人简单说了几句家中情况，便转到朝事上。

党怀英告诉张行简，就在日前，朝廷对地方官员的考核做了调整，之前对地方官员的考核，大都集中在地方施政是否平稳上，所以各地官员就以各种方式追求平稳和谐，不惜采取种种不良手段，压制百姓声音，阻断百姓上告鸣冤之路。由此造成各地工作因循守旧，得过且过，不思进取，各级官僚贪婪盛行，不知畏惧。新考核办法则规定，凡是施政宽和、地方平稳、民心安定的，都考核为称职；凡是施政苛刻，让地方百姓不胜其扰，却又投诉无门以至激发民变事故的，都考核为旷废责任，严重的不称职。

张行简点头称好。其实新的考核办法，在张行简离开京师之前，完颜璟就与他商量过一次,张行简还就操作层面贡献过意见。没想到他甫一出京,完颜璟就将其公布出来,这是在第一时间为他撑腰打气,张行简不禁在心中暗暗感激完颜璟的无声支持。

党怀英也知道完颜璟制定的新考核办法,对女婿张行简这样一心为公、勤于政事的廉吏、能吏是一种莫大的支持。说完之后,他先拱手谢过皇恩,又招呼张行简坐得近些。

待张行简往前搬了搬椅子,紧贴自己的下首坐下,党怀英啜一口茶,前俯一下身子,轻轻道:"宋人欲举兵北犯,此事你可知晓?"

张行简一惊,道:"小婿也曾有耳闻,但圣上似乎并不以为然,岳父何处得此消息?"

党怀英道:"不是我得到的消息,是当今圣上知悉,因此派我来保州一趟,与你相商。"

看张行简端坐肃听,党怀英续道:"便在数月之前,宋人小股军队渡过淮河,入我大金确山抢夺民马而去。之后再犯邓州,火烧了平氏镇,抢劫百姓财物,白亭巡检的官印也被抢劫去了。所幸两位宋人间谍在唐州被获,一位原是宋襄阳人,就在宋军中充当间谍头目,据他招供,宋人现在已在岳州、鄂州及江州之地,调动重兵,积聚粮草军仗,整修船只,便拟于近期北侵。另一个建康来的间谍叫李忴,所言更是危险。据他说,韩侂胄对宋主伪称我大金在西北连年用兵,民竭国衰,此时北伐,必可遂愿,力劝宋主迁都于建康,以节制各道,择期北侵。"

张行简慢慢点头,说:"此消息可是确实?"

党怀英道:"消息似应为实,在此同时,也有边境将领上奏,言说宋兵已入巩州来远镇。秦州守备也说宋兵入他辖境,虽然只是小规模冲突,但宋人的狼子之心,也已昭然若揭。"

张行简点头道:"岳父大人所言极是。韩侂胄其人,靠裙带关系上位,结党营私,谋取权位,又好大喜功,偏偏上位之后又没立下什么功劳,现在又失了宫中依仗,其孤注一掷,犯我边疆,可能极大。"

翁婿二人对韩侂胄的认识差不多,同时点头。张行简又道:"前些日华岳上书,直陈北侵之不可,据细作飞报,已被韩侂胄拿入大狱。华岳的上书,岳父大人可曾见过?"

党怀英道:"见过。圣上便得到一份手抄件,我来之时,曾拿给我看。这华岳胆子不小,这种情势下,居然敢去撩拨韩侂胄的虎毛。"

张行简道:"也算不上撩拨。华岳所言极是,韩侂胄虽精于官场权术,对战阵用兵丝毫不懂,偏生又想立下不世之功,以巩固其不世之权,因此急功近利,贸然便欲兴师,此必将成为我大金与宋国的一场大劫。"

忧心忡忡地摇了摇头,张行简继续道:"不知圣上对这件事怎么看?"

党怀英道:"这就是圣上让我来找你商量的事,圣上目前尚在犹豫彷徨之中,他有点不愿相信这是真的。"

张行简道:"圣上仁治之君,体念上天好生,生民辛苦,不欲以杀戮加持于民生之上,足以让我等臣子感佩。但看现在这形势,两国之战恐怕是难以避免了。"

顿了顿又问:"朝中诸臣对此是什么看法?"

党怀英道:"各位朝臣对此事看法不一,大都认为宋人与我大金作战,屡战屡败,自救尚且不暇,哪有胆子撕毁两国和平协议,擅自发动战争呢!"

张行简道:"这是书生之见,不足为训。如韩侂胄之辈,靠裙带唾手得富贵,从未经历过兵凶战危,何曾会考虑后果!"

党怀英道:"你说的有道理,大理卿畏力就说,宋兵每次侵扰我边境城市,动辄就是数千人上万人,岂可再以小规模骚扰视之?思忠参政也是这么说,他还历数宋人历次背盟毁约情况,看起来对圣上很有启发。"

张行简道:"我大金朝廷之上也尽有明白事理之人,一国之立,和平之期,怎么能指望对方自量其力、自知其明呢。"

又问："完颜枢密使可有什么看法？"

完颜匡时任金国枢密使，掌一国军备，张行简很想知道他的态度。

党怀英道："完颜匡的想法跟我们一样。他在朝中向圣上说，宋人专门设置了忠义保捷军，又拿先世的开宝、天禧做年号，这是宋人太祖、太宗等三世年号，明明就说出了恢复之志，怎能说他们不敢狂妄行事呢！"

张行简又问："这些还不能说服圣上吗？"

党怀英道："我看圣上已是意动，但圣上又不愿兴师动众，还是盼着能和平就和平，所以一时没做决断，而是派我前来保州，与你做个商量，听取你的意见。"

张行简离座，向北躬身做个深揖，说："感谢圣上眷顾，行简敢不殚精竭虑，以谋国事。"

党怀英也陪他起身，行了一礼。重新坐下后，张行简道："不瞒岳父大人说，此事我久有考虑，其实圣上也早有谋划，绝非一时犹豫。圣上此时派我出京赴任保州，便有加持京畿门户，镇静内患，四援前线的意思。"

党怀英说："来时路上，我也深想过这一层，若是圣上没有考虑，必不会在此需加强四邦交往的时候，派你出京做地方节度使，更何况是保州这一重要军州。那么圣上又缘何再派我来跟你说知这些事情呢？"

张行简思忖一会儿，道："此必是圣上向我所做谕示，提醒我大战即将来临，维持地方治安、镇静内患的行动需要加速施行，不能让我大金国在宋人犯边之时，再有内患爆发。"

张行简自然知道完颜璟派党怀英来，必也有党怀英所说犹豫不决、希望听到他最终意见的意思。完颜璟是个守成之君，太平皇帝又当得久了，大金国文治兴盛，武备久已松弛，北方蒙古獠牙渐露，完颜璟实不愿与宋人再起战事。但他作为臣子，岂敢妄议圣上。圣上圣明，自然一切都在算中，智珠在握，作为臣子，配合好就行。

党怀英看着女婿微微含笑，点了点头，意示嘉许。

翁婿二人目光相对，有些话心照不宣，但对国事的忧虑，也同样发自内心。

两人又说了会儿话。张行简将上任以来所遇到的情况向岳父简单说了，又提出了两点疑难。党怀英按自己就任节度使的经验，给出了意见。

谈到最后，下人来报，已备好晚宴，招待党大人。

起身之前，党怀英道："敬甫，住宿就不要安排复杂了，我只今夜简单住一个晚上，明晨即要返京，以向圣上复命。"

张行简看着已过古稀之年的岳父，知他复命心急，也知道完颜璟正急切地等他回复，没再劝留，徐徐道："岳父大人回京后，可向圣上回复，行简主张，一同完颜枢密使。行简更有建议，可根据宋人麇聚鄂、岳的情况，在汴京置河南宣抚使司，以节制我大金各路兵马，严防宋人北侵。"

党怀英拊掌道："敬甫此议甚好，我必转达圣听，尽力促成置司一事。"

要举步往外走了，党怀英又道："你以为谁可任此宣抚使？"

张行简道："如此重大人事安排，必待圣上圣裁，我等不敢置喙。"顿了一下，又低声向党怀英道："行简以为，圣上很可能会安排平章政事仆散揆担当此任。"说完之后，张行简微不可见地摇了摇头。

党怀英捕捉到张行简的这个动作，心中微微一沉。

次晨一早，张行简早早陪侍岳父吃过早饭，就送岳父一行出保州，北行中都，回复皇命。

金中都距保州不算太远，也就几日路程。只是党怀英虽然身体还好，毕竟也是七十多岁的老人，来保州时一路急行，已是颠簸得厉害。回程又赶得急了，身体早受不了，只是皇命在身，也只有咬牙坚持。

这一日已近中都，时已中午，党怀英一行在路边一家饭铺前下马，准备吃过午饭后，一路进城，当日下午，即可见到完颜璟。

饭铺就在路边搭出酒蓬，蓬下放了三张桌子，一张桌子边已坐三人，余着两张桌子没人。党怀英一行八人，将党怀英让到一张桌前独自坐了，七位随从就在相邻的桌边挤着坐下。

另一张已坐了三人的桌上，放着一壶烧酒，四碟小菜，还有一把没了把手的茶壶。三个人中两个都是儒生打扮，大金国两代皇帝均提倡文教，极重儒学，金国城乡处处是儒生装束之人。俩人一老一少，都极显儒雅之气。另一人则身高体壮，腰中带刀，似是两位儒者的护卫，却又是行商穿着。

待党怀英等人坐定，三人中那位儒者打扮的老者站起身来，竟往党怀英独坐的桌子走过去。

党怀英的几个随从随即站起，就要挡到党怀英身前。党怀英挥了挥手，示意随从们各自坐好，不要阻挡老者。

老者走得很慢，嘴角一直有笑，一双眼睛并不因年迈而浑浊，一直盯着党怀英，眼光温和。党怀英却觉得温和中时有凌厉之光，这样的眼睛让他一时恍惚，似乎在哪里见过……很久很久以前……

老者终于走到他的面前，记忆的闸门在这一瞬间洞开，党怀英就听到一个陌生又熟悉的声音在说："世杰兄，久违了！"

## 第十一章

# 三英之会

辛弃疾与王仙在党家林外掩埋好三具金兵尸体，当晚也未入奉符城，就近投了一家客栈住下。辛弃疾慢慢问起山东等地形势，王仙快人快语，将自己所知一一说了，尤其是说到杨安儿串联各地英雄好汉，准备举义反金，说得更是兴奋。

辛弃疾威名久著，尤其在其家乡山东，更是传奇的存在。虽说宋、金不同国家，山东人久处于金国管理之下，也早就认同了自己的身份，但辛弃疾的传奇，已经超越了国家的存在。王仙认字不多，对诗词歌赋更是一窍不通，否则会更加崇拜，须知此时辛弃疾词早已流传天下，金国皇帝文教治国，向来不曾禁止敌国词人的作品在本土流传。

辛弃疾以数千骑横行齐鲁，以五十骑直捣金军大营，多少年来一直是王仙仰慕的偶像。但他也知道辛弃疾早在宋朝当了大官，两国并立，这一辈子也不会有机会见到偶像的真面，只能偶尔遗憾一下自己生得太晚，不能成为辛统领手下的一员。现在出乎意料，偶像居然从天而降，并且看起来似乎被自己所解救——当然，以王仙的粗豪，也感觉到辛弃疾似乎并不是三个金兵的俘虏，但不管那么多了，总之，自己为偶像做出了贡献，这让王仙兴奋莫名。辛弃疾作为宋朝的高官，举义反金的事当然更不必相瞒，说不定还能得到某些帮助。

辛弃疾非常喜欢这个快人快语的粗豪汉子，得知杨安儿密谋起义一事，更是出乎他的意料。辛弃疾心中大喜，若是在北伐启动之时，能得杨安儿、王仙这一众北地豪杰举义响应，北伐大计当更有成功的可能。

两个人一老一小，一文一武，都因与对方的相识而兴奋，交流起来便没有节制。辛弃疾原本居高官已久，养移体，居移气，性格沉稳，喜怒不形于色，然而自从下决心匹马北行，深入金国做实地勘察侦探以来，少年热血又在他已近老迈的身体内重新流淌燃烧。现在听着王仙时而粗鲁不文却真情流溢的说话，心情大好，老怀大畅，一直说到前院里雄鸡三唱，东方渐白，才勉强睡去。

睡的时间并不长，王仙便即醒来，兴犹未尽的他急着再向辛弃疾叙说他们的举义准备情况。辛弃疾人到老年，觉本来就少，也是早早起身。两人吃过早饭，便连辔向西而来。

王仙本是要去保州，听说辛弃疾要往中都去见党怀英，保州也不去了，就陪辛弃疾去中都。不过他自说自话地提了个小条件，要请辛弃疾在见了党怀英后，再跟他同去保州与杨安儿等好汉们相会。辛弃疾原本也欲与这个在王仙口中英雄侠义的江湖老大见一面，以具体商定如何配合宋军北伐，聚众起义，如何做好南北联络呼应，听王仙这么说，自是一口应了，又把王仙好一通兴奋。

从泰安去往保州与中都，大的方向都是往西北。但中都要更偏北一些，总路程也稍远一些，辛弃疾和王仙就捡了一条更近却稍难走的小路。因为小路偏僻，行人稀少，路上时常无法投宿，俩人就只能野宿露餐。辛弃疾本是被金兵往济南府送，一身孑然，并无行囊，好在王仙随马带了行李。时在暮春，天已转暖，白天有时还走出汗来，晚间就有些春寒料峭。王仙把行李都推给辛弃疾，自己仗着年轻，抵抗力强，多盖一件衣服就可以呼呼沉睡一夜。辛弃疾让了一让，看王仙真诚，也就不再客气。

一路行来，都是金国腹心之地，见一些乡村大多齐整，路边既有闲唱于野、瀼水浇田的农夫，也时而会见到褴褛衣衫托碗行乞之人。偶尔之间，辛弃疾会见到抛荒的农地，王仙向他说了金国军田侵占农田之事，此事在山东西路便存在，河北一地尤其严重，导致军田失种，农田抛荒，若遇歉收年景，就会有大批民众流离失所。

辛弃疾想起宋朝民间情况，心中默然。

然而千里路程走下来，辛弃疾惊讶地发现，目前的金国情况，虽然也问题多多，但就乡村生活场景所见，金国百姓似乎并不比宋朝更差。金国于此青黄不接的春末之期，沿路行乞之人，也不比宋朝更多。而北地风光，高旷苍茫，乡野之间，风光怡荡，也是一丝金戈硝烟之气见不到。

辛弃疾随意与路遇的几位村民谈起来，他们对生活多没抱怨，反而大都在夸当今的皇上好。辛弃疾小心地问起他们对宋朝的认识，他们会很认真地说那里的官府很恶，那里的民众大都乐于北逃到金国来生活。辛弃疾愕然，问他们从哪儿听说这一消息，他们也大都回答说是县里老爷们所说。又说我大金皇帝为叔，宋朝皇帝为侄，侄子皇帝哪里是叔皇的对手。

王仙在一侧听着，有时会听得瞪大眼睛，就要与说金国叔皇帝好的村民理论，辛弃疾则以眼色制止。那些大讲金国优越的村民，则在看到王仙瞪大的眼珠子后，知趣闭嘴，匆匆告辞。王仙就会在他们走后，愤愤然地说他们居然说狗鞑子皇帝好，都忘了自己的祖上是大宋子民了。

辛弃疾也不制止王仙的愤然，但也没怎么听他说话，只仰面看向长天。天上正陆续有大雁成群，从遥远的南方飞过来了。

偶尔也会遇到对金国政府极度不满的村民，他们叙说各种恶政盘剥，

快让老百姓活不下去了。但他们的期待,也都是希望中都的皇帝可以派些好官下来,或者抓抓恶吏,或者施施善政,居然没有一个人在盼望南边那个宋朝打过来,解救他们于水火。

遇到这种时候,王仙就会很兴奋,就会主动与不满的村民攀谈起来,就会说要杀贪官,要杀恶吏,要把他们搞翻,几次差点就要说出举旗造反了。好在他性格虽然粗放,终究不仅仅是个鲁莽汉子,说到分际,还是会及时住嘴。

辛弃疾注意听着,插话并不多。他此次北行,固然有勘察民情、刺探军情、为宋军北伐提供第一手情报的目的,但他最重要的目标,并不在此。

他要去找与他并称"辛党"的党怀英,他要去看这位当年也曾热血澎湃、以身许国、立志成就不世功名的少年好友,看他现在还有没有当年的热情和志向。倾覆大金,宋室北还,底定中原,再造社稷,这该是何其壮丽的万世功业。

当然,要成就如此功业,也需要他的老同学赌上一生的荣华,九族的性命。

二十岁时的辛弃疾,会认为他的老同学应该义不容辞,足不旋踵。

现在的辛弃疾不再这么认为了。几十年风雨坎坷,让这位词人、名将,对人生、对名利,有了更深刻更复杂的认识。

但,他还是要赌上一赌,在说服老同学赌上身家性命之前,他先赌上自己的身家性命,以大宋朝廷封疆大吏之身份,匹马北上,孤身而来,来做这寄侥幸于万一的尝试。

年迈的辛弃疾在数年之前,就对自己的身体有不好的感觉,自己默认也许天年有尽,而自己从少年就立下的壮志难酬,不甘之感加倍强烈。苦闷之时,填词为乐,苦闷的心情在词中也时有展现。

此次韩侂胄有意北伐,辛弃疾大感振奋。他知道,这是他成就万世功业最后的机会。

既有实战经验又熟读兵书的辛弃疾，不会有韩侂胄的自大，不会认为兵过淮战一战可定中原。但实际上，他比韩侂胄更期待可以一战而定中原。于是，这位词人中的名将，就有了更大胆的计划，他要亲赴金国，面见已在金国位极人臣、成为栋梁的老同学。若能以家国大义说服党怀英，在宋军北伐之时，从金国朝廷内部进行响应，当会给金国致命一击，北伐大业，必会成功。

明知道这个可能性微乎其微，辛弃疾还是毅然北上，将军百战身名裂，岂惜区区一白头。成大事者用奇谋，奇谋不成，有死而已。死有如泰山，亦有如鸿毛，为国家恢复而死，为万世功业而死，死得其所。

北上途中，巧遇王仙，从王仙处得知金国江湖豪杰有意举义造反，这是意外收获，这样的消息，让辛弃疾心中畅快。此次北行，纵然无法说服老同学，能与这些举义豪杰建立联系，北伐之日南北呼应，也是奇功一件，北伐的胜利机会也会随之大增。

一路行来，对民情的了解，与辛弃疾在江南几十年来的想象，却是大不一样。北地百姓在金国政府统治下，已历近百年，数代传继，大都已忘却自己祖上曾是大宋之民了。他们对金国政权也有不满愤怒，却没人对金国皇帝以及金国本身有多大愤怒，他们的希冀，也只是高高在上的皇帝给他们换个县官州官，把对他们的盘剥减轻一些就好。像王仙这样有志愿造皇帝反的，走了一路，再无所遇。

所有的遇到和目睹，让辛弃疾别有一番滋味上心头。最初毅然渡河北上时的心态，悄然有所变化。但他自己并不能准确说出这种变化，只是稍觉迷惘。

如此一路北行，一路交流，到达中都之时，已是暮春之末。

金章宗为政宽简，南宋北伐之议虽在金国朝廷上已有议论，民间尚懵然不知。金国正值盛世晚期，上层奢靡，社会繁华，一路之上，并无军吏盘查，中都城门处虽有金兵守卫，对熙熙攘攘出入城门的民众也不盘查，任其进出。

路上，辛弃疾已向王仙说明了自己此来中都，用意是见一见党怀英，至于见党怀英是什么目的，他没告诉王仙。他倒不是信不过王仙，策反金国重臣，这是至高机密，只要有一丝泄露，党怀英将全家不保。辛弃疾勇闯虎穴，已是置生死于度外，若因为他的冒失，导致少年同学全家殉葬，则是他百死莫赎之事。王仙人虽豪勇可信，但像这种事，还是少一个人知道，就少一份出错的风险。

好在王仙只要与他心中的偶像相伴而行，心里就很满足，路上又蒙辛弃疾指点，武功倒无法立时精进，兵法韬略及治军知识却是大有进益。须知辛弃疾既是饱读兵书，满腹韬略，又曾亲冒矢石，亲自陷阵冲锋，有足够的实战经验，所以他给予王仙的指点，绝非纸上谈兵。对王仙这样有足够江湖经历，却缺乏兵法熏陶以及部队经验的人来说，真称得上旱地春雨。王仙对辛弃疾的崇拜，在不知不觉中又加深了几层。

进入中都，辛弃疾并未立即去党怀英府上，而是与王仙先在中都城内略为游览，也在心中为来日北伐时可能的攻城之战，预做规划。

中都是金国都城所在，原为辽国之南京析津府。金灭辽之后，金国首都初为上京会宁府，中都为燕京。海陵王完颜亮弑杀金熙宗完颜亶后，要立不世之功，灭掉南宋，一统天下，上京僻处东北，不利于统一指挥，于是便在天德三年颁布诏书，决定将都城由上京迁至燕京。又嫌燕京规制太小，特命右尚书张浩，燕京留守、大名尹卢彦伦等监建新都。就在原辽国南京城的基础之上，参照北宋首都汴梁城的规划建筑，向外扩建。共动用民工120余万人，用时整整两年，终于建成。完颜亮也于贞元元年下诏，将燕京改名为中都，设大兴府，正式定为金国首都。

其时，金国共有一都五京，中都大兴府为首都，汴梁开封府为南京，大定府为北京，大同府为西京，辽阳府为东京，会宁府为上京。其中尤其以中都为最繁华富丽。为控制军队和宗室，完颜亮迁都之时，将原居于上京的宗室皇亲及各猛安、谋克同时迁来中都。为快速推进中都的繁荣局面，完颜亮听从张浩的建议，下诏凡大金之民都可迁居中都，免除各种徭役十年。

一纸诏下，四方景从，金国中都迅速发展起来。完颜亮南征失败并赔上性命之后，后任金国皇帝偃武修文，全力发展经济，金中都更见繁荣。原本中都之侧的永定河，每到雨季便会泛滥，成为中都一灾，十余年前，完颜璟下旨，建成卢沟桥，横跨永定河，从此便利了南北交通，也有效缓解了水患问题。

辛弃疾北来中都之时，金国的盛世已是晚期，各种矛盾积累，已经难以解释。南部宋朝、北部蒙古又虎视眈眈，倾国之战随时都会爆发。但在民间，犹是歌舞升平，一派繁华景象。

中都方形，长共五千三百二十八丈（约三十六里），共有十三座城门，东面为阳春、宣耀、施仁三门，辛弃疾二人便是从宣耀门进入。

中都的商业区域就在城东，一入城门，辛弃疾就被市肆的繁荣所惊。在南渡君臣文武的心中，北方大地都是沦陷区，沦陷区的民众生活，必是猪狗不如，沦陷区的民众，也必是无时无刻不翘首期待着王师归来，救他们于水火。"遗民泪尽胡尘里，南望王师又一年。"陆游十年前写下的这一诗句，流行于宋朝朝野之间，也是主张北伐的臣僚们最有力的呼喊。

然而北行以来，辛弃疾并没遇到这样的情况。就算王仙所说杨安儿等江湖豪杰筹谋起义造反，初衷也并非呼应宋朝，他们根本就不知道宋朝有北伐计划，也没与宋朝建立起联系。甚至听王仙所说，他们与夏国与蒙古部落都有所联络，偏偏跟最渴望回归的宋朝没有联系。

进入中都大兴府，满街繁华更是让辛弃疾出乎意料。这一天，他与王仙徐行长街，很少说话，只偶尔驻足了解粮市、马市等情况，与人稍作攀谈，然后就是沉思之状。

王仙不知辛弃疾想些什么，他久行商旅，也仅只到过中都一次，所以看了街上的车水马龙，还是颇为兴奋。

他们是午饭后入城，在城中只转得半个圈子，太阳就移至西天，堪堪要落到万户檐下了。辛弃疾、王仙二人准备找一家客栈先住下。正沿街找去，忽有一人手拎一个包裹匆匆跑过，因为辛弃疾与王仙是并行，未及让开，那人一膀子撞到王仙身上，将王仙撞一个趔趄，自己也是一个趔趄，却未停步，径直跑了。王仙揉一下肩，吓了一声，骂道："他奶奶的。"

骂声未落，一位儒巾书生匆匆跑来，这书生只有十六七岁年纪，长得眉清目肃，脸有惶急之色，跑到辛弃疾、王仙身前时，已是气息不继，一个踉跄差点跌倒，辛弃疾忙伸手去扶，问："小兄弟，何事匆忙？"

那儒服书生停下脚步，剧烈喘息两口，这才说出话来："方才那人，抢了我的包裹。"他伸手一指，那个拎着包裹撞了王仙一个趔趄的人，正跑到一个拐角处，眼看就要拐过去了。

不待辛弃疾说话，王仙圆眼一睁，喊了声："哪里跑。"跨步就追。

王仙二十多年打熬力气，苦练武功，身手自是敏捷，抢包裹的那人只是个小贼，虽然多跑出些步，被王仙紧赶几步追上，飞起一脚，直踹在胯间，扑地倒了，手中包裹直甩出去。那个抢包贼倒也滑溜，被一脚踹的胯骨几乎碎裂，知道自己远不是追来之人的对手，当机立断，也不恋战，爬将起来，一瘸一拐地继续跑了。

王仙想继续去追，辛弃疾与那书生已赶过来，说："让他去吧。"包裹已然夺回，就不要再追了。

三个人都去看那包裹，那包裹在一摔之下，已然散开，几锭银子和几件衣物散落出来，也有几本书和一个宣纸订成的册页落了出来。

书生没急着去收拾包裹，而是恭恭敬敬地向王仙深施一礼，说："多谢壮士。"又向辛弃疾施礼："多谢老先生。"

辛弃疾一笑，说："不必多礼，且看包裹中可有东西丢失。"

王仙叫道："你这娃娃书生很好，俺看你顺眼，俺来帮你收拾。"

辛弃疾看着二人收拾散落的衣银诸物，忽然看到王仙随手拿起的宣纸册子上，写有"裕之词"三个字，不觉一怔，伸手道："给我看一下。"

倒不是辛弃疾发现了什么，而是辛弃疾一生都在写词，对词的敏感实超出常人多倍，看到这个"词"字，一时好奇，要来一看。

王仙将册子递给辛弃疾，那儒服书生也站起身，冲辛弃疾施礼，道："稚子口舌，有污老先生清视，尚请不吝指点。"

辛弃疾翻开，第一页上墨迹淋漓，显是所写未久。那是一首词：

问世间，情为何物？

直教生死相许。

天南地北双飞客，老翅几回寒暑。欢乐趣，离别苦，就中更有痴儿女。君应有语，渺万里层云，千山暮雪，只影向谁去。

横汾路，寂寞当年箫鼓。荒烟依旧平楚。招魂楚些何嗟及，山鬼暗啼风雨。天也妒，未信与，莺儿燕子俱黄土，千秋万古，为留待骚人，狂歌痛饮，来访雁丘处。

辛弃疾读至最后一字，不觉击掌，呼一声好。眼睛直视儒服书生，道："这词是你所写？"

那儒服少年恭敬道："正是小子所作，请老先生指教。"

辛弃疾问："你便叫裕之吗？敢问高姓？"

儒服书生回答道："有劳老先生动问，小子元好问，字裕之。"

党怀英这一惊，实是非同小可，饶他已年过七旬，久历仕宦，仍然不禁脸上变色。眼前之人是他少年至交、生死兄弟，虽已分手几十年，几十年中可一直听着他的大名，读着他的大作，梦中更时时有他的身影。此刻此人便活生生站在他的面前，而在之前，他曾无数次想过，他们今生，是不能相见了，并为之怅然无地。

党怀英伸出手去，说："幼……幼……有劳久候了。"他在愕然之下，本想去握辛弃疾的肩膀，手到半途，却斜斜挥开，变成正对着跟随自己的七个护卫挥手，话也变成冲着眼巴巴瞅着自己的护卫所说："巧遇故人，我在这里稍稍坐地说话，你们先回城去与夫人报平安吧，说我稍等即回。"

七个护卫不明所以，但此处就在中都城外，治安一向良好，平时党大人也好一个人出城游览，随兴写些诗词文章，城周的很多酒店墙壁之上，就有党大人酒后乘兴挥洒的墨宝，都被店主人珍而重之地以碧纱笼罩。看这三个人，一老一小都是明显的儒生样貌，另一个汉子虽然粗壮彪悍，应是儒服老者的随从，看起来并无恶意。

虽然仍是不愿就此离开，几名护卫还是在党怀英的目光盯视下，躬身唱喏，出酒棚走了。

党怀英目送护卫们远去，看店家并不在棚中，这才一把抓住辛弃疾的胳膊，急切道："幼安，你……"话仍未说完，又看向王仙和元好问，道："这两位是何人？"

不待辛弃疾介绍，王仙已快步上前，双膝跪地，咚咚咚便是三个响头，大声道："恩人在上，俺王仙给你叩头了。"

党怀英全无防备，莫名其妙，他根本不认识这个面目粗豪的汉子，马上伸手搀扶，道："你是何人？为何称我为恩人？"

王仙站起身来，说："俺爹王六品，恩公三十多年前判官莒州时，俺爹就是恩公所救，那时还没有俺呢，恩公自然不认识俺。可如果没有恩公救俺爹，又哪里来的俺？"

好在党怀英在莒州待过，王仙这绕口令般一番方言浓重的话，他才一字不漏地听明白。至于救王六品之事，他实已记不太清，但看眼前汉子真诚感激的样子，党怀英自然不好说自己记不大清楚了，伸手示意王仙不用再行大礼，感慨道："故人之子，已长成这般雄壮，可喜，可喜。"

又道："你父亲可好？"

王仙道："已经死了。俺爹一直到死，都不忘恩公大德，一再吩咐俺，有机会一定要报答恩公大德。"

党怀英遥想在莒州之日，也有些唏嘘，说："我今老迈，不能远行了，请代我在你父坟前致祭。你们，你们……"他看向辛弃疾，他原以为王仙是辛弃疾的随从，现在看来又不是了。

辛弃疾道："世杰兄放心便是，王仙与我虽是路遇，却是位完全信得过的小兄弟。"

王仙外表粗豪，却也在各地做过生意，久历江湖，党怀英和辛弃疾的一句话，他如何听不出其中意味，马上说："恩公与稼秆先生相见，不能被人打扰，我就去棚外守着，恩公尽管叙话便是。"说完就转身出棚。他终于见到救父恩公，说出谢恩的话，又亲眼见证了已是传奇的"辛党"又传奇般的重会，心中满足欣慰，实非笔墨所能形容，若不是怕恩公见笑，早就仰头哈哈长笑了。现在虽然不能大笑出声，仍是一脸笑容，喜不自禁。

王仙转身出行之际，本也欲转身出去的元好问突然反应过来，他盯紧身前的辛弃疾，惊道："您是稼轩先生？"

元好问与辛弃疾昨日于中都长街相遇，一见如故，攀谈之下，辛弃疾由极喜其词进而极喜其才，两个人一夕长谈，辛弃疾也曾询问过元好问志向，元好问实话实说，道是自己期待可以通过科举走进大金国仕途，为已盛中见衰的大金国贡献力量。

辛弃疾在谈话中知道了元好问祖辈便非大宋臣民，就没再深说，却也在谈话中了解到元好问深明大义，是个可以信赖的少年，其才智天生，更是个可以造就的少年。他深为大宋惋惜不能得此天才少年，却也希望这天才少年可以为大宋北伐事业做些贡献。一旦北伐功成，日后必是统一的大宋朝之栋梁。

他们三人今天一早便去党府，求见党怀英。党怀英治家严明，党府家丁从不仗势欺人，对每一个欲访老爷的人，都以礼相待。家人实实在在地告诉了辛弃疾等人，说党怀英南去保州女婿张行简处了，什么时间返京，就不知道了。

三人听了，也谈不上失望。王仙本就不是要来中都，元好问对党怀英有仰慕之情，那也纯粹是文学后辈对文学前辈的敬意，辛弃疾则是于北行之时，便不存奇计必酬的念头，而今对金国民情及地方军备也大致有了了解，更与王仙相识，可以与杨安儿等起义豪杰们取得联络，北行已取得意外收获。所以在获知党怀英南下保州、归期不定的消息后，当即决定不再等候，直下保州，若能路遇最好，若遇不到，则到保州后，再设法去张行简处相见。

元好问并不去保州，他要留在中都继续学习，等待考期，随辛弃疾、王仙出城，纯粹是表达对辛弃疾的尊重，仿古人晚辈所行，郊送三十里。他并不知道辛弃疾是谁，只是在一夜长谈中，无论是学问、人品、胸襟、气度、格局，他都对这位姓辛的老前辈佩服得五体投地，恨不得追随左右，长拜为师。辛弃疾则已准备在分手时告诉他自己身份，再做一把争取的努力。毕竟元好问父母在堂，兄弟在家，是忻州地方一大家族，实非想走便可走得了。若可以争取得动，以元好问之才思能力，北伐之日，将会成为金国后方的支持力量，至不济，届时元好问也可联络少年同好，做一些舆论上的响应。

辛弃疾等三人在酒棚之中，本欲吃过午饭便即分手，辛弃疾、王仙南行保州，元好问回中都去准备他的举业科考。辛弃疾刚待在分手之前告知元好问身份、目的，争取一下这少年的立场转移。话尚未说，党怀英一行便匆匆赶到。

元好问虽然在一日一夜的相处中，对面前这位辛姓老者惊为天人，是他十六岁生涯中见到的最有学问、最有能力、最为渊博的人，却是绝对想不到这个人会是名满天下四十余载的名将、大词人、宋朝重臣辛弃疾。

辛弃疾尚未回答，党怀英接道："是的，他就是稼轩居士，辛弃疾。"

说到辛弃疾的名字时，党怀英就已完全从愕然震惊中恢复过来，他将手慢慢从辛弃疾肩膀处收回，盯紧辛弃疾，问："幼安此来，所为何事？"

辛弃疾也紧盯着他，脸上笑容慢慢敛去，道："世杰兄多此一问。辛弃疾便在这里，世杰兄若谋富贵，自可缚弃疾回中都。"

# 第十二章

# 成吉思汗

党怀英肃容道:"幼安此言,岂是真知我者?"

元好问惊愕地看着两人。两人都是他自幼便崇拜的人,而辛党并称的传说,也曾让他心驰神往,恨不并生在同一时代。而今亲眼所见,辛党二人就直立在他的面前,双目对视,却远不是他所想象得那样和谐。

辛弃疾缓缓道:"弃疾间关万里,匹马北来,置生死于度外,只为与兄相见一面,岂谓不识兄者?"

党怀英摇头道:"幼安此行目的,我尽可揣知。然而我之心事,幼安可知?"

辛弃疾猛然抬头,疾声道:"世杰兄当日所云:读书人当为天下用,当上报君王,下安黎庶,治国平天下,是为我辈之责也。世杰兄可还记得?"

党怀英道:"自然记得。我与幼安同学少年,情同手足,共一腹心,历历往事,犹在眼前。我不只记得当日所说,在此后几十年间,一直惮诚竭虑，躬行当日誓言。"

辛弃疾道："那么，世杰兄就忍心这一片大好江山，久陷于异族之手？"

听到这里，元好问一惊，不自觉地往党怀英身边靠近一步。

党怀英看了元好问一眼，他与这个少年并不熟悉，虽然一见之下便生好感，毕竟不知根底。但他虽与辛弃疾此时身处敌国，对辛弃疾的信任，却是一如少时，生死可托。辛弃疾既然不回避元好问，那自然是认同这个少年了，辛弃疾既然认同，他党怀英就没理由不认同。

只是他与辛弃疾的关系再好，那也只是私谊，而他们的立场，是国家。作为大金国的国之栋梁，皇帝的股肱之臣，党怀英自然不能有片言委婉，尤其是当他敏锐地猜到辛弃疾的来意之后，既为老同学的勇气豪情暗暗心折，更不敢于言辞间有半分回避。

党怀英道："幼安以为是异族，我却以为是明君。"

辛弃疾仰天一笑，道："世杰兄久食女真之粟，已冷却我大汉之热血了吗？"

党怀英直视辛弃疾，道："女真也罢，大汉也罢，我只以谁更能予百姓生机为选择。所谓食君之粟，忠君之事，也无非为天下百姓谋福利。"

辛弃疾目光凌厉，道："女真鞑子，铁骑南犯之时，我汉人百姓死尸相藉，血流成河，白骨千里，鸡狗不鸣，世杰兄以为百姓福利何在？"

党怀英寸步不让，道："两国交战，生灵涂炭，自是大大不幸。然则，涂炭生灵者岂仅是我大金铁骑。秦皇汉武，均为炎黄子孙，其开疆拓土之时，铁蹄之下，亡魂何止千万，更十倍百倍于我大金拓疆之日，幼安以为然否？"

两个人都沉默下来。元好问心荡神摇，在消化着两个人的话。旋即，辛弃疾又道："我大宋一统以来，四海升平，百姓乐业，自从南北分隔，战事频仍，百姓何辜，遭此兵火。我大汉万里江山，岂忍久为胡虏窃据，我大汉大好男儿，岂可不以恢复为志。"

党怀英道："南北分割，两国争战，我亦深痛。然则，南北分治，金宋两国并立之势已成百年，两国百姓久已安于此状，两国也久已约定为叔侄之国，互通往来，和睦相处，正是为了百姓的和平生存。当此之际，若再托以恢复之志，轻启战端，烽火到处，最先遭殃的必是百姓，未获安宁，先丧性命。正如幼安兄所说，百姓何辜，要再遭此战火。"

辛弃疾道："世杰兄可知，一时牺牲，可换来长久和平，我大宋一统，自可恢复当日盛世，这是百姓更长久的福祉。"

党怀英道："幼安此言差矣。若言强盛，汉唐时代比之今宋如何？我等是否就要拖进万千百姓性命，再去缔造汉唐帝国？幼安饱读诗书，自必知道，千年上下，岂有永远长存的朝廷。宋之国运已衰，纵然版图犹在，也必无法予百姓福祉。"

辛弃疾默然片刻，道："我大宋圣明天子在上，上下齐心，谁说国运已衰？中兴在即，尚望世杰兄可以明鉴。"

党怀英道："宋国上下，方是衰朽入骨，又妄谈什么中兴，我知幼安必是寄望韩侂胄，然则，幼安细思，韩侂胄是成事之人吗？"

辛弃疾再次默然，之后道："不说韩相，天子圣明，年前刚为岳武穆昭雪追封，大宋朝野上下，都为之振奋。"

党怀英徐徐道："岳武穆已冤死多年，至今方临战示好，收买人心而已，与圣明有何干系？幼安大才，当知晦庵先生曾称我大金先皇'堪比尧舜'，如此方称得上圣明，宋国南迁以来，可有哪一位天子当得此评？"

元好问重重点头。他虽然没成长在金世宗年代，但从小便听着对金世宗的种种称誉长大，对小尧舜金世宗已是满心崇拜。他对南宋的政治、历史也有涉猎，自然知道南宋几任皇帝都是庸碌甚至昏庸之君，与金世宗是没法相比的。他看向辛弃疾，他虽然崇拜辛弃疾，但他心目中的国是大金，不是那个远在淮河之南的宋国，他没期待过大金去统一宋国，内心里也不想宋国来统一大金。

辛弃疾再以大宋恢复故土为天经地义，却也无法否定金世宗的盛名，也无法从南宋皇帝中找出一位来与金世宗比较，他没正面回答，转而道："世宗尧舜之比，正是因为他久受我汉人熏陶，文化冶染，始有善政。"

党怀英微笑道："幼安此说是极。你我当年分手，我居北方出仕，也就是要以文化来冶染一国，使之融入我华夏文明，华夏文明共被天下之时，这天下，岂不是别样的一统？"

辛弃疾目光灼灼，看向党怀英，良久，拱一拱手，道："世杰兄此志，弃疾已知无可折摧，如此，也就不必再谈了。"

辛弃疾转身，从自己三人方才所据的小桌上拿起酒壶，倒满两杯，递一杯给党怀英，自己端了一杯，举了一举，道："此行北来，得与世杰兄一晤，足慰此生。"仰首倒酒入喉，声音微涩。

党怀英端着酒杯，心中也自有万千滋味，道："不能请幼安入府，再次联床抵足、晤谈终宵了。深感幼安北来情意，敬你一杯。"也是仰首饮进，双目一红，有泪噙在眼角。

当年二人同学之时，如同胞之亲，最后在归宋归金产生分歧之时，以蓍草起卦，占卜前途，党怀英得坎卦，坎卦居北，辛弃疾得离卦，离卦在南。之后辛弃疾南渡归宋，党怀英仕于金国。两个人都在各自的国家兢兢业业，奉公为民，也都取得了不凡的政绩，又同时成为两国文坛的领袖。每到春花秋月，或鸡鸣风雨之时，两人都会不自禁地想起对方，想起往事，两个人也都长时间以为今生不会再相遇。却没想到，命运拨弄他们今日相遇。然而，两个人从年轻时便不同的立场，至今仍未有丝毫的松动。而因为两人各为自己国家的朝廷重臣、忠臣，他们都无法容忍对方对自己国家的批评，他们更无法在对方面前批评自己的国家朝廷，因为他们的身份，那样的批评将成为"叛国"。

辛弃疾北行之时，便想到这一结果，他本也是抱着万一的侥幸之心，才做这次豪赌。兵法中有行险之招，所幸是辛弃疾险着即便输了，最多搭上自己性命，对北伐大计不会更有伤害。

辛弃疾息了心中的希望之后，豪情顿生，道："好，国事已尽，我与世杰兄连干三杯。"连续倒酒，与党怀英杯杯相碰，都是一饮而尽。三杯倾尽，两人的眼角之处，老泪终于溢出，风尘仆仆的苍老脸颊上，道道沟壑中渐渐湿润。

辛弃疾又把元好问拉过来，向党怀英道："裕之小兄弟天资纵横，才华超人，望世杰兄善加点拨，日后成就，当不在你我之下。"

辛弃疾方才与党怀英说话之时，同时也在观察元好问的反应，以确定能否将其说服为北伐臂助，但观察到此时，辛弃疾已感觉到元好问是认同党怀英所说的，也就索性不再废话。只是他确实欣赏元好问的才华，这才向党怀英郑重推荐。

元好问受宠若惊，但也没过度反应，落落然向辛弃疾深施一礼道："多谢稼轩先生栽培。"

党怀英道："幼安放心，我大金才子，必不会埋没尘埃。"

辛弃疾一笑，道："如此，世杰兄，弃疾告辞了。"

党怀英深深施礼："幼安间关万里而来，怀英却难尽地主之谊，实在抱愧。"他是金国朝廷重臣，当然不能私下里接待宋国潜来的大臣，那与叛国无异。

党怀英又道："山高水长，归途漫漫，幼安小心了。"说到最后，声音微颤。

辛弃疾不再说话，转身出棚。一会儿，党怀英就听得马蹄声得得而去，再也站立不住，一个踉跄，便欲摔倒。元好问急忙伸手扶住党怀英，就近搀他在凳子上坐下。

党怀英口中喃喃，元好问好不容易才听清，那是六个字："知我者，二三子。"

元好问读书广博,自然知道这是辛弃疾的词中句子。

田燕介绍之后,杨安儿与哲别也已相互认出。杨安儿去蒙古贩马与铁木真相会之时,哲别也曾在场,但在场的蒙古诸将不止他一个,且衣着与现在并不一样,所以杨安儿对他基本没印象。而哲别对于汉人一向并无多大兴趣,杨安儿又不是多么重要的角色,一见之后便即忘却。田燕介绍之后,两人隐隐想起对方,哲别本就是来找杨安儿的,自然大喜,杨安儿举事在即,也想尽快联系外援,如今哲别主动寻来,那也是天上掉下了馅饼,自也喜不自禁。

原来哲别已告辞东行,继续寻找杨安儿落脚点,当晚就在经杨店住下,并未寻到杨安儿的落脚之处,心中却一直有田燕的影子在。他很恼火,咕噜着自我咒骂,晚间又要了几壶酒,喝得半醉,不想田燕不依不饶地又闯进他梦里,却是在黄泥岗林中,田燕正被群贼砍杀,身子也剥至半裸。哲别看的目眦欲裂,就抽弓去射,却怎么也摸不到箭,要去拔刀时,刀却不在,只能眼睁睁看着有个小贼嘿嘿一笑,一刀向自己砍来。哲别大叫一声,从梦中醒来。

醒来之时天还未亮,哲别愣怔半晌,不明所以,又倒头睡下。这次睡得长了,起身已是巳时。起身后,这个噩梦却是怎么也挥之不去。他闷闷地去街上转了一个来回,离开经杨店时,却发现自己走上了回头路。

哲别一呆,忽然想起一事,就自我安慰要去处理此事,就任马北去,再往黄泥岗。

原来他想到黄泥岗林中自己所杀的尸体尚未处理,时日久了,必会被人发现,说不定将累及田燕。

本来哲别纵横大漠,杀人何止千百,何曾考虑过如何处理后事,今天却古怪地想到田燕会被牵连。他又恨自己居然有这想法,愤愤然地吐一口唾沫，想，老子受人之恩，当然要知恩图报，这又有什么错了？

如今在林中碰巧与杨安儿相会，两人互道仰慕，倒让田燕有些困惑。杨妙真知道哥哥的所作所为，并不惊讶，哥哥介绍到她时，她也落落大方地抱拳，道声："见过哲别大哥。"反把哲别搞得脸红。哲别心中对女真族的英雄还是有些尊重的，对汉人就了无敬意。以他此前所打过交道的汉人，不是狡猾就是软弱，他是做梦也想不到自己会败在一个汉人姑娘的手下，并且败得如此干脆利落，毫不拖泥带水。此时的他自也知道，就算自己伤势不发，那一扑也是十死无生，那鬼神莫测的枪法根本无法抵挡。得知这姑娘是杨安儿的妹妹，哲别惊奇之下，连带着对杨安儿也尊重了许多。

旧伤复发并无大碍，田燕为哲别重新包扎了起来。几人在林中谈了一会儿，杨安儿已知哲别就是西域来人，心中松一口气。丁零与他密谋造反是杀头的勾当，对家人都瞒得严密，从不让田燕知悉情况，田燕也只知道杨安儿是贩马鞍及马匹的商人，江湖中的好汉子，从不知他还另有图谋。丁零死后，杨安儿曾托人给她带去过一些银钱，人则没来得及过去。这次相见，随口问了些近况，知哲别为她所救，颇感欣慰。遂将汪七儿抢她金镯实属误会一事说知，杨安儿与哲别都是拊掌大笑，杨妙真也咯咯笑出声来，只有田燕瞟了哲别一眼，脸上突地一红，悄悄低下头去。

哲别与杨安儿都是要做英雄好汉的人物，自然看不到这些细节，杨妙真虽然机灵聪慧，也只是个姑娘而已，如何猜得中田燕心事。

四个人一起动手，将那些地痞的尸身深埋了，除非有意挖掘，那是再也不会无意间显露。杨安儿带了杨妙真，在丁零墓前拜了几拜，然后便邀哲别与田燕去他农庄上再叙。哲别爽快答应，只有田燕深埋着头，耳根处红晕始终不退。直到三个人都盯着她看，这才道："我一个女流之辈，去兄弟庄上多有不便，就不去了吧。"

不待杨安儿说话,杨妙真就接口道:"姐姐不要客气,我也是女流之辈,我们就两个女流之辈说话好了。"

田燕鼓起勇气抬头,却不去看哲别,而是看向杨妙真,说:"那我就暂且回家收拾一下,就去看望妹子。"

杨妙真极喜欢这位初相识的温婉的义嫂——田燕丈夫丁零是哥哥的结义兄弟,丁零自然就是她义兄了——一拍手道:"那我随姐姐去,收拾了再去我哥哥庄上。"回过头问杨安儿:"哥哥先跟哲别大哥回去,我随后与姐姐回来可好?"

杨安儿点头,说:"你护持大嫂过来,如此甚好。"

哲别看看杨妙真,又看看田燕,进入中原之后认识的这两个女人,一个让他又惊又敬,一个让他又敬又亲。也跟着杨安儿重重点头,没再说话。

杨安儿招手将杨妙真唤到一边,说:"这次匆匆赶过来,就是丁零义兄家中房后院里私藏了一些铁制枪头,原想等起事之前挖将出来,马上就可以配上枪杆用作武器。丁零大哥死后,我一直想将其挖出移走,但因丁家大嫂并不知情,举义之期也尚未定,就一直拖着未办。方才听汪七儿所说,我怕官府已经介入,这才与你匆匆赶来。就现在情况看,就算官府尚不知情,只怕也不能不转移。你且与丁大嫂暂住几日,我抓紧安排人手,近日就到大嫂家中,将枪头起出运走。届时丁大嫂必已知情,你再伴她到我们庄上去即可。"

看杨妙真认真记下,点头称好。杨安儿向田燕抱拳作别,这才上马,与哲别联辔向南,出林回农庄去了。

上马之前,哲别再度匆匆瞥了杨妙真一眼,杨妙真的枪法让他对此次金国之行信心大增。若这些起义之人都有这姑娘的枪法,何愁不能在金国腹地搞个天翻地覆?铁木真可汗在忽里台大会,必会顺利登顶。

三千里外,大漠深处。

铁木真看着各位将领们走出大帐,叫住最后一位:"木华黎,你陪我出去走走。"

木华黎以手抚胸,躬身答应。两个人走出大帐,跨马出营而去。

铁木真为明年的忽里台大会,已经做足了准备,计划几个月后便可先期赶往斡难河,途中还有些事情要做,路途又甚遥远,早些启程要有利的多。

方才的会上,各队将领都是斗志高涨,几位千夫长为了争功,还差点现场打起来,被铁木真喝住。将领们纷纷表态请战,撸胳膊挽袖子,整个可汗大帐闹闹哄哄,铁木真看着甚是满意。

但不知怎的,他心里就是有些不安。仔细忖度,又找不到不安所在,这才在会后叫上军中最富智谋的木华黎跟他出去走走。他要理清所有头绪,万不能阴沟翻船,出现意外。

他铁木真是铁血可汗,冷酷无情,一怒之下可屠人全城。但他在粗犷的外表下,实有一颗精细入微的心。他这半生,以孤儿出身,一路行来,都是在死人堆里摸爬滚打,遭遇过背叛,也背叛过恩人,屡屡行走于生死边缘,终于走到今天,成为最有可能坐上蒙古各部从所未有的天可汗之位的人,其间危机甘苦,他已遍尝,自是不会让自己在当前重大关节处有所疏失。

两匹马慢慢在偶尔呈现戈壁化的草原上跑着。铁木真一直在沉思,木华黎也不敢打扰他。直走出十余里,到一处缓坡之上,铁木真立马站下,等木华黎赶上来,忽然问道:"哲别出行已近两月,可有音讯?"

木华黎道:"会前曾问哲别辖下的百夫长速也该,回说未见消息。"停了停,木华黎看铁木真未说话,又问:"是否需派人去接应一下?"

铁木真道:"接应?去哪儿接应?"

木华黎不敢说话,铁木真又道:"哲别大好身手,一人来去,谅那些女真狗们也留不住他。就是不知他在金国腹心之地能闹出什么动静。我们这些年将女真狗们压得狠了，不要待我们北上之时，他们乘虚杀来。"

木华黎谨慎道："谅来不会。一来这些女真狗们被大汗打怕了，哪里还敢轻易来撩虎须；二来哲别南行必会有所作为，会让那些女真狗们忙上一阵子。再者，据我今天早上刚刚得到的消息，宋国似乎有意要向金国开战，这个消息还没来得及核实，方才的会上，我就没说。"

铁木真一怔，旋即哈哈大笑："真乃天助我也。宋金开战之日，必是我大蒙一统天下的开始，就先让他们恶狗争屎，先咬个一嘴毛吧。"

成吉思汗少时并没习学文化，原本一嘴脏话，但自从他十六年前当上乞颜部落可汗开始，便有意认识文字，可汗当的时间愈久，威势日长，说话也逐渐有所改变，只在偶尔间仍然夹杂脏话。

木华黎道："宋金局势紧张，女真狗们必然不敢再向我大蒙挑战，以免出现两面受敌，南北夹击的风险。哲别将军这次南去，建功最好，就算没有成就，金国方面暂时也不会对我们构成威胁，可汗尽可安心。"

成吉思汗手执马鞭，斜睨着木华黎，笑道："有你木华黎在，我有什么不安心的。你这次出使廓尔，回来后我还没给你赏赐呢，说吧，你想要什么赏赐？"啧了啧嘴，又道："此前从吉里寨带回一些党项女人，大部分赏了各位有功的将士，还有几个未曾赏下，你若喜欢，回去后就领回帐中吧。"

木华黎知道铁木真所赐，不可推辞，急忙致谢，然后又说："廓尔之行，虽然已与廓尔王达成了盟约，但以我之见，这个廓尔王国只怕不是花剌子模的对手。"

铁木真哈哈大笑："木华黎不愧是木华黎，去待了几天，就看出廓尔王国不是花剌子模的对手了。"看木华黎黑脸一红，欲待说话，铁木真把手摆了一摆，道："管他娘的是不是花剌子模的对手，花剌子模只要背后有了这根刺，就不敢对我们的忽里台大会有什么想法。

说完后，铁木真目视前方，无垠的草原间隔着沙土向无垠的远方伸展开去。很长时间后，铁木真又缓缓道："你道我真的在乎那花剌子模吗？他们不妄动还好，若敢妄动，我铁木真必教他举国上下，无人留存。"

说出最后八个字时，铁木真的语气低沉，森然之气，一时让身周的大漠长风都为之凝固，似有一派汪洋血海，万千鬼魂夜哭。

木华黎不禁打了个冷战，就见铁木真举起手中马鞭，绕着马首缓缓画了一个大圈，大声道："我铁木真，要的何止宋金这花花之地，我要这四海之内，所有的国度，都臣服在我大蒙古的旗下，我要这蒙古的汗账，立遍这个世界。我铁木真，要做的是这个世界上前所未有的可汗，成吉思汗。"

长风呼啸，铁木真的声音充塞于天地之间，木华黎抬眼去看，就见手执长鞭、仰头大笑的铁木真正如巨人一般，遮蔽了他眼中的天空。

木华黎从马背上滚落下来，跪倒在地，大声呼喊："恭祝大汗，混一四海，总领世界，成吉思汗，铁木真，成吉思汗。"

木华黎眼中是铁木真的背影，铁木真的背影让木华黎的眼睛有生疼的感觉。就在这一瞬间，木华黎陡然想起那一个跟随在廓尔国王身后的人，那一双曾经在一瞬间让他产生刺痛感的锐利的眼睛。木华黎心中一颤，突然想到一些事情，冷汗交流。


就在木华黎想到廓尔国王身周危险的同一时刻，数千里外，廓尔国王穆罕默德同时感受到一阵剧烈的刺痛感，正从自己的后背，深入心脏。

穆罕默德回头，就见一双锐利的眼睛，正盯视着自己。

穆罕默德认识这个人，这个人已经给他当了十年侍卫了。但穆罕默德此时才突然想到，这十年中，自己从来没看到他用眼睛正面看过自己，自己从来没正面看到过他的眼睛，这么明亮锐利如针如芒的眼睛。

"阿米尔，你竟敢……"只说出六个字，穆罕默德就再也说不出话。

这一刀扎的又准又狠又深，已然深及心脏。鲜血从穆罕默德的口中急涌而出，他看不到自己的身后，但他能感觉到背后也是鲜血急涌，他感觉到身体已渐渐麻痹，他知道自己马上要去了，他只是不甘心，他就要将廓喀尔部落的反叛一举剿除了。

在旁遮普地区游荡多日，廓喀尔部落的叛军就是一直躲着他，不跟他正面交锋。几天前，他好不容易咬住一小支拖带女眷的反叛部队尾巴，打了个小胜仗，之后又不见了叛军影子。一天前，穆罕默德得到确切情报，廓喀尔部落的人就在这片草地之中聚集，他急忙将全部王军调动起来，悄悄自四面掩来，计划一场会战，将这些可恨的反贼杀个精光，以解心头之恨。

情报果然精准，廓尔王国的军队果然在这片沼泽之中，找到了廓喀尔叛贼，眼看王军已从四面围上，穆罕默德兴奋地当场将一只自己佩戴已久、从遥远的汉人中原地区买来的精钢短剑，赐给情报的提供者——阿米尔。

对，就是阿米尔，就是阿米尔提供的情报，就是阿米尔从自己手中接过的短剑。赐出短剑后，自己兴奋地回头呼喊，让部队立即冲锋，杀光廓喀尔人。就在自己的命令刚刚呼喊完的瞬间，这刺痛就深入了自己的心脏，这刺痛……是来自于那柄自己的短剑？

穆罕默德只觉得滑稽无比，他要仰天大笑。但他已经笑不出，他回头的动作加速了他生机的流失，还没转回头来，死亡就已降临到他的身上，就在生命终止前的一瞬间，他看到一片刀光，向他飞来。

然后，穆罕默德就失去了任何感觉，失去了任何生机。

他身周的人看到，穆罕默德的一颗头颅，蓦然飞向天空，头颅上的双眼圆睁，虬髯戟张。

挥刀的人，就是廓喀尔部落的首领，他从沙草间飞跃而起，挺身冲锋，刀断廓尔国王之首。草丛中所有掩藏的廓喀尔部落战士，纷纷跃起，与已逼近身侧咫尺的廓尔王国军队展开了贴身的肉搏。

大战开始，血肉横飞。穆罕默德的死讯尚未传遍全军，廓尔王国的军队还有着必胜的信念，而廓喀尔部落的人则在战前便知穆罕默德必死，也知道自己得到花剌子模王国支持，此战又决定着他们的命运，他们没有一人退后，舍生忘死，倾力搏杀。

战斗的双方都不知道，就在此前不久，已陆续开进廓尔王国与花拉子模王国边境洼地的军队，已在完成集结之后，冲出洼地，如洪水横流，如千里雪崩，如飓风席卷，卷向廓尔王国的全境。

一场毁灭了整个廓尔王国，最终又因此导致花剌子模王国毁灭于蒙古铁蹄的风暴，降临了。

# 第十三章

# 一网成擒

金，中都。

听完党怀英的奏报，完颜璟长久没有说话。

党怀英心有忐忑。作为大金国的文臣领袖，他这是第一次表现出对皇帝的不忠，他没有将见到辛弃疾的事说出来。

他知道辛弃疾匹马北来，生死已置之度外，他也没法给予保护。只是若辛弃疾横死于途中，他虽必心伤难过，却也没有负疚感。若让他亲口来说出辛弃疾行踪，致老同学于死地，饶是他已在大金国仕宦几十年，对大金忠心耿耿，也无论如何过不了心中这关。

完颜璟完全没有注意到党怀英的情绪，他沉吟良久，道："既然张爱卿也认为宋人不可信，河南宣抚司一事，看来已是不可不设。"

党怀英躬身道："微臣与小婿看法一致，韩侂胄好大喜功，宋军虎视狼顾，我不犯人，宜防人来犯我。"

完颜璟略微有些苦恼，说："兵凶战危，若战事再起，边疆百姓，必遭荼毒。宋人文风绮靡，积弱百年，轻启战端，岂是我大金铁骑之敌。真不知他们是如何想的。设立河南宣抚司后，可遣人前往宋廷，予以责问。"

党怀英道："是，微臣谨记。"

完颜璟这才把他这些天来屡经盘算之后打定的主意说出来："党卿拟旨吧，着即设立河南宣抚司，令平章政事仆散揆为河南宣抚使，到任后立即着手，登记各道兵丁，准备战马粮草，同时在临洮、秦、巩等地，增加安置弓手四千人。"

党怀英一一记好，最后谨慎地问了一句："为何是在临洮等地增强布防？淮河一线，似乎兵力更显不足。"

完颜璟神秘一笑，道："党卿不知，临洮及秦地，地近蜀中，蜀中不日将有变化，而宋军首开衅端之处，也必将从此处开始。"

党怀英心中默念蜀中变化一语，蜀中主帅是宋国将军吴曦，难道吴曦有什么异动不成？党怀英心中一惊。

完颜璟看到党怀英的反应，满意地笑笑，说："此事目前尚不确切，就不跟党卿说了，非是信党卿不过。"

若蜀地主帅与大金国有了勾结，那将是最高的机密。党怀英知道其中利害，跪倒在地，叩头道："圣上恩信，微臣敢不肝脑涂地，报之以死。"

完颜璟伸手将党怀英扶起，道："内殿之中，不必多礼。党卿为国为民，朕都记着的。方才你说敬甫在保州已发现有反贼迹象，准拟扫荡妖氛，这是有大功于社稷。宋人北侵恶念从未断绝，朕岂不知。只要我大金内部团结，社会安定，政治清平，谅这些南方文弱之士掀不起大浪。"

党怀英连连称是。听着皇帝说到"保州已发现有反贼迹象，准拟扫荡妖氛"一语，蓦然想起，辛弃疾辞别之后，似乎便是往保州去了，刹那之间，如坠冰窖。

宋，临安府。

韩侂胄在花厅里坐着，微合双目，似乎睡着了。

陈自强当然知道他没有睡着，他的这种表情，说明他正在为某些重大的事下重大的决心，等他睁开眼时，就会有重大的决定做出。

陈自强手中拿着一封薄薄的短笺，上面简短的几行字，是安丙从四川报来，说的是吴曦并未按韩侂胄的要求做攻金准备，只是大量搜求战马。言辞寥寥，却隐有深意。陈自强知道韩侂胄对吴曦寄予众望，暗暗揣想韩侂胄是不是会临战换帅，让别人去顶替吴曦的位置，他甚至已在猜想谁会进入韩侂胄法眼。

良久之后，韩侂胄终于睁开眼来，却并没有如陈自强所猜想，对西川兵事做出决定，而是问了另一个问题："据报，西夏皇宫中近日传出秽闻，可有此事？"

陈自强怔得一怔，忙答："传有此事，但未能确认。"

韩侂胄点头，道："既有此传闻，无论真假，西夏皇宫之中，必有变故，西夏国主，谅必不会再有精力谋我边疆。"

陈自强稍稍有些明白，道："恩父所言极是，夏国一线，谅必无忧。"

韩侂胄道："夏国既可置之不理，我们的川西一线，就可集中力量北向制金了。"

陈自强点头，不再接话，静等韩侂胄的下文，他知道，韩侂胄接下来的话，才是今天最重要的内容。

韩侂胄突然问道："吴曦之前密奏，副都统制王大节有纵敌之嫌，此事可曾查实？"

陈自强道："此事已经查过，并无实据。安丙到四川后，也曾将此事向恩父写过密报。此事应是吴曦初到时，王大节有些不服节制，故而正副职之间产生矛盾，此事应是各有理亏之处，所以自强未做处置。恩父可有安排？"

韩侂胄慢慢道:"王大节无辜,我亦深知,所以我此前对此事并无态度。然而如今北伐在即,我大宋兵力已足,粮草已备,西川一线,论到军事指挥能力,王大节差之吴曦远矣。"

陈自强附和道:"吴曦世代将门,自是名下无虚。恩父看人,从未走眼。"

韩侂胄道:"用人之际,信也需用,疑也需用。既已安排吴曦,便让他得最大信任,执最大兵权,感朝廷之恩,以最大忠心,报效国家。"

陈自强知道,韩侂胄必已是下定了决心,马上恭维道:"也感恩父最大恩德,没有恩父力主,哪有吴曦今日封疆一方。自强以为,吴曦必会知恩图报,为恩父的恢复大计,效以死力。"

韩侂胄微微一笑,道:"好的,那就有烦陈相拟议,就以吴曦奏报为准,将王大节副都统制一职罢去,朝廷也不再任命副帅,王大节原来所掌兵马,都统一划归吴曦节制。至于王大节,可让他专任江州都统便是。"

微一沉吟,韩侂胄咬一咬牙,又道:"此诏之后,可续发诏令,让吴曦兼任陕西、河东招抚使。"

看陈自强略有愕然,韩侂胄沉声道:"与金西部战线,就全交给吴曦了。"

陈自强道:"恩父用人,恩义齐天;恩父筹谋,神鬼莫测。自强这就下去操办。"

韩侂胄没让他走,继续问道:"幼安北上,已有时日,可有消息传来?"

陈自强道:"自上次恩父嘱咐,自强就已遣人渡河探听,但迄今并未得到消息,倒是与铁枪李全又做了联系,将恩父上次所示,再度传达,若不出意料,李全现在应该已赶赴保州,刺杀行动,应已展开。"

韩侂胄道:"如此甚好,幼安北行,全无讯息,那就不会失手遭擒。计算时日,无论他所图谋是否成功,都应在返回途中了。陈相可安排得力人手,秘密北上相迎。"

看陈自强点头记下，韩侂胄又道："北伐之际，突破之处虽然寄望于西川，但与金人的主战场当在江淮一线，幼安由淮河渡河而北，一路来回，对北地局势必然已了然于胸，归来之后，可以有更大发挥。"

陈自强小心翼翼地问："上次已向恩父奏报过对稼轩先生的拟任职务，恩父的意思，是不是还拟另有任命？"

韩侂胄道："也谈不上另任新职，就是充分发挥他此行北地掌握一线情况的优势，可以直接提拔他入朝任职枢密院，同时仍任两浙东路安抚使，兼知绍兴、镇江两府。这样他既可参与中枢决策，仍然可以在一线御敌并兼顾后勤保障。"

说完微眯双眼，又道："若幼安北地归来，进入决策中枢，而那个铁枪李全又能刺杀保州的顺天军节度使，则我方股肱已详查金国军情民意，金国皇帝又折一臂膀，北伐未战之际，其胜负天平已倾于我方矣。"

说罢，韩侂胄仰天大笑，志得意满。仿佛已看到北伐军起，横扫中原齐鲁，荡平幽燕晋辽，韩侂胄三个大字，在史书之上，熠熠生辉。

辛弃疾与王仙一路南行，数日之后，便赶到保州经杨店。王仙是杨安儿举义的重要干将，自然知道杨安儿的落脚处。他们先去马鞍店里看了看，杨安儿不在店。伙计说，这两日陆续有外地客商过来，杨安儿就一直在农庄上相陪，未到店里。

恰好店里有一位河南的好汉焦光过来，店伙计与他不识，不敢告诉杨安儿农庄位置，王仙却知他也是杨安儿聚义的河南一带首领，互相见了，一起去二十里外的杨安儿庄上。王仙也向焦光引荐了辛弃疾，却只推说是山东的一位饱学宿儒，因愤于金国的恶吏横行，暴政肆虐，所以愤而投向举义队伍。倒不是信不过焦光，而是辛弃疾的名声和身份委实都太显赫，少一个人知道，便多一分安全。

到杨安儿庄上之后，已有八九位外地的好汉来到这里。杨安儿看王仙来了，喜出望外，忙向大家介绍了。王仙又单独把杨安儿拉了出去，悄悄告知了辛弃疾身份。杨安儿惊得张大了嘴，一时合不拢来。辛弃疾二十岁时纵横山东大地，留下赫赫威名，曾是杨安儿很长时间的崇拜偶像。而今偶像就在眼前，怎不惊愕激动。

杨安儿在最初筹谋起义之时，便曾去过淮南，与南宋地方将领有过接触，不想那将领纯粹是裙带关系外加送礼，始坐上这一位子，处在宋金前线位置，日日战战兢兢，只盼千万别有战事，好让他平安度过任期，快些提拔去南方地区，好好享受一把。平素里别说故意去挑衅金国一方，偶尔金国一方有挑衅行为，他也一一约束着部下忍了。有时金军会对宋朝百姓有些骚扰，百姓找到营中求他出面做主，向对面的金军讨个说法，他也会吊梢眼瞪起，把找来的百姓一顿乱棍打出去了事。而今杨安儿找来，说的居然是聚众造反的大事，要他这个驻军统领出兵或出饷协助，这还了得，这不是要挑起两国的战争吗？把他这个地方军官牵扯进去，且不说大宋皇帝认不认可自己是立了功还是犯了罪，仅仅是搅进这个谋划本身，就有可能让他长时间离不开淮河前线，这不要了命了。他靠了裙带关系，又花了大量银钱，好不容易谋了这么个官位，还没调任离开，去南方享受那花花世界、美艳娘子，也还没能捞回花出去买官的本钱，怎么能就这么被拖下泥沼。这个杨安儿委实可恨，好好的生意不做，造的什么反呢？

那个统领当场瞪起眼睛，招呼人把杨安儿拿下，吩咐左右，说这是个金朝来的奸细，姑念他作恶不多，打一顿板子，轰出去吧。

杨安儿一片赤胆忠心，想效仿前辈辛弃疾起义反金，若不能在金地立足，便渡河投宋，没想到话刚说完，没得到呼应，反而一顿大板子上身。杨安儿一腔愤懑，算是彻底明白了南宋的官家与金国的官家实无二致，都是刮地皮的高手，害百姓的行家，若说为国分忧，为民做主，那是梦里摘花，海里寻针，难得难能的事。

从此之后，杨安儿便息了向南宋效忠的心。他仍然要聚义造反，那就要靠自己的力量，在黑暗的金国统治区里撕出一片天地，建立自己的势力。他也在北去大漠、西行夏国之际，与蒙古与夏国的将领们相见，试探着求得他们的支持。让他想不到的是，这两国的官员将领对他的筹谋都还感兴趣。西夏与金的关系不错，并没答应公开支持，却让西夏一品堂在保州一带的头目汪七儿与他联系，很快成为他在保州一带的得力臂助。西夏背地里给予他银钱、情报的资助，他也承诺，事成之后，必然解除与西夏的藩属关系，永为兄弟之邦。当然，西夏对他的成功并不看好，但能够让老是骑在自己头上颐指气使的金国朝廷乱上一乱，西夏还是乐于见到的。再说，如果万一杨安儿成功了呢！

蒙古部落是对杨安儿最重视的一个，铁木真亲自与杨安儿见了面，相谈甚欢，对杨安儿的马鞍、马匹生意，也给了最大支持。铁木真志向远大，尚是部落的首领可汗，他就已将金、夏等国视为自己的囊中之物了，援助杨安儿，迅速衰竭金国，自己的混一世界之志，必可更快实现。杨安儿——甚至包括哲别等人在内，都不知道铁木真的宏图大志，但显然都将双方视为了重要盟友。

杨安儿此来保州，是在半年多前就已筹划，要与部分散处各地的举义好汉，在这里做一次密会，以商量确定举义的具体时间、地点以及种种实施方案。

在保州遇到哲别，并且得悉哲别此来的目的就是找他，这是意外之喜。哲别对他所提要求虽然落实起来显得仓促，却也不是全然不可行。本来他做的就是造反这等弥天大罪，也不在乎多搞些乱，提前搞掉几个可能影响到他造反事业的金国官员，只需要小心行事，不致打草惊蛇、提前暴露就好。比之因此获得的蒙古部落支持，付出显然小得多。据哲别说，铁木真很快会去参加蒙古诸部的忽里台大会，会上必将成为独一无二的天可汗（成吉思汗），那时，对他们的起义支持将会更大。

只是在三日之前，汪七儿向他说，接到夏国一品堂总部飞鸽传书，说是夏主要求他们在金国的情报势力，要暂息一切行动，不要参与到宋金纷争。如果杨安儿正式起事之前，总部没有新的命令传来，他也不能直接参与。

杨安儿略带遗憾，但与汪七儿数年相处，俩人早已深知对方为人，他也未做劝留，任汪七儿去了。

杨安儿不知道，汪七儿回家的当天晚上，就被几位顺天军的精干细作秘密绑架走了。第二天，张行简便亲自审问了他。

在此之前，张行简按宋义所说的位置，派出细作，秘密来到黄泥岗林中，挖出陈二手等人尸首。此后，按照张行简的描述，顺天军节度使衙门组织精干情报人员，秘密进入当地官府，从户籍开始，深入排查可疑人员，最终锁定汪七儿，并于认定的当晚，实施了秘密抓捕。可巧不巧，汪七儿也就在那一天离开杨安儿的农庄，回到家里，一头撞上罗网，饶是他铁嘴钢牙，在顺天军后衙之中，仍是熬不住刑罚与张行简字字直中要害的劝说，招出了杨安儿的图谋和住处。

杨安儿不敢向庄里的好汉们介绍辛弃疾，互相寒暄后，单独请辛弃疾到别房，深施大礼，然后把自己的图谋，一五一十毫无隐瞒地向自己的偶像、南宋的高官辛弃疾说了。

辛弃疾此次北来，党怀英的反应虽然让他有点失望，但还在意料之中，而认识杨安儿并得以了解且亲与筹谋在金国腹地的起义，则是最大的收获。他详细问清了杨安儿他们的计划，为他一一指出计划中的漏洞所在，一一做了补正，尤其是与宋朝方面的联系渠道，确立了方式，又以宋军北伐为假想背景，一一安排好杨安儿的举义细节和方向。

杨安儿自父母死于女真人之手，就暗藏了造反之心。成年后走南闯北，结交各地英雄好汉，更是具体做起了起义准备。但他是江湖中人，所结识的好汉，也大都是江湖游侠一类人物，从没有真正自战场厮杀中锻炼出来的将领给过他指点。而当世之上，又有哪一位将领有辛弃疾的实战经历和饱读兵书、胸罗韬略。辛弃疾的一席话，对识字不多、一直飘荡江湖的杨安儿来说，无疑是拨云见日，很多想不明白的地方，瞬间开解，很多以前想不到的地方，一点即通。如果说一席话可比读十年书，杨安儿觉得自己一下子到了一个新天地，举义之事，已是期在必成。

辛弃疾又说及举义兵器准备，杨安儿啊哟一声，忽然想起，道："我妹子去我义兄家中，协助挖取枪头，已有数日，计算时日，这两日当可回来。"实际上田燕家距此不远，骑马一日往返并不困难，只是因要带同田燕同行，枪头要安排人去取过后才能离开，又要避人眼目，这才迁延了数日。

两人说得入港，便不觉时间流逝。期间王仙和杨星分别进来过一次，见这一老一少谈兴正浓，便识趣地离开。

直到暮色上来，两人在屋内已看不清对方的脸，杨星端灯进来，说："晚饭时间已过，各位好汉在堂屋里等着两位呢。"辛弃疾和杨安儿相视一笑，站起身来。

杨安儿请辛弃疾先走，辛弃疾拉住杨安儿的手，两个人一起出屋，走到院里。

其实夜色已浓，正是四月四五天气，西天上新月如眉，孤零零挂着，似笑似哭，边上几颗星星闪烁。时间已出暮春，初夏的风中，仍有寒意料峭。

两人刚到院中，忽听得院外有人呼喝："什么人？"这是杨万宁的声音。杨安儿的这处农庄，平常只有杨星与杨万宁二人留驻打理，这两天陆续有好汉过来，便是杨星在庄内接待，杨万宁在院外放哨，谨防有官兵过来。

杨万宁的喊声一起，杨安儿与辛弃疾同时一惊，还没来得及冲出院去看个究竟，杨万宁又是一声大叫："有官兵！"与他这声大叫同时，空中传来嗖嗖之声，那是利箭破空的声音，紧接着杨万宁一声惨叫，就此不再有叫声，显然是已被射死了。

杨安儿与辛弃疾俱是大惊,杨安儿眼疾手快,他此时正处在简易练武场的边上,身边就是插满武器的兵刃架子,他疾速抽下一柄朴刀,又将兵器架子举起,冲着已闻声从堂屋内冲出的十余位好汉扔了过去,喊道:"接着!"扔出兵器架的同时,顺手拿起一柄短剑,回手交给已来到身边的辛弃疾,说:"先生,你用这个防身。"又道:"真是太对不起先生了,不知这些金狗们如何侦知了我们的聚会。"又道:"先生放心,我杨安儿就是死,也必护得先生周全。"

　　辛弃疾一剑在手,豪情上冲,道:"你看我是怕死的人吗?辛某有生之年,还能仗剑上阵,屠灭金狗,实慰此生。"

　　突然在院墙之外,一片火把亮起。院门本来未关,一位最先冲出屋门的山西好汉冲过去,准备关门,正好两名金兵从门外冲进来,三个人狠狠撞在一起。那好汉持着刚从兵器架上抽下的一把铜鞭,左轮右砸,"噗噗"两声,两个金兵的脑袋开花,红白相间的脑浆迸射,在已蜂拥过来的火把映照下,极是妖异。

　　那好汉正想伸手去掩大门,不妨在火把影里,从黑暗之处嗖嗖射出几支铁箭,那好汉用铜鞭砸飞一支,闪身躲过两支,终是夜暗影乱,躲不及时,还是被两箭射中在身上,所中之处倒是并不致命,却是身体剧痛,条件反射性地一抽搐,铜鞭脱手落下,正欲俯身去取,两柄钢刀已向他砍来。

　　那好汉抬手一拳击在一柄刀锋处,刀被击飞,他的拳头也被从中劈开。大汉一声大吼,另一只手单手扼住金兵的脖子,一用力,只听一声脆响,那金兵的脖子已被他生生扼断,但另一把刀也砍到他背上。那好汉一个踉跄,就势抢到砍他的金兵怀里,两手一抱,抱住金兵,嘴伸过去,一口咬在金兵喉头处,一股热血喷溅,金兵的身体立即软了。那好汉伸手去抹脸上的血,胸前突地一凉,一支枪杆已穿透他的身体,那好汉伸手抓住枪杆,一声大吼,噗地将枪杆折断。那持枪的金兵被他这一声大吼,吓得一时傻愣,手中的半截断枪就被那好汉夺过,那好汉一回手,将断枪刺向持枪的金兵,那个金兵根本想不到闪避,直到断枪刺入心口,这才不敢置信地低头去看,头尚未低下,一跤跌倒,再也不动了。

再看那位山西好汉,以手扶门,动也不动,竟是在同一时间,气绝身亡。

火光中,那位好汉须发皆竖,双目圆睁,手扶在门上,竟是直立不倒。院外数百精锐金兵,一时之间,竟是无人敢上前一步。

杨安儿目眦欲裂,大吼一声,冲上几步,将正软软倒向门板的山西好汉,一把抱将过来,身后另两位好汉同时冲出,左右一起,将院门关上。

大门一关,火把的光亮就被挡在院外,院里的好汉们总算稍松一口气,在暗影里互看一眼。杨安儿俯身将山西好汉的尸身放下,尚未来得及说话,忽听墙外传来嘭嘭嘭三声巨响,只是泥土垒成的院墙轰然倒下,三组怀抱巨木的金兵收脚不住,直冲到墙边,被尚有脚踝高的墙基一绊,扑扑跌倒,模样甚是滑稽好笑。

但院里的好汉们没有一个笑得出来,因为就在倒下的金兵后边,是一排队列整齐的金兵,他们手持长弓,弓弦满张,弓弦上所搭的长箭,精亮的箭头在火把光芒的映照下,闪闪发光。

好汉们手执兵器,都不敢动,金兵的箭只是指着他们,并不松弦,显然没有把他们一并射死的意思。这些好汉们密谋造反,已是担着血海也似的干系,谁也没把生死放在心上,但此时明知动便是百箭齐发的结果,暂时先不动,倒也不会坠折了好汉们的威名,且听金狗们怎么说吧。

火把掩映中,一个人从金兵队伍中走了出来。

张行简。

他没有穿官服,着的是军中将服,节度使本也是部队中的将军。年已五十的张行简一身戎装,站在火把之下,金军的最前边,花白的头发和胡须,在初夏的风中微微飘扬。

第十三章 一网成擒

张行简再不是状元的文弱，此时的他，儒雅中自带凌厉之气。他微微挥手，让已抢到他身前的两位护卫向后站，他盯视着院内一众好汉，肃声道："我是顺天军节度使张行简，你们放下兵器，投降吧。"

众好汉瞪视着张行简，没有人放下手中的兵器，也没有人说话。

张行简嘴角掠过一丝笑，又道："放下兵器，圣上皇恩浩荡，我可保诸位不死。"

还是没有人理他。张行简再重复一遍："尔等图谋造反，万死莫赎。本节度使姑念尔等草莽之人，不识大体，只要放下兵器，束手就擒，我自会为尔等寻一条生路。切莫执迷不悟，自寻死路。"

看着在火把映照下仍是不发一言的众好汉，张行简心中暗叹。他对这些好汉实有同情之心，也深知官逼民反的道理，若无不得已的原因，一般人都不会冒着身死族灭的风险去造反。若有可能，他愿放他们一条生路。但他张行简是顺天军节度使，皇帝派他过来，就是要保境安民，镇定地方，剪除叛乱，确保大金腹心之地的绝对平稳安全。这些造反的人，可能每人都有造反的理由，但反旗一竖，又该有多少无辜的百姓被带入血海。于公于私，于情于理，他都必须要以铁腕手段，来迅即将这起叛乱扑灭在萌芽中。今天的一时狠心，将会挽救千百万百姓于造反的战火中，而今日若有一时之不忍，后果将难以想象。

张行简不再说话，他慢慢举起手，无论是院内的好汉们，还是院外的金兵，都紧张地盯着张行简的手。

风中只有火把哔哔燃烧的声音。

谁都知道张行简的手势落时，将有几百支箭矢同时射出，就算这些好汉都武功高强，暗夜乱箭，谁也逃不脱。

好汉们都扭头看向杨安儿，他们不怕死，他们就怕死得窝囊。杨安儿一句话，他们哪怕是迎着箭雨，也会冲锋向前。宁可以冲锋的姿态倒下去，也不愿就这么不清不楚地被乱箭射死。

辛弃疾握紧手中的短剑，面对生命的终点，竟没有丝毫的恐惧。在这一刹那，他心中竟莫名其妙地想到他的一句词："将军百战身名裂，向河梁，回头万里，故人长绝。"

杨安儿紧盯着张行简，这是他杨家的恩人，没有张行简，他一家就会横死沟壑。张状元宅心仁厚，为官数十年，无数次为民上书，仁爱之声，大儒之名，播于天下。但今天他们走到了对立的两边。张行简身为顺天军节度使，确保保州一境平睦，戡乱治安，是他的职责所在，他来剿除自己一众豪杰，是为天职。可自己为父母报仇，誓杀贪官污吏，反抗鞑虏统治，又有何错？

张行简是他的恩人，他还没来得及报恩，却要死在恩人的手里。这世界上的事，也太可笑了吧。

张行简的手已扬起。

## 第十四章

## 天下所安

饱读诗书的状元之心,突有悲恻之意。张行简的手在空中停了一下。

所有人的眼光,都盯在张行简的手上;所有人的身体,都紧绷着;所有人的注意力,都没有丝毫分散。

一点乌光,突然从火把丛中穿过,直刺张行简的后心。

那是一杆乌沉沉的铁枪,来得不可思议,闪电惊空不足以喻其快,灵蛇飞舞不足以喻其奇,瞬息之间,就已刺到张行简的后心之处。直到此时,也没有人反应过来,本将注意力集中在张行简手上的金兵和好汉们,连眼睛都来不及睁大。

更突然的事情发生了,乌光乍射,红光突出,乌光刺到张行简后心之时,红光同时刺至,却是直刺在乌光之上。两点精光相撞,本来因为速度太快而被风刮成一线的红缨蓬地散开,如一朵艳丽的花,在火把光中,灿然怒放。

两杆枪刺出速度都太快,红缨枪虽然将铁枪撞开,铁枪枪尖之上所带有的一往无前的凌厉劲气，依然射在张行简的后心之上。饶是张行简所着将服上镶嵌有护心镜，仍然觉得一股锋利的冷气透体而来，如针刺入。张行简无法站立，禁不住向前一扑，胸中翻滚，一口热血差点喷出。

所有人都惊呆之时，辛弃疾反应最快，他抬手一指，疾声道："拿下。"

杨安儿的反应也足够快，辛弃疾话音刚落，他就疾扑而上，一把将尚未站定的张行简抓住。

就在这电光石火的瞬间，那条乌黑的铁枪又已连续向张行简的后背刺出七枪，枪速之快，没人看得清。与此同时，那支红缨枪也连续在铁枪的枪尖处刺中七枪，也没人看得清。七声连响，宛如一声，也没人数得清。

此时已没人有心思去看去数，直到此时，好汉们和金兵们才看清刺出这泣鬼惊神般枪法的两个人。

铁枪握在一个黑衣青年的手里，青年锐头蜂目，立身如岩，气势凌厉逼人，手中所持之枪，乌黑如漆，在火把映照下毫不反光，有识货的已然看出那是一把陨铁枪。

红缨枪握在一个红衣少女手中，少女身法快了，红衣飞扬起来，如同一朵盛开的玫瑰，身子停时，红衣也倏地停下，静立又如红荷出水。

王仙站在群豪之中，冲口而出："妹子师父。"此时大家所有眼光和心神都被这如天神突降的两人所吸引，没人注意到王仙说了句什么。王仙也是喊出这四个字后，嘴巴不再闭拢，就大张着，看场中两人。

两人双枪对举，双目相视。青年一声喝，铁枪翻起，此时却不是再刺向已被杨安儿抓将过去的张行简，而是直刺向红衣少女。

那红衣少女自是杨妙真了，她双眼满是兴奋之色，挺枪迎上。

杨妙真自梨花枪法练成以来，再未遇到敌手。哥哥杨安儿虽然威名遍江湖，早已不是她的对手。王仙不是她十余合之敌，哲别的箭法了得，刀上功夫在杨妙真看来远不及自己哥哥。她一直遗憾自己找不到对手，不想今天与田燕刚回哥哥庄上，就遇到这使铁枪之人。

杨妙真今天跟田燕走得晚了，她本与田燕两人一马，路上马匹误踩了泥坑，瘸了一条腿，两个人只好牵马前行，晚间才赶到哥哥庄子。远远看到农庄外有人影晃动，杨妙真好奇，把马放开，拉着田燕往前赶，赶了几步，忽然发现从前边树上飞下一条身影，一身黑衣，也向哥哥农庄赶去。杨妙真好奇心更盛，就悄悄跟在那身影后边。等他们来到金兵之后，杨妙真就听见站在最前面的人在说他是"顺天军节度使张行简"，心中一突，这不就是哥哥说的恩人吗？她此时看得清是金兵围住了哥哥农庄，但尚搞不清究竟发生了什么情况。其时所有金兵的注意力，全在对面的江湖好汉身上，尤其是在目睹了山西好汉的惨烈搏杀之后，每一位金兵都高度紧张，那黑衣人轻身功夫足以称得上江湖顶尖，如鬼魅般瞬间穿越金兵队伍，注意力集中在对面的金兵根本来不及反应。杨妙真的轻身功夫较之黑衣人毫不逊色，紧跟在黑衣人身后，亦是迅即穿过金兵队伍，本想看一看恩人的脸，却没想到前面那黑衣人在大家都凝神去看张行简手势之时，突地拔身而起，身如长虹，飞刺张行简。杨妙真不及多想，挺枪而上，救下恩人。

李全的枪法大开大阖，其玄铁枪重近百斤，枪术中杂以棍戟之法，勇悍凶险，其势如雷崩岳摧，风云激荡，夺魂摄魄。杨妙真手中的一杆红缨枪，仅有不足十斤的重量，轻灵飘逸，红缨蓬散之中，一点枪尖雪亮，如电闪光没，如梨花纷开，饶是李全玄铁枪乌光笼罩，这一片梨花始终在乌光中盛开，如画中留白，天幕云卷，让观者在玄铁枪带起的摄魄厉啸声中，又得悦目的观感，两种感觉原是截然不同，偏生又有奇妙的统一。瞬息之间，两人已交手几十合，所有人都看得目眩神驰，不及反应。

田燕此时也已赶过来，她从金兵弓箭手中间穿过，弓箭手们此时正被眼前的突变扰乱了心神，一时都没了主张，没人理她。

火把光下，田燕看到院中的哲别，她叫了一声："哲别大哥。"就奔过去。

哲别一惊，道："不要过来！"却不自觉地迎上前去。

一直拉满弓弦的金兵本就已经紧张之极，臂上的力量也已近于极限，哲别这一动，立即引得一位金兵不自禁地放手松弦，一箭射出，直奔哲别而去。

哲别此时手中是一把从兵器架上抢下的斧子，他从没用过这种兵器，拿在手里很不顺手。但他是蒙古的第一神射手，对射箭却是再也熟悉不过，一箭射来，他脱手将斧子扔出，正撞在箭上，砸飞了箭，斧子又往前飞了一段，才落到地上。

田燕吓了一跳，此时她已奔到哲别身前，却停住脚站下，回头去看，问："你们为什么要射箭？"

不想那金兵一箭射出，本就已引动了其他金兵射箭的欲望，哲别的斧头飞出，又吓了那些金兵一跳，几个人不由自主放手松弦，几支箭同时射出。

好在张行简所带这支精锐部队训练有素，纪律严明，没有张行简的命令，大家都是持弓不射。尤其是现在，张行简落到了强盗之手，更是射不得。否则只要大家一起松手，箭雨之下，不会有人幸免。

几支箭离弦而来，哲别箭术再高，他此时赤手空拳，在这么短的距离内，又是火把之下的暗黑里，也无法挡住同时射至的几支箭。

然而，此刻的田燕挡在他的身前。

箭矢入肉的声音和田燕痛苦呼出的声音，不分先后地传入哲别耳中，他放开刚刚伸手接住的两支箭矢，回手扶住就在他身前缓缓倒下的田燕，急急道："大嫂，大嫂，你怎么样？"

六支箭射在田燕身上，这么近的距离，箭枝都已深入田燕的身体，其中一支射穿了她的肺管。田燕已经喘不过气来，她勉强说："别、别叫我大、大嫂，我叫、我叫田燕。"

哲别不知所措，道："是，田、田燕。"不知如何是好。

田燕能清清楚楚感觉到自己的生命正在流逝，这个男人的胳膊正抱着她，她仿佛又回到了为这个男人脱掉上衣，洗伤敷药的时候，这个男人的胳膊好健壮……

血从田燕的嘴里不住涌出，田燕就要说不出话了，她感觉自己好轻好轻，轻得就要飞起来了……

田燕知道自己要死了，她一点都不害怕，她居然是在这个蒙古汉子的胳膊里死的。田燕此时丝毫没有想起丁零，她只是丁零的老婆，丁零的许多事都瞒着她，可这个男人不是，这个男人的胳膊，让她安心。

她没想过会遇到这个人，但她遇到了；她没想过要为这个人挡箭，但她挡了；她没想过为这个人而死，但她……就要为这个人而死了……

田燕想说话，她想把自己要说的话都说出来，她知道自己再不说就没机会了。她想告诉哲别，她好喜欢躺在他的胳膊里。为他疗伤的时候，她就有这想法。洗衣服也要带上金镯子，不是她多么喜欢这对金镯子，是她觉得好像哲别还在她的身边。

她想说，她想说很多很多，她就张口，一股鲜血涌出，与鲜血同时涌出的，是四个轻不可闻的声音："哲……别……大……哥……"

田燕的眼睛那么温柔地看着哲别，再也吸不进最后一口气了……

哲别说不清自己心中是什么感觉，只觉得一股火直烧到头顶，他控制不住，仰天吼叫。

这次倒是没引来箭雨，反倒是正打得难解难分的黑衣青年和杨妙真，被这一吼分了开来。

黑衣青年枪尖直指，喝道："你是谁？"

杨妙真嘻嘻一笑，说："我叫杨妙真。我知道你叫李全，铁枪李全，天下枪法第一，我看也不过如此。"

李全少年时于沙滩之中洗刷牲畜之时，偶然得到这杆玄铁枪，经名师指点和自己举世罕匹的枪法领悟力，练成枪法以来，以手中一杆铁枪，纵横江湖，所向无敌，赢得铁枪无敌的赫赫威名。此次宋朝筹谋北伐，都要以朝廷的名义请他出手，来刺杀顺天军节度使。他万万想不到，自己在多方踩点、周密筹划之后，抓住稍纵即逝的良机进行的万无一失的刺杀，居然就……失败了。

这也与李全自视甚高有关，以他的江湖地位，他不屑于暗室杀人，只有万军丛中的刺杀，才符合他铁枪无敌的身份。

断断想不到，万军丛没什么问题，居然是一个十八九岁的小姑娘，给他制造了问题。

方才短短时间内，他与杨妙真已交手百余合，刺出了不可想象的几百枪，也化解了对方神鬼莫测的几百枪。

几百枪下来，李全知道，就算再对战下去，杨妙真固然赢不了自己，自己却也赢不下杨妙真。他是久已成名的江湖高手，做事果断，一念之下，立做决断："杨妙真，我记下了。这么好的枪法，居然甘当女真走狗。他日再见，必不容情。"

说完，李全转身离去。

李全走得速度不快，就这么一步步从几百位金兵身边走过。他方才地狱魔鬼般的枪法，还震慑着每一个目睹者的心神，他身上凌厉逼人的杀气，也让身边的金兵不自禁地想打哆嗦。

没有人出手拦他，就任他一步步走出去，一步步走到眉月渐隐的初夏暗夜里，直到完全看不见。

杨妙真不满地瞪瞪眼："谁是女真走狗了。他日相见，谁让你容情了！"

今日终于遇到一个对手，逼出了梨花枪法中连杨妙真自己以前都没发挥出的精微变化，杨妙真非常兴奋，她之所以没有拦住李全再打，是因为她已看到目前的情况对哥哥一方甚是不利，她虽然有点任性，但对哥哥的关心，还是压倒了她对枪法的追求。

杨妙真执枪跑到哥哥身边，问："哥，没事吧？恩公的大恩，我可报了。"

杨安儿虽然屡次败在妹妹的枪下，对妹妹的枪法已是彻底服气，但李全是江湖上成名已久的高手，"李铁枪"三个字，已成为江湖上的一个禁忌、一个无敌的神话，妹妹居然跟这个早已无敌于江湖的枪法第一名家对拼百余合、对刺数百枪，而丝毫不落下风，这实在是太超出了他的想象。看着妹子一脸天真无邪炫耀邀功的样子，杨安儿一时语塞，说不出话。

杨妙真不看杨安儿的表情，转身向张行简拜了一拜，道："见过恩公。"

身后院墙外的金兵见李全已去，张行简又落入反贼们之手，正待商议有所动作，突见这个枪法通神的天仙下凡般少女向张行简拜了下去，俱皆大奇，虽然隔了一个院子的距离，听不清他们说话，但这个已经折服了他们的神枪少女向节度使下拜，总是让他们看到了希望。

哲别一声嘶吼之后，本拟冲向射箭的金兵，但身后一位老成持重的好汉一把将他抱住，他挣扎一下，没有挣出，无力地坐下，看着田燕的尸体发呆。

一刹那，对峙的双方出现了诡异的宁静，都投鼠忌器，都不敢妄动。

张行简看着下拜的杨妙真，无论如何想不起这是什么人，但对方明明说自己是恩公，又称抓住自己的匪首为哥哥，说是报答了自己的大恩，这是从何说起呢？

张行简一时迷惘。

当此之际，每个在场的人都很紧张，只有杨妙真浑不在意，她直起身后，继续说了一句："恩公大人，民女杨妙真。"

张行简也来不及想杨妙真是什么人，他断然喝道："即是我大金之民，缘何行此叛逆之事？"

杨妙真没有回答，杨安儿却放开张行简的胳膊，沉声道："若这大金国的官儿，都像你张状元，我等怎么会反？"

金国官场腐朽，吏治败坏，张行简岂能不知。但当此际，绝非说理解释之时，他道："若是尔等有冤有屈，尽可奏告，聚众叛乱，祸连九族，岂可宜为。"

话音甫落，突觉右手被人抓住，抬头去看，只见一位清癯的老者正看着自己，目光苍老又清澈，似已经历万水千山，又似童稚初生。张行简微有恍然，老者说："求一朝之官皆如一人，固不可能；要一国之人都做奴才，张大人觉得可能吗？若是有冤有处诉，有理有处说，谁愿做这杀头灭族的勾当？"

张行简欲待说话，老者轻轻做了一个噤声的手势，声音也压低了些，说："节度使是状元之才，切勿多说，为今之计，你放过这些义士，我们也放了你，如何？"

他的声音已然较低，院外的金兵固然听不到，站得稍远的好汉们也听不到，但身周的几个人还是听到了，大家都盯向张行简。

江湖人行江湖道，谁也不把生死看得太重，尤其是谋逆大罪，不胜即死，大家早有这个准备，所以面对金兵拉满的长弓，森森的箭头，没有一位好汉觉得畏惧。只是若能够不死，那当然更好一些。

张行简蔑然一笑，道："看你模样，也是个读书人，你这么说，也把张某看得忒低了。张某虽是文人，可也久读诗书，赤胆忠心，报国安民。先贤有云，舍生取义。今天张某何惜一命，岂能放过尔等叛贼！"

说完之后，张行简便欲开口，喝令金兵不要管自己，立即射箭。杨安儿看出他的意思，双手急抬，再次抓住张行简的双臂。这次抓得快了，情急之下，用上了全力，只听喀喇喀喇响，张行简臂骨几欲断裂，剧痛攻心，那命令便喊不出口。

此时情势，实是千钧一发，对峙双方的情绪都崩到了最紧张，已容不得丝毫犹豫。辛弃疾当机立断，对杨安儿说："封他的口。"又对杨妙真说："你来开道。"

杨安儿手一翻，卸掉张行简的下巴骨，同时在张行简的耳边悄声说："恩公勿怪，以后我再向恩公赔罪。"

辛弃疾向仍手持弓箭的金兵扬声高呼："你们把弓箭放下，否则你们的节度使大人性命不保。"

杨安儿向妹妹使个眼色，意思是让她用枪威胁一下张行简，杨妙真冲他翻个白眼，不理不睬，转身向外，盯视着金兵。

以杨妙真的枪法，就算金兵射箭，她也有信心冲杀出去。只是在箭雨之中救护他人，那实在就难以做到了。她一直挡在哥哥身前，就是想在说翻了之时，全力保护哥哥无恙，但要她去威胁他父亲的救命恩人，她不做。

杨安儿无奈，河南好汉焦光正站在辛弃疾身边，杨安儿冲他点一下头，焦光会意，手中九环大刀翻起，横到张行简的脖子上。

突听金兵队中有人高呼："你们不得伤害张大人！"一人冲出，正是跟了张行简几十年的书童张仪。他回头又冲金兵喊："放下弓箭！放下弓箭！"

张行简目中喷火，若能行动，他会当场踹翻张仪：自幼跟我读书，那么多圣贤舍己为国的道理，都学到哪里去了？怎么听由强盗差遣。我命何惜，要一网打尽这些反贼，方不负皇上的洪恩信任。

无奈他说不出话来。金兵听了张仪的话，都有些犹豫，领头的谋克也不知所措。张仪冲身边一位金兵喝道："还不放下弓箭！"那位金兵一个哆嗦，手中弓箭掉到地上。

所有的事情就怕没有带头人，这个弓箭掉地的金兵实非出于本心，只是在茫然无措间被张仪一声呼喝所惊。但其他金兵并不知情，有人扔下了弓箭，他们就纷纷放下弓箭。

张行简目眦欲裂，但没办法。他只是个久坐书斋的文官大臣，落在杨安儿手里，实如三岁小儿落在成人手中。杨安儿抓着他肩膀，大步向外走去。

杨妙真按辛弃疾吩咐，挺枪走在前边，杨安儿就押着张行简跟在她身后，好汉们成一列纵队，跟在后面，哲别也抱起田燕的尸首，跟了上去。

金兵眼睁睁看着红衣如火，缨枪如焰，向他们走来，那天神降临般的枪法，犹自震慑着他们的心神。也没人呼喝，就不自禁地向两边分开，眼睁睁看着杨妙真一行缓缓走出。

张行简拼命使眼色，让金兵们不要管他，只管剿杀叛贼即可。无奈在火把之下，没人理会得他的眼色。只有站在金兵最前方的张仪，在张行简被杨安儿扯着擦肩而过时，读懂了张行简的眼色，他悲叫一声："公子。"不禁泪如雨下，牙齿紧咬欲碎，却是无论如何，也开不了口传达出张大人眼中的意思。

时间仿佛凝固，风吹火把的声音噗噗作响。杨妙真单手持枪走在最前，众好汉跟在杨妙真之后。张行简在杨安儿有力大手的挟持下，不由自主地跟着向前。辛弃疾看着近在咫尺的金兵的脸，在火把光下，若明若暗，想起几十年前，以五十余人，夜闯数万金军大营，擒获叛徒张安国的往事，那种情形，那种惊险，与今日何其相似，又何其不同。

无声无息的时间，漫长又快速，辛弃疾一行穿过金兵队伍。

一位领队的金军谋克扬声高喊："放了张大人！"

辛弃疾回头道："你们不要追来，一刻钟后，张大人自会回来。"

众好汉的马匹，都在杨家农庄的后院，走时谁也不会去牵马。好在金军也都是骑兵，只是为防惊到众好汉，在距离杨家农庄二里左右时，都下马步行过去。穿出金军队伍不久，辛弃疾他们就看到金军马匹所在。大家原本都发愁，就算离开了险地，步行走不快，随后也难免被金兵追上。

现在看到马匹,好汉们均感兴奋,一声呼哨,冲上前去。两名留下看马的金兵中有一位迎上前去,喝问一声:"你们是谁,敢抢军马,不要命了!"还没喊完,就被一位不耐烦的好汉手起一刀,拦腰挥做两段。另一个金兵早就见事不好,正在犹豫,看到同僚突然之间上下身分开飞出,发一声喊,扔下兵器,撒腿就跑。

众好汉纷纷抢上,每人牵住一匹马,看向杨安儿。手中大刀一直不离张行简颈项一尺的焦光大声道:"这狗官怎么办?一刀砍了吧!"

杨妙真折身道:"什么狗官,你嘴巴放干净点,这是我家恩公。"手中红缨枪随意挑起,斜斜划出一道弧线,正击在焦光手中大刀的刀柄处,焦光只觉一股力道涌来,力量也不太大,却是直接作用到自己的脉腕处,导致手上瞬间失力,大刀脱手落下。

焦光一惊,他是江湖老手,反应极快,左手一抄,正握住往地上掉落的大刀,往后急退一步,右手已然回力,摇了摇头,道:"小姑奶奶,我这不是问问吗?"

杨安儿抬手去张行简下巴处一抚,张行简的下巴骨便复原位。杨安儿歉然道:"事出仓促,恩公勿怪。"不待张行简回答,转头又问辛弃疾:"稼轩先生,如何处置我家恩公?"

张行简手抚着下巴,没在意杨安儿的第一句话,第二句话却让他差点又惊掉下巴,他盯视着身边清癯沧桑的老者,愕然道:"你、你是稼轩先生?"

辛弃疾点头道:"是。"看张行简由错愕转为沉思的脸色,又道:"你想得对,我已与令岳见过。"

张行简已从惊愕中恢复过来,他是状元之才,七窍玲珑,马上想到辛弃疾的此行目的,道:"你们?"却没再说下去。

辛弃疾又点头,说:"令岳一生,勤勉为国,丹心一片,日月可昭。你也忠心耿耿,全在扶保金国朝廷。只是你们身为汉人,却将这一身才华,奉献在女真人的国家，我实感遗憾。"

辛弃疾知道以张行简的行为、见识、地位，劝他弃金投宋的话，说也不必说，只是临别在即，又想起党怀英，心有感慨，说了出来。

张行简道："只要这一身才华，可以为国家所用，可以为黎民所用，就没有什么遗憾可言。"

辛弃疾道："金人强占我大宋土地，荼毒我大宋子民，为他所用，岂不是数典忘祖？"

张行简肃然，缓缓道："稼轩先生，这大金土地，是从大宋得来，那大宋土地，又是从何处得来？"

辛弃疾倏然一惊，目光烁烁，看向张行简。张行简继续道："大宋汉人是命，大金女真人也是命，更何况大金国域之中，汉人更多。谁的生命不是命，稼轩先生看到金人杀宋人，可也曾见过宋人杀金人的场面？"

辛弃疾盯着张行简，不答。张行简又道："我等读圣贤之书，自以安天下黎庶百姓为念，这天下黎庶，圣人又何曾指定必是我宋人汉人？"

辛弃疾心如重锤所击，他自渡河投宋以来，几十年念兹在兹，以恢复为志，这次甘冒大险，北行金国，更是要立不世之功，圆恢复之愿，却不想在要离开之时，被这天外之音如霹雳般击中。

辛弃疾并不认同张行简的话，恢复之志，一直是南宋所有热血之士的心愿，岂是几句话所能改变。只是，他以前也未曾想到过张行简所说的道理，一时之间，心旌震动。

张行简又道："若消息不错，宋国韩相虎视眈眈，欲对我大金不利。若战事一开，兵连祸结，不知又将有多少百姓流离失所，横死道旁。且莫说韩侂胄只是擅权之人，无识无能，纵然由你稼轩先生主持，夺得回些许田地，这将由尸首填满的土地，不知夺来何用？"

说到这里，张行简深深一躬，道："先生与晚辈岳丈自幼交好，唯愿先生以苍生为念，勿让战火再度蔓延。"

辛弃疾看着自己年轻时最好朋友的女婿，心中的震动，不能平息。他略一宁定，忽然回了个不相干的问题："不知你以状元之才，所志若何？"

张行简直起身来，目光凝肃，直视着辛弃疾："行简一生所志，唯在天下所安。"

辛弃疾感慨道："世杰兄有婿如此，不枉留仕北朝。"不再跟张行简说话，转而对身边听的似懂非懂的杨安儿兄妹说："让节度使大人去吧，我等也速速离开，举义之事，可另行商定。"

杨安儿大喜，牵过一匹马来，扶张行简上去，扑翻身在地，叩了个头，站起说："方才情势所迫，逼迫恩公，安儿惶愧无地。恩公在任保州一日，我等必不据此起事。"

张行简看了看杨安儿，又看了看一直看着他的杨妙真，最后目光凝注在辛弃疾身上，抱拳拱手，道："稼轩先生，山高水长，归途顺利，天下苍生，不分南北。"

说完之后，张行简拨马转头，向着隐隐透出火把亮光和喧嚣声响的方向，一径去了。

眉月已沉，初夏的风吹过，天上的繁星璀璨，无分东西南北，各自闪烁。

# 第十五章

## 尾 声

一个月后，辛弃疾回到南方，上书辞去韩侂胄授予他的一切官职，重新回到江西铅山，他的农庄。

五个月后，保州文澜书院建成。张行简亲自讲授了第一课后，上书辞去顺天军节度使之职，重回朝廷，再为文臣。

一年之后，开禧北伐正式打响，初期取胜，旋即大败。

开禧北伐打响之后，吴曦据四川反叛，被金章宗完颜璟封为蜀王。仅四十一天，即被安丙等人扑灭，人头被砍下，装进匣子里送往朝廷。

一年之后，西夏国皇帝之母罗太后，废掉自己的亲生儿子桓宗李纯祐，改立自己的情人、侄子李安全为帝，是为夏襄宗。不久，李纯祐暴死。之后，罗太后被流放，后暴死。

两年之后，开禧北伐失败后即重病卧床的辛弃疾去世，去世之日，风凄雨苦。

辛弃疾死后一个多月，韩侂胄被袭杀。他的脑袋被宋朝朝廷砍下来，送往金国，宋金两国，再成和议。

在韩侂胄的脑袋被送至金国时，张行简与台谏大臣们共同向皇帝完颜璟进言：韩侂胄虽然兴兵犯金，导致兵连祸结，荼毒百姓，然而其本意本心，亦在忠于其宋室本国，其罪可诛，其情可悯。大金以文教治国，以礼教示人，应该善处其后事，以示与宋国的凉薄不同才是。金章宗完颜璟于是下诏，追谥韩侂胄为忠缪侯，即嘉许其忠心，却忠心错了对象之意。以礼附葬于其祖韩琦之墓侧。

开禧北伐之时，早已离开保州回到山东故里的杨安儿，再聚豪杰，举起义旗，与宋军呼应。旋即由张行简致函招降。

几年之后，蒙金相持于中都之下，哲别再次南行，找到杨安儿。杨安儿旋即与蒙人联手，再次举义反金，起义军全部身着红袄，号为红袄军。

再数年，杨安儿乘船下海，被船夫所害。其部下红袄军，由妹妹杨妙真统领。大将王仙辅助杨妙真，同往莒州磨旗山，于磨旗山下，再会铁枪李全。杨妙真与李全双枪会战，连战三日，不分胜负，遂结连理之好。

十年之后，张行简病逝，谥号文正。

二十二年后，蒙古灭夏。屠城。

二十六年后，李全战死于淮河之南。杨妙真率领红袄军余部，渡河北归，回返山东。后不知所踪。

《宋史·李全传》云："（杨妙真）二十年梨花枪，天下无敌手。"

名将戚继光著《纪效新书》云："枪法之传，始于杨氏，谓之曰梨花，天下咸尚之，变幻莫测，神化无穷，后世鲜有得其奥者。"

明军事家何良臣《阵纪》云："马家枪，沙家竿子，李家短枪，各有其妙。长短能兼用，虚实尽其锐，进不可挡，速不能及，而天下无敌者，惟杨家梨花枪法也。"

李全战死次年，金亡于蒙古。

第十五章 尾声

哲别是蒙古建立的功臣，成吉思汗帐前名将，灭金之役后，他向成吉思汗请假十日，前往保州。他是独自一人前往，没人知道他去做什么。

哲别终身未娶。

金亡后四十余年，宋亡于蒙古。

七百余年后，辛亥军兴，中华大地之上，各族共和，共建家园，共谱和平。仁人所志，天下所安。

全书完成于 2021 年 11 月 1 日中午

2021 年 11 月 24 日校补完成